古典文獻研究輯刊

四　編
曾永義　主編

第25冊

中唐贈序文研究

姜明翰　著

國家圖書館出版品預行編目資料

中唐贈序文研究／姜明翰 著 — 初版 — 新北市：花木蘭文化
出版社，2012〔民101〕

序 2+ 目 2+158 面；19×26 公分

（古典文學研究輯刊　四編：第 25 冊）

ISBN：978-986-254-774-8（精裝）

1. 中唐文學 2. 序跋 3. 文學評論

820.8   101001748

ISBN-978-986-254-774-8

古典文學研究輯刊
四 編　第二五冊　　　　　　　ISBN：978-986-254-774-8

中唐贈序文研究

作　　者　姜明翰
主　　編　曾永義
總 編 輯　杜潔祥
出　　版　花木蘭文化出版社
發 行 所　花木蘭文化出版社
發 行 人　高小娟
聯絡地址　新北市永和區中正路五九五號七樓
　　　　　電話：02-2923-1455／傳真：02-2923-1452
網　　址　http://www.huamulan.tw 信箱 sut81518@ms59.hinet.net
印　　刷　普羅文化出版廣告事業
初　　版　2012 年 3 月
定　　價　四編 32 冊（精裝）新台幣 52,000 元

中唐贈序文研究

姜明翰　著

作者簡介

姜明翰，東吳大學中國文學碩士、世新大學中文研究所博士候選人。曾為廣告創意人、電腦公司商品企畫、育達教育文化事業創辦人祕書，現任育達商業科技大學華文傳播與創意系助理教授。書法曾獲一九九七「迎香港回歸」書畫展一等獎；入選第三十六、三十七屆全省美展、第十屆臺北市美展、八十六年國語文競賽第一名。圍棋棋力達業餘四段，目前從事圍棋文化之相關研究。著有《中唐贈序文研究》及學術論文二十餘篇。

提　　要

　　贈序是唐代新興的文體之一，至中唐達於鼎盛，作家和作品數量激增。後之論者，自姚鼐以降至今，幾乎只鍾韓愈一家，連柳宗元也被摒除在外。韓愈寫贈序的技巧，固然一時獨步；而諸家之作，亦不宜偏廢。雖然這些應酬作品的浮濫現象為後世詬病，然揆其內容，著實反映了當時的政治制度、社會現象及文苑風尚，取材廣泛，面貌多樣，無論就文學或史學的角度而言，均頗具研究價值。有鑑於此，本書以中唐做為研究基點，期能從當時作家在同一體裁的創作上，尋繹出彼此間的關聯性和差異性；並擴而大之，由作家及乎時代，以明瞭贈序一體在整個唐代嬗變的軌跡。

　　本書共分八章：第一章「緒論」說明研究的動機與範疇，並詳考贈序一體的意義與源流；第二章「唐代贈序文的流變」將贈序文在唐代演變的過程分為四期，從體裁、風格、作品數量等方面，做簡要的探述；第三章「中唐贈序文的時代背景」介紹其時代背景，以為進一步的研究參考；第四章「中唐贈序文的題材」，就其寫作題材，按官宦、文士、僧道三種身分的贈送對象區別；第五章「中唐贈序文的思想內涵」就其思想內涵，由時代總體趨勢至各家異同所在，加以判別探討；第六章「中唐贈序文的藝術技巧」將其藝術技巧分為謀篇布局、修辭方法兩端，由外而內析論之；第七章「中唐贈序文反映的社會現象」從文人的行誼切入，分析其反映當時的社會現象；第八章「結論」綜合上述各章研究心得，為全文收束。

目
次

序

　　歷來有關散文的研究專著，或著重於作家個人，或偏於某派，或以某一朝代做整體的概述，但卻很少就單一文體的源流發展，從事全面性或階段性的探討。因此，本論文所欲突破之處，期能總會上述三種研究方法的優點，儘量符合「縱橫兼及」、「主從有別」的原則，以中唐贈序文為研究主題，具體掌握該類文體的源流、演變、作家、作品及時代定位等種種問題，在解脫文字蔽障的同時，尋求「入乎其內，出乎其外」的體驗。

　　本論文共分八章，內容略述如下：

　　第一章「緒論」：說明研究的動機與範疇，並詳究贈序一體的意義與源流。

　　第二章「唐代贈序文的流變」：將贈序文在唐代嬗變的過程分為四期，從體裁、風格、作品數量等方面，做簡要的探述。

　　第三章「中唐贈序文的時代背景」：介紹中唐贈序文的時代背景，以為進一步研究的參考。

　　第四章「中唐贈序文的題材」：就中唐贈序文的寫作題材，按官宦、文士、僧道等三種身分的贈送對象區別。

　　第五章「中唐贈序文的思想內涵」：就中唐贈序文的思想內涵，由時代總體趨勢至各家異同所在，加以判別探討。

　　第六章「中唐贈序文的藝術技巧」：將中唐贈序文的藝術技巧分為謀篇布局、修辭方法兩端，由外而內，深入作品的蘊奧。

　　第七章「中唐贈序文反映的社會現象」：從文人的行誼切入，分析中唐贈序文反映的社會現象。

　　第八章「結論」：綜合上述各章研究心得，為全文收束。

　　本論文撰寫期間，承蒙　林師聰明悉心指導，終底於成，銘感不盡。又

家人、友朋的支持鼓勵，內子無微不至的照拂，使我在親情、愛情、友情的環繞下，得以達成階段性學習的目標，倍覺溫暖幸福。然自揆才疏學淺，謬誤疏漏必多，尚祈知音君子，不吝賜教。

中華民國八十四年八月　姜明翰謹識於東吳大學中國文學研究所

第一章　緒　論

第一節　研究動機

　　目前關於中國古代散文的研究，不外偏重在作家個人方面，或是某種派別；再不然就是以某一朝代作概括約略的勘探；至於專就單一文體作階段性或全面性的深入研究，則少有所見。儘管近代以來，不乏討論文體的專著和單篇論文，可惜也都囿於僅作文體源流的概述，或是文章個別技巧的分析與抽象式的評點。因此，當吾人欲瞭解一種文體的演變和發展時，發生了連類上的困難，可能祇知道某種文體的性質，或該種文體為某家所擅長；至於當代其餘作家實際的寫作狀況，以及文體本身受時空外緣條件影響，而導致盛衰的因果關係，則未聞其詳。這不得不說是目前在散文研究上的一大缺憾。

　　以唐代為例，贈序是當時新興的文體之一，在中唐時期達於鼎盛，作家和作品的數量激增〔註1〕。可是後之論者，自姚鼐以降至今，除郭預衡《中國散文史》及梅家玲〈唐代贈序初探〉對唐代贈序文的演變略有廣泛的提示之外，其餘幾乎祇獨鍾韓愈一家，連柳宗元也被摒除在外。韓愈寫贈序的技巧，固然一時獨步；而諸家之作，亦不可偏廢。雖然這些應酬作品的浮濫現象為後世詬病〔註2〕，但不可否認的，它們著實反映了當時的政治制度、社會風氣與人文精神，可謂內容豐富，取材廣泛，無論就文學或史學的角度而言，均極具研究價值。

〔註1〕參考本書第二章・第三節及附表二。
〔註2〕本書第七章・第一節有詳論。

有鑑於此，本書以中唐做為研究基點，期能從當時作家在同一體裁的創作上，尋繹出彼此間的關聯性和差異性；並擴而大之，由作家及乎時代，以明瞭贈序一體在整個唐代嬗變的軌跡。當然，在論證過程中，難免會偏於韓愈、柳宗元，實因二人無論在作品內涵、文學技巧及後世學者對二人的研究考證上，均冠於當代其餘諸家。另一方面，本書針對其中若干優美或具爭議性的篇章，乃綜覈後世的評騭與論證，並加以駁判，期能抉幽闡奧，別出心裁，不為傳統的成見所束縛。

第二節　研究範疇

贈序是一種臨別贈言之作，如果以廣義的範圍而言，祇要具有一定的贈送對象，或因離別場合所寫的文章，都可謂之贈序。但是在實際的判別過程中，常會遭遇「實同名異」的問題，也就是無法由題名來判斷是否為贈序。例如歐陽修有〈鄭荀改名序〉、蘇洵有〈仲兄文甫字說〉、〈送石昌言為北使引〉、蘇軾有〈太息〉、〈日喻〉、歸有光有〈周弦齋壽序〉、〈王母顧孺人六十壽序〉等文，皆屬贈序〔註3〕，然而題名各不相同。

因此，為了研究的方便，祇好排除上述的困擾，將中唐贈序文的研究範圍，限定於題名中有「送」、「餞」、「贈」、「別」等字樣，且文章內容須有送別之實者。時代的分期與所屬作家，則參照明代高棅《唐詩品彙·詩人爵里詳節》〔註4〕。以此標準來檢視中唐贈序文作家的本集和《全唐文》所蒐錄的贈序作品，做為研究的藍本，並涵蓋《文苑英華》卷七一六至七一七詩序的一部分、卷七二三至七三三的餞送序、卷七三四的贈序，以及《唐文粹》卷九六的歌詩序、卷九八的餞別序等相關作品。總計作家十七人，作品二百七十五篇，即為本書所研究的範疇，詳細篇目可參考本章附表一的統計。

第三節　贈序的意義和起源

贈序具有臨別贈言的性質，其起源甚早，可溯及春秋戰國之世，如《荀子·非相篇》云：

> 故贈人以言，重於金石珠玉。

〔註3〕以上數作，見姚鼐《古文辭類纂·贈序類》卷三二、三三。
〔註4〕按高棅的分期法，中唐由代宗大曆初至憲宗元和末，西元766～820年間。

又劉向《說苑・雜言》云：

> 子路將行，辭於仲尼。曰：「贈汝以車乎？以言乎？」子路曰：「請
> 以言。」

循上二例，可知臨別贈言，其義已久。然具體就「贈序」一詞說明其含意者，首推清代姚鼐，他在《古文辭類纂・序目》云：

> 贈序類者，老子曰：「君子贈人以言。」顏淵、子路之相違，則以言
> 相贈處。梁王觴諸侯於范臺，魯君擇言而進，所以致敬愛、陳忠告
> 之誼也。

姚氏列舉三個典故，分別出於《史記》〔註5〕、《禮記》〔註6〕、《戰國策》〔註7〕，以爲贈序須含有「致敬愛，陳忠告」的性質，與一般序作不同。故在《古文辭類纂》中，始區分「序跋」、「贈序」兩類。自茲而後，「贈序」遂成爲獨立文體而漸受重視。

近世學者，多從姚鼐之論。然尚有主張源於《詩經》之說者，清末姚永樸《文學研究法・門類》云：

> 遷安鄭東甫語永樸云：「《詩・崧高》：『吉甫作頌，其詩孔碩，其風
> 肆好，以贈申伯。』即贈序之權輿。」富陽夏伯定亦云：「〈燕燕〉
> 序莊姜送歸妾〔註8〕、〈渭陽〉『我送舅氏』〔註9〕，皆有贈言之義。」

〔註5〕《史記・孔子世家》云：「魯南宮敬叔言魯君曰：『請與孔子適周。』魯君與之一乘車兩馬一豎子，俱適周，問禮，蓋見老子云。辭去，而老子送之曰：『吾聞富貴者送人以財，仁人者送人以言。吾不能富貴，竊仁人之號，送子以言。』曰：『聰明深察而近於死者，好議人者也，博辯廣大危其身者，發人之惡者也。爲人子者，毋以有己；爲人臣者，毋以有己。』」

〔註6〕《禮記・檀弓下》云：「子路去魯，謂顏淵曰：『何以贈我？』曰：『吾聞之也，去國，別哭于墓而后行；反其國，不哭，展墓而入。』謂子路曰：『何以處我？』子路曰：『吾聞之也，過墓則式，過祀則下。』」

〔註7〕《戰國策・魏策》云：「梁王魏嬰觴諸侯於范臺。酒酣，請魯君舉觴。魯君興，避席，擇言曰：『昔者帝禹令儀狄作酒而美，進之禹。禹飲而甘之，遂疏儀狄，絕旨酒，曰：「後世必有以酒亡其國者！」齊桓公夜半不嗛，易牙乃煎熬燔炙，和調五味而進之。桓公食之而飽，至旦不覺，曰：「後世必有以味亡其國者！」晉文公得南之威，三日不聽朝，遂推南之威而遠之，曰：「後世必有以色亡其國者！」楚王登強臺而望崩山，左江而右湖，以臨彷徨，其樂忘死，遂盟強臺而弗登，曰：「後世必有以高臺陂池亡其國者！」今主君之尊，儀狄之酒也；主君之味，易牙之調也；左白臺而右閭須，南威之美也；前夾林而後蘭臺，強臺之樂也。有一于此，足以亡其國。今君主兼此四者，可無戒與？』梁王稱善相屬。」

〔註8〕〈詩序〉云：「燕燕，衛莊姜送歸妾也。」此說法存疑。依鄭玄注曰：「莊公

據此可知其來遠矣。

姚氏所舉諸詩，無不具有臨別贈言之義，亦可視作贈序的另一淵源。

由是觀之，「贈言」、「贈詩」是贈序的原始雛形，然此雛形究在何時轉換爲序文的方式出現？《古文辭類纂・序目》云：

唐初贈人，始以序名，作者亦眾。

姚氏以爲贈序文遲至唐代才興起，且數量極豐。然而六朝以前已有贈序文的出現，雖篇數不多，卻可一覽其形成的軌跡，實有討論的必要。

一、唐以前的贈序文

唐以前的贈序文，作品不多。大陸學者褚斌杰、姜濤與陳必祥三人僅提及晉傅玄〈贈扶風馬鈞序〉及潘尼〈贈二李郎詩序〉二篇〔註10〕。惟前者篇名有誤，乃是一篇傳記，並非贈序之體〔註11〕；而後者亦非最早的贈序之作。

今考嚴可均所輯《全上古三代秦漢三國六朝文》，共得贈序文九篇，依序爲：曹植〈于圈城作贈白馬王彪詩序〉、應亨〈贈四王冠詩序〉、傅咸〈贈何邵王濟詩序〉、潘尼〈贈二李郎詩序〉、陸機〈贈弟士龍詩序〉、陶潛〈贈長沙公族祖詩序〉、〈贈羊長史詩序〉、〈與殷晉安別詩序〉、謝靈運〈贈宣遠詩序〉等。

此九篇中，以曹植〈于圈城作贈白馬王彪詩序〉年代最早，亦爲目前僅見散文資料中的第一篇贈序之作。茲逐錄全文如下：

黃初四年五月，白馬王、任城王與余俱朝京師，會節氣。到洛陽，

薨，完立而州吁殺之，戴嬀於是大歸。莊姜遠送之于野，作詩見己志。」按《左傳》並無戴嬀大歸的記載，而《史記・衛康叔世家》言完立爲桓公時，戴嬀已逝，何能於桓公立十六年爲州吁所弒之後而大歸？近人裴普賢《詩經評註讀本》考之甚詳，係以爲衛女嫁於南國，而其兄送之之詩，無論事實與否，此詩確有贈言之義。

〔註9〕《詩經・渭陽》云：「我送舅氏，曰至渭陽，何以贈之？路車乘黃。我送舅氏，悠悠我思，何以贈之？瓊瑰玉佩。」

〔註10〕見褚斌杰《中國古代文體學》第十章・第四節、姜濤《古代散文文體概論》第五章、陳必祥《古代散文文體概論・分論九》。

〔註11〕此文初見於《三國志・杜夔傳》注引：「時有扶風馬鈞，巧思絕世。傅玄序之曰：「馬先生，天下之名巧也……。」未著篇名，唐白居易《白孔六帖・卷八》云：「傅玄〈馬先生傳〉曰：『舊綾機五十絲爲五十躡……。』」明張溥輯《漢魏六朝百三家集》定名爲〈贈扶風馬鈞序〉，不知其所本。張溥恐以裴注有「傅玄序之」云云，而妄加之耳。其後嚴可均《全上古三代秦漢六朝文》復名〈馬先生傳〉。就茲文內容觀之，實屬「傳」而非「序」；且六朝贈序皆附於詩，未有獨立成篇者。故張溥本之謬甚明，當以白、嚴二家所載篇名爲正。

任城王薨。至七月，與白馬王還國。後有司以二王歸藩，道路宜異宿止，意毒恨之。蓋以大別在數日，是用自剖，與王辭焉，憤而成篇。〔註12〕

此為附於詩前的小序，著筆不多，僅簡述詩篇撰作大意及其緣由；其餘八篇大率如此，甚或僅寥綴數語而已，可見初期的贈序之作，原為詩的附屬品，未能獨立成篇。

六朝詩作，多有贈答之習〔註13〕，故繫於贈詩前的序文，其內容與詩意相連，自然含有「贈人以言」的古義，而成為贈序文的最初型態。

二、贈序文源於贈詩之序

由前文的舉證，知贈序與贈詩的關係極為密切，亦可謂贈序源於贈詩。針對此點，前人不乏定見，如張相《古今文綜》云：

> 臨別贈言，其誼古矣。漢魏以還，贈別以詩，唐人為之，緣詩作序。
> 〔註14〕

又曾國藩〈易問齋母壽詩序〉云：

> 古者以言相贈處，至六朝、唐人，朋知分隔，為餞送詩，動累卷帙，於是別為序以冠其端。〔註15〕

又吳曾祺《涵芬樓文談・文體芻言》云：

> 贈序一類，自來選古文者，皆與序跋為一，至姚氏《古文辭類纂》始分為二。然追原所以名序之故，蓋由臨別之頃，親故之人，相與作為詩歌，以道惓惓之意，積之成帙，則有人為之序以述其緣起，

〔註12〕此序在《曹子建集》中未見，最早出現於《文選》李善注。按曹彪是曹植的異母弟，據〈魏志〉載，彪在黃初三年封弋陽王，同年徙封吳王，七年徙白馬（今河南省滑縣東二十里）。黃初四年，曹植、曹彪和任城王曹彰同到洛陽朝會，彰死在洛陽。《魏氏春秋》云：「植及白馬王彪還國，欲同路東歸，以敘隔闊之思，而監國使者不，植發憤告離而作此詩。」《魏氏春秋》稱曹彪為「白馬王」，但據〈魏志・曹彪傳〉，黃初四年他是吳王，二者必有一誤。此序的可信度極高，依《初學記》卷一八載〈曹彪答東阿王（曹植）詩〉云：「盤徑難懷抱，停駕與君訣。即車登北路，永歎尋先轍。」本詩則云：「怨彼東路長。」可見兩人分手後，曹彪走遍北的路，曹植繼續向東。經地理情形看來，曹彪這時應往白馬而非吳。由此推論，可能黃初四年曹彪有封白馬王的事，而〈魏志〉漏載。

〔註13〕《昭明文選》選詩，以「贈答」類為多，計七十一首。

〔註14〕見第二篇，第一章序論。

〔註15〕見《曾文正公集》卷一。

是固與序跋未嘗異也。惟相承既久，則有不因贈什而作，而專為序以送人者，於是其體始分。

又錢穆〈雜論唐代古文運動〉云：

書牘之外，厥為贈序，此一體創始於唐人。相傳五言詩起於蘇李贈答，此固不足信，然贈答要為此下詩中最廣使用之一體。故昭明選詩，亦獨以贈答一類為多。……及於唐人，臨別宴集，篇什既多，乃有特為之作序者，亦有不為詩而逕以序文代者。〔註16〕

以上數家咸認贈序文乃源於贈詩之序，固然合理，卻予人片面之感。序體的問題甚為複雜，而贈詩之序祇其一端而已；且吳氏提到贈序原與序跋合一，又嫌含混籠統，是以須由序體的演變予以廓清。

簡而言之，「序」的淵源甚早，如《毛詩》有序，《尚書》有序，分別敘述全書大意及各篇撰作緣由；而《周易‧序卦》則說明六十四卦先後相承的次序與各卦內容，此為序的最早用法〔註17〕。其後，《莊子‧天下篇》、《荀子‧堯問篇》末章明示著書立說的宗旨，雖無序名，卻有序之實。

降及漢代，整部書籍有序，如司馬遷《史記》有〈太史公自序〉、許慎《說文解字》亦有〈序〉。至於其他單篇詩文，偶亦有序，如揚雄〈甘泉賦〉、班固〈兩都賦〉、韋孟〈諷諫詩〉等皆有序。這些序文的對象是詩文，而非一部書，其用意也在敘述撰作之由，故書序、賦序、詩序，大體上是一脈相承的〔註18〕。

六朝以還，單篇作品使用序文的情形日益普遍，然多附於賦篇之前，詩篇則極少〔註19〕。因為當時賦為文學主流，詩的產量雖也相當可觀，然並非每首都有序，有序者十僅其一；又詩的種類繁夥〔註20〕，詩前的序文每依詩

〔註16〕載自《中國文學史論文選集》第三冊，羅聯添編。

〔註17〕詳屈萬里〈滕王閣序的兩個問題〉。(《大陸雜誌》十六卷，第九期)

〔註18〕同註17。

〔註19〕梅家玲〈唐代贈序初探〉云：「推測其原因，一方面可能是因為賦體簡短，僅見其題名，恐不易窺知其內容及成篇原委，而詩題則可用較多文字以說明詩作主旨及寫作原因，使讀者得以見題知意。如陸士衡〈皇太子讌玄圃宣猷堂有會賦詩〉、丘希範〈侍讌樂遊苑送張徐州應詔〉、謝靈運〈於南山往北山經湖中瞻眺〉等，皆能使讀者見題知意，故無須假序文再行說明。」(《國立編譯館館刊》第十三卷，第一期)

〔註20〕按《昭明文選》將所錄之詩分為：補亡詩、述德詩、勸勵詩、獻詩，公讌詩、祖餞詩、詠史詩、百一詩、遊仙詩、招隱詩、反招隱詩、遊覽詩、詠懷詩、哀傷詩、贈答詩、行旅詩、軍戎詩、郊廟詩、樂府詩、挽歌詩、雜歌詩、雜詩、雜擬詩等二十三類。

的性質而異，贈詩之序祇是不同性質的詩序中的一種而已，故數量甚少。

　　經由以上分析，可將贈序文的起源歸納爲兩點：

　　（1）在意涵上，贈序源於贈言。

　　（2）在形式上，贈序由贈詩之序脫化而來。

附表一：中唐贈序文篇目一覽表

作家姓名	贈 序 作 品 篇 目	全唐文（卷）	文苑英華（卷）	唐文粹（卷）	文集（卷）
劉太眞	1. 送蕭穎士赴東府序	三九五			
于邵	1. 送張都督赴嘉州	四二七	七二三		
	2. 送王郎中赴蘄州序	四二七	七二三		
	3. 送李員外入廟序	四二七	七二三		
	4. 送峽州劉使君忠州李使君序	四二七	七二三		
	5. 送賈中允之襄陽序	四二七	七二三		
	6. 送太子僕馬公序	四二七	七二三		
	7. 送趙評事之東都序	四二七	七二三		
	8. 送譚正字之上都序	四二七	七二三		
	9. 送劉協律序	四二七	七二三		
	10. 送紀奉體之容州序	四二七	七二三		
	11. 送李校書歸江西序	四二七	七二三		
	12. 宴餞崔十二弟校書之容州序	四二七	七二三		
	13. 送藺舍人兼武州長史序	四二七	七二三		
	14. 送藺侍御使還序	四二七	七二三		
	15. 春宵餞盧司馬丈歸澧陽序	四二七	七二四		
	16. 送前鳳翔楊司馬赴節度序	四二七	七二四		
	17. 送王司議季友赴洪州序	四二七	七二四		
	18. 送張中丞歸魏博序	四二七	七二四		
	19. 送盧侍御赴恆州使幕序	四二七	七二四		
	20. 送高侍御還鳳翔序	四二七	七二四		
	21. 送鄭判官之廣州序	四二七	七二四		
	22. 送尹判官之江陵序	四二七	七二四		
	23. 宴餞嚴判官使還上都序	四二七	七二四		

	24. 送崔判官赴容州序	四二七	七二四	
	25. 送房判官巡南海序	四二七	七二四	
	26. 送盧判官之梧州鄭判官之昭州序	四二八	七二四	
	27. 初冬餞崔司直赴京都選集序	四二八	七二四	
	28. 送楊兵曹太祝兄弟序	四二八	七二四	
	29. 送康兵曹入蜀序	四二八	七二四	
	30. 送韋兵曹赴上都序	四二八	七二四	
	31. 送孟司戶赴山南序	四二八	七二四	
	32. 送穆司法赴劍州序二首其一	四二八	七二四	
	33. 送穆司法赴劍州序二首其二	四二八	七二四	
	34. 初夏陸萬年廳送奉化陸長官之任序	四二八	七二四	
	35. 送金壇韋明府序	四二八	七二四	
	36. 送河南王少府還任序	四二八	七二四	
	37. 送陳留李少府歸上都序	四二八	七二四	
	38. 送家令祈丞序	四二八	七二四	
	39. 送趙晏歸江東序	四二八	七二五	
	40. 送賈九歸鳴水序	四二八	七二五	
	41. 送從叔南遊序	四二八	七二五	
	42. 送從舅赴陽翟序	四二八	七二五	
	43. 送楊俟南遊序	四二八	七二五	
	44. 送庫狄縱入蜀序	四二八	七二五	
	45. 送盛卿序	四二八	七二五	
	46. 送朱秀才歸上都序	四二八	七二五	
	47. 送陳秀才序	四二八	七二五	
	48. 送冷秀才東歸序	四二八	七二五	
	49. 送竇秀才序	四二八	七二五	
	50. 送蔡秀才序	四二八	七二五	
	51. 送通上人之南海便赴上都序	四二八	七二五	
	52. 送銳上人遊羅浮山序	四二八	七二五	
息夫牧	1. 冬夜宴蕭十丈因餞殷郭二子西上詩序	四四二		

權德輿	1. 奉送裴二十一兄閣老中丞赴黔中序	四九〇	七二七	九八	三六
	2. 送安南裴中丞序	四九〇	七二七		三六
	3. 奉送黔中元中丞赴本道序	四九〇	七二七		三九
	4. 奉陪李大夫送王侍御史往淮南浙西序	四九〇			三九
	5. 送水部許員外出守郢州序	四九〇	七二七		三六
	6. 送建州趙使君序	四九〇	七二七		三六
	7. 送循州賈使君赴任序	四九〇	七二七		三八
	8. 送歡州陸使君員外赴任序	四九〇	七二七		三六
	9. 送崔端公赴江陵度支院序	四九一	七二七		三八
	10. 送張僕射朝觀畢歸徐州序	四九一			三六
	11. 送韋起居老舅假滿歸嵩陽舊居序	四九一	七二八		三七
	12. 奉送崔二十三丈諭德承恩致仕東歸舊山序	四九一	七二八		三七
	13. 送徐諮議假滿東歸序	四九一	七二八		三八
	14. 送前溧陽路丞東歸便赴滑州謁李尚書序	四九一			三八
	15. 送袁中丞持節冊回鶻序	四九一			三六
	16. 送張閣老中丞持節弔新羅序	四九一			三六
	17. 奉送韋中丞使新羅序	四九一			三六
	18. 送主客仲員外充黔中選補使序	四九一			三六
	19. 送司門殷員外出守均州序	四九一			三六
	20. 送袁尚書相公赴襄陽序	四九一			三六
	21. 奉送韋十二丈長官赴任王屋序	四九一			三七
	22. 送崔十七叔胄曹判官赴義武軍序	四九一			三七
	23. 送劉秀才登科後侍從赴東京覲省序	四九一			三八
	24. 送杜少尹閣老赴東都序	四九一	七二八		三六
	25. 送許校書赴江西使府序	四九一	七二八		三九
	26. 月夜泛舟重送許校書聯句序	四九一	七二八		三九

27. 送張校書歸湖南序	四九一	七二八		三九
28. 送陸校書赴祕省序	四九一	七二八		三九
29. 送薛十九丈授將作主簿分司東都序	四九一	七二八		三七
30. 送許協律判官赴西川序	四九二	七二八		三八
31. 送嶺南韋評事赴使序	四九二	七二八		三九
32. 送李十弟侍御赴嶺南序	四九二	七二八		三八
33. 送李十二弟侍御赴成都序	四九二	七二八		三七
34. 送李十兄判官赴黔中序	四九二	七二八		三七
35. 送襄陽盧判官赴本使序	四九二			三九
36. 送商州崔判官序	四九二	七二八		三八
37. 送右龍武鄭錄事東遊序	四九二	七二八		三八
38. 送台州崔錄事二十一丈赴官序	四九二	七二八		三七
39. 招隱寺上方送馬典設歸上都序	四九二	七二八		三九
40. 睦州李司功赴任序	四九二	七二八		三七
41. 送當塗馬少府赴官序	四九二	七二八		三八
42. 送義興袁少府赴官序	四九二	七二八		三八
43. 送從舅泳入京序	四九二	七二九		三八
44. 送三從弟長孺擢第後歸徐州覲省序	四九二	七二九		三七
45. 送再從弟少清赴潤州參軍序	四九二	七二九		三七
46. 送從兄穎遊江西序	四九二	七二九		三八
47. 送從兄立赴崑山主簿序	四九二	七二九		三七
48. 奉送從叔赴任鄱陽序	四九二	七二九		三七
49. 送三從弟況赴義興尉序	四九二	七二九		三七
50. 送張評事赴襄陽觀省序	四九二			三九
51. 送前丹陽丁少府歸餘杭觀省序	四九二			三九
52. 送王仲舒侍從赴衢州觀叔父序	四九二			三九
53. 送元上人歸天竺寺序	四九二	七二九	九八	三九
54. 送道依闍黎歸婺州序	四九二	七二九		三九

	55. 送靈澈上人廬山迴歸沃洲序	四九三	七二九	九八	三八
	56. 送渾淪先生遊南岳序	四九三	七二九		三八
	57. 送邱穎應制舉序	四九三			三九
	58. 送陳秀才應舉序	四九三			三九
	59. 送獨孤孝廉應舉序	四九三	七二九		三九
	60. 送從兄南仲登科後歸汝州舊居序	四九三	七二九		三七
	61. 送馬正字赴太原謁相國叔父序	四九三			三九
	62. 送鈕秀才謁信州陸員外便赴舉序	四九三	七二九		三九
	63. 送鄭秀才入京覲兄序	四九三			三九
梁肅	1. 送謝舍人赴朝廷序	五一八	七二五		
	2. 奉送泉州席使君赴任序	五一八	七二五		
	3. 送李補闕歸少室養疾序	五一八	七二五		
	4. 送耿拾遺歸朝廷序	五一八	七二五		
	5. 送朱拾遺赴朝廷序	五一八	七二五		
	6. 送竇拾遺赴朝廷序	五一八	七二六		
	7. 送韋拾遺歸嵩陽舊居序	五一八	七二六		
	8. 奉送劉侍御赴上都序	五一八	七二六		
	9. 送周司直赴太原序	五一八	七二六		
	10. 送前長水裴少府歸海陵序	五一八	七二六		
	11. 送皇甫七赴廣州序	五一八	七二六		
	12. 送張十三昆季西上序	五一八	七二六		
	13. 送鄭子華之東陽序	五一八	七二六		
	14. 送靈沼上人遊壽陽序	五一八	七二六		
	15. 送沙門鑒虛上人歸越序	五一八	七二六		
	16. 送皇甫尊師歸吳興卜山序	五一八	七二六		
	17. 送韋十六進士及第後東歸序	五一八	七二六		
	18. 送元錫赴舉序	五一八	七二六		
顧況	1. 送朱拾遺序	五二九	七二五		下
	2. 陪江西李大夫東湖賦詩送宣武軍趙判官還使序	五二九	七二五		下

	3. 送韋處士適東陽序	五二九	七二五		下
	4. 送張鳴謙適越序	五二九	七二五		下
	5. 送宣歙李衙推八郎使東都序	五二九			
韓愈	1. 送陸歙州詩序	五五五	七一七	九六	四
	2. 送孟東野序	五五五	七三〇		四
	3. 送許郢州序	五五五	七三〇		四
	4. 送竇從事序	五五五	七三〇		四
	5. 送齊　下第序	五五五	七三一		四
	6. 送陳密序	五五五	七三一		四
	7. 送李愿歸盤谷序	五五五	七三〇	九六	四
	8. 送牛堪序	五五五	七三一		四
	9. 送董邵南序	五五五	七三〇		四
	10. 贈崔復州序	五五五	七三四		四
	11. 贈張童子序	五五五	七三一		四
	12. 送浮屠文暢師序	五五五	七三一	九八	四
	13. 送楊支使序	五五五	七三〇		四
	14. 送何堅序	五五五	七三一		四
	15. 送廖道士序	五五五	七三一		四
	16. 送王含秀才序	五五五	七三一		四
	17. 送孟秀才序	五五五			四
	18. 送陳秀才序	五五五			四
	19. 送王塤秀才序	五五五	七三一	九八	四
	20. 送幽州李端公序	五五五	七三〇	九八	四
	21. 送區冊序	五五五	七三〇	九八	四
	22. 送張道士序	五五五			四
	23. 送高閑上人序	五五五	七三〇		四
	24. 送殷員外序	五五五	七三〇		四
	25. 送楊少尹序	五五六	七三〇		四
	26. 送水陸運使韓侍御歸所治序	五五六	七三〇		四
	27. 送權秀才序	五五六	七三一		四
	28. 送湖南李正字序	五五六	七三〇		四
	29. 送石處士序	五五六	七三一		四

	30. 送溫處士赴河陽軍序	五五六	七三一		四
	31. 送鄭尚書序	五五六	七三〇		四
	32. 送鄭十校理序	五五六	七三〇		四
	33. 送汴州監軍俱文珍序	五五六			外集上
	34. 送浮屠令縱西遊序	五五六	七三〇		外集上
柳宗元	1. 送楊凝郎中使還汴宋詩後序	五七七			二二
	2. 送崔群序	五七七		九八	二二
	3. 送邠寧獨孤書記赴辟命序	五七七	七三一		二二
	4. 同吳武陵送前桂州杜留後詩序	五七七	七三一		二二
	5. 送寧國范明府詩序	五七七	七三一		二二
	6. 送幸南容歸使聯句詩序	五七七			二二
	7. 送李判官往桂州序	五七七	七三一		二二
	8. 送苑論登第後歸觀詩序	五七七	七三三		二二
	9. 送蕭鍊登第後南歸序	五七七			二二
	10. 送班孝廉擢第歸東川觀省序	五七七	七三二		二二
	11. 送獨孤申叔侍親往河東序	五七七	七三二		二二
	12. 送豆盧膺秀才南遊詩序	五七七	七三三		二二
	13. 送趙大秀才往江陵謁趙尚書序	五七七	七三三		二二
	14. 同吳武陵贈李睦州詩序	五七八			二三
	15. 送南涪州量移澧州序	五七八			二三
	16. 送薛存義之任序	五七八	七三一		二三
	17. 送薛判官量移序	五七八	七三一		二三
	18. 送李渭赴京師序	五七八	七三一		二三
	19. 送嚴公貺下第興元觀省詩序	五七八	七三二		二三
	20. 送元秀才下第東歸序	五七八	七三三		二三
	21. 送辛殆庶下第遊南鄭序	五七八	七三二		二三
	22. 送崔子符罷舉詩序	五七八			二三
	23. 送蔡秀才下第歸觀序	五七八	七三二		二三
	24. 送韋七秀才下第求益友序	五七八	七三三		二三
	25. 送辛生下第序略	五七八			二三
	26. 送從兄偁罷選歸江淮詩序	五七八	七三二		二四
	27. 送從弟謀歸江陵序	五七八	七三二		二四

	28. 送澥序	五七八	七三一		二四
	29. 送內弟盧遵遊桂州序	五七八	七三二		二四
	30. 送表弟呂讓將仕進序	五七八			二四
	31. 送韓豐群公詩後序	五七九			二五
	32. 送婁圖南秀才遊淮南將入道序	五七九	七三三		二五
	33. 送易師楊君序	五七九			二五
	34. 送徐從事北遊序	五七九	七三二		二五
	35. 送詩人廖有方序	五七九	七三一		二五
	36. 送元十八山人南遊序	五七九	七三二		二五
	37. 送賈山人南遊序	五七九	七三二		二五
	38. 送方及師序	五七九			二五
	39. 送文暢上人登五臺遊河朔序	五七九			二五
	40. 送巽上人赴中丞叔父召序	五七九			二五
	41. 送僧浩初序	五七九	七三二		二五
	42. 送元暠師序	五七九	七三二		二五
	43. 送琛上人南遊序	五七九	七三二		二五
	44. 送文郁師序	五七九			二五
	45. 送玄舉歸幽泉寺序	五七九			二五
	46. 送濬上人歸淮南覲省序	五七九	七三二		二五
歐陽詹	1. 別柳由庚序	五九六			九
	2. 送族叔行元下第歸廣陵序	五九六	七二九	九八	九
	3. 送巴東林明府之任序	五九六	七二九		九
	4. 送建上人尋陽司業留後詣涇原劉行軍序	五九六	七二九		九
	5. 送李孝廉及第東歸序	五九六	七二九		九
	6. 送常熟許少府之任序	五九六	七二九		九
	7. 送張陞山南謁嚴相公序	五九六			九
	8. 送王式東遊序	五九六			九
	9. 送蔡沼孝廉及第後歸閩觀省序	五九六			十
	10. 送鹽山林少府之任序	五九七	七二九		十
	11. 送周孝廉擢第歸觀序	五九七			十
	12. 送裴八侃茂才卻東遊序	五九七			十

	13. 送無知上人往五臺山序	五九七	七二九		十
	14. 送楊據見漳州李使君序	五九七			十
	15. 送陳八秀才赴舉序	五九七	七三四		十
	16. 泉州泛東湖餞裴參和南遊序	五九七			十
	17. 送洪儒卿赴舉序	五九七	七二九		十
崔群	1. 送廬嶽處士符載歸蜀覲省序	六一二		九八	
呂溫	1. 送薛大信歸臨晉序	六二八	七二九		三
	2. 送友人遊蜀序	六二八	七三〇		三
	3. 送琴客搖兼濟東歸便道謁王虢州序	六二八			三
李翱	1. 送馮定序	六三六	七二九		五
白居易	1. 送侯權秀才序	六七五	七三二		四三
皇甫湜	1. 送邱儒序	六八六	七三三		二
	2. 送簡師序	六八六	七三三	九八	二
	3. 送孫生序	六八六	七三四		二
	4. 送王膠序	六八六			二
	5. 送陸鴻漸赴越序	六八六			
符載	1. 送薛評事還晉州序	六九〇			
	2. 送袁校書歸秘書省序	六九〇			
	3. 送崔副使歸洪州幕府序	六九〇			
	4. 送廬端公歸巴陵兼往江夏謁何大夫序	六九〇			
	5. 送廬端公歸恆州序	六九〇			
	6. 送廬侍御史歸王令公幕序	六九〇			
	7. 夏日廬大夫席送敬侍御之南海序	六九〇			
	8. 鍾陵夏中送裴判官歸浙西序	六九〇			
	9. 潯陽歲暮送徐十九景威遊潞府序	六九〇			
	10. 荊州與楊衡說舊因送遊南越序	六九〇			
	11. 宣城送黎山人歸滁上琊琊山居序	六九〇			
	12. 奉送良郢上人遊羅浮山序	六九〇			
	13. 說玉贈蘭陵蕭易簡遊三峽序	六九〇			

沈亞之	1. 別岐山令鄒君序	七三五			九
	2. 送李膠秀才詩序	七三五			九
	3. 送杜憪序	七三五			九
	4. 送受降城使序	七三五			九
	5. 送洪遜師序	七三五			九
	6. 送張從事侍中東征序	七三五			九
	7. 送叔父歸覲序	七三五			九
	8. 送田令二子歸寧序	七三五			九
	9. 送韓北渚赴江西序	七三五			九
	10. 送韓靜略序	七三五			九
	11. 別權武序	七三五			九
	12. 送同年任畹歸蜀序	七三五	七三三		九
穆員	1. 奉送前合州徐使君赴上都詩序	七八三			
	2. 送興平鄭少府歸上都覲省序	七八三			

第二章　唐代贈序文的流變

　　唐以前的贈序文，皆爲「贈詩之序」，數量少，篇幅短，內容簡單，實難引人注意。及至唐代，情況全然改觀，隨著詩歌的興盛，詩人贈序之作亦如雨後春筍般大量出現，據《全唐文》及陸心源《全唐文拾遺》、《全唐文續拾遺》所蒐錄的序文，凡二千一百一十一篇，其中贈序文計四百七十一篇，佔二成以上，儼然成爲唐代新興的文體。列表附見於本章之後，以備考覽。

　　在唐代散文家的努力開拓下，贈序作品較之前代，產生劇烈的變化。就篇幅而言，普遍加長，迥異往昔三五句即戛然而止的情形；就內容而言，包羅萬象，或論辯、或抒情、或敘事、或狀物，已不僅限於對詩篇的撰作緣由而已；再就質性而言，贈序已不全然爲「贈詩之序」，逐漸脫離了詩、序二者的主從關係而獨立成文，序不再是詩的附庸。茲將唐代贈序文加以分期舉例探討，藉以明瞭贈序文流變的過程。

第一節　萌發期——初唐

　　提及唐代文章，論者多將焦點集中在中唐時期的韓柳二人，對於初、盛唐文，則多略而罕提。尤其初唐的文章，或以其沿襲齊梁餘緒，駢四儷六，追求形式的華美，乃認爲並無新意可言。然揆諸實際情況，此種論斷誠爲誤解，其實駢文發展至初唐，已有極大的改變，雖然前人褒貶不一〔註1〕，卻無

〔註1〕貶的方面，如劉麟生《中國駢文史》第六章云：「四傑之駢文，大率措辭綺麗，……雖曰承齊梁餘習，而潛氣內轉，不如六朝多矣。駢文至四傑，可謂現代化，然古意則全失也。」褒的方面，如高文的〈唐文述略〉（載《唐代文學研究》第一輯，山西人民出版社）云：「四六盛於六朝，庾徐推爲首出，其時法律尚疏。唐興以來，如四傑、燕、許，體備法嚴。體備法嚴的意思指的

法否認其重要性〔註2〕。

　　初唐的贈序文幾乎都爲駢體，代表作家有王勃、楊炯、駱賓王、陳子昂、張說、宋之問、蘇頲、賈曾、張九齡、孫逖等十人，作品五十八篇〔註3〕。大體而言，這些作品閎博瑰麗，充份展現唐代開國的恢宏氣象，王勃〈秋日登洪府滕王閣餞別序〉即爲代表性的名篇，試舉一段爲例：

> 時維九日，序屬三秋。潦水盡而寒潭清，煙光凝而暮山紫。儼驂騑於上路，訪風景於崇阿。臨帝子之長洲，得仙人之舊館。層巒聳翠，上出重霄；飛閣流丹，下臨無地。鶴汀鳧渚，窮島嶼之縈迴；桂殿蘭宮，列岡巒之體勢。披繡闥，俯雕甍，山原曠其盈視，川澤盱其駭矚。閭閻撲地，鐘鳴鼎食之家；舸艦迷津，青雀黃龍之舳。虹銷雨霽，彩徹區明。落霞與孤鶩齊飛，秋水共長天一色。漁舟唱晚，響窮彭蠡之濱；雁陣驚寒，聲斷衡陽之浦。（《王子安集》卷五）

這般包藏宇宙，吞吐天地的胸襟和氣魄，正是陸機〈文賦〉所謂：「籠天地於形內，挫萬物於筆端。」單憑「落霞與孤鶩齊飛，秋水共長天一色」二句，便已名盛當時，價壓百代，實非吟詠殘山剩水的六朝文所能比擬。又其〈還冀州別洛下知己序〉云：

> 東西南北，丘也何從？寒暑陰陽，時哉不與。河陽古樹，無復殘花；合浦寒煙，空驚墜葉。……辭故友，謝時人，登鄂坂而迂迴，入邙山而北走。何年風月？三山滄海之春；何處風花？一曲青溪之路。賓鴻逐暖，孤飛萬里之中；仙鶴隨雲，直去千年之後。（《王子安集》卷六）

東南西北，賓鴻萬里，非局促於一隅；寒暑陰陽，仙鶴千年，非執著於一時。委實著眼不凡，境界高遠，有淒涼壯美之感。郭預衡先生曾說：「唐時記序之文，自王勃、駱賓王以來，多以豪壯之筆，運失意之辭。所以語雖放達，而心實悽惻。」〔註4〕初唐屬於仿此種風格的贈序文確實不少，如陳子昂〈餞陳

　　是：一、對偶趨於精細。二、平仄要求嚴格。三、用典用事講求精切。這是其一面；但另一面則是語言的通俗化，用典比較自然，內容有所開拓，意境比較清新。這些應該是一個進步。」其實初唐與六朝駢文各有所長，難斷孰爲優劣。
〔註2〕關於此點，王祥先生〈初、盛唐文的演進與古文運動〉一文中有詳論。（《文學遺產》1987·第一期）
〔註3〕根據本章附表二所統計。
〔註4〕詳郭預衡《中國散文史》中冊第五章·第四節。

少府從軍序〉云：

> 夫歲月易得，古人疾沒代不稱；功業未成，君子以自強不息。豈非
> 懷其實，思其用，然後以取海内之名，以定當年之策。……爾其蒼
> 龍解角，朱鳥司辰。溽景薰天，炎光折地。山川漸遠，行人動游子
> 之歌；罇酒未空，送客起貧交之贈。嗟乎！楊朱所以泣歧路，蘇武
> 所以悲絕國，古之來矣。盍各言志，以敘離歌。（《全唐文》卷二一
> 四）

又駱賓王〈夏初餞宋三少府之豐城詩序〉云：

> 黯然銷魂者，豈非生離之恨歟？……于時挽吹吟桐，疑奏別離之曲；
> 輕秋入夢，似驚搖落之情。白日將頹，青山行暮。想姑蘇之地，夕
> 露沾衣；望吳會之郊，斷風飄蓋。嗟乎！歧路是他鄉之恨，溝水非
> 明日之歡。（《駱賓王文集》卷八）

陳子昂之文充分顯示唐人積極入世，欲開疆闢土，建功立業的精神；駱賓王
之文則在淺言淡語中寄寓悽惋感傷，皆為初唐贈序文中的佳作。

　　由歷史的角度觀之，大唐的建國，接續隋代，不僅完全結束南北朝的長
期對立，更完成民族與文化的融合。南朝的溫柔敦厚，鉛華靡曼；北朝的伉
爽直率，感慨悲歌，兩者兼容並蓄，互為養料，綻放出一種異彩，其反映在
文學上的現象，亦復如此。

　　再就社會背景而言，初唐歷經貞觀、開元之世，天下承平，物阜民康，
〔註5〕有了良好的經濟條件，自然能供養大批文士。加以各朝皇帝提倡文學，
重用文人〔註6〕。又常大開宴席，君臣酒酣耳熱，率爾操觚，吟詠唱和，正

〔註5〕《貞觀政要》卷一〈論政體〉云：「太宗自即位之始，霜旱為災，米穀踴貴，
突厥侵擾，州縣騷然。帝志在憂人，銳精為政，崇尚節儉，大布恩德。是時自
京師及河東、河南、隴右，饑饉尤甚，一匹絹纔得一斗米，百姓雖東西逐食，
未嘗嗟怨，莫不自安。至貞觀三年，關中豐熟，咸自歸鄉，竟無一人逃散。……
商旅野次，無復盜賊；圄囹常空，馬牛布野，外戶不閉。又頻致豐稔，米斗三
四錢。行旅自京師至於嶺表，自山東至於滄海，皆不齎糧，取給於路。入山東
村落，行客經過者，必厚加供待，或發時有贈遺，此皆古昔未有也。」
　　開元富盛，載記甚備，如《唐語林》卷三〈夙慧類〉：「開元初，上留心理道，
革去弊訛。不六七年間，天下大理，河清海晏，物殷俗阜。……財寶積山，
不可勝計。四方豐稔，百姓樂業。戶計一千餘萬，米每斗三錢。丁壯之夫，
不識兵器。路不拾遺，行不齎糧。」
〔註6〕《舊唐書·文苑傳》云：「爰及我朝，挺生賢俊，文皇帝解戎衣而開學校，飾
賁帛而禮儒生，門羅吐鳳之才，人擅握蛇之價。靡不發言為論，下筆成文，

是「上有所好，下必甚焉」。當時貴族欲鋪張太平盛世，文學恰為其誇耀功德，炫示權威的工具。故從四傑、沈、宋之文，以至張說，蘇頲的「大手筆」〔註7〕，或諛生頌死，或極寫宴餞的排場，反映初唐文學另一種豪奢之風。贈序作品亦有此類現象，如宋之問〈袁侍御席餞永昌獨孤少府序〉云：

> 河南獨孤冊，風儀松竹，詞賦雲泉，清議多南史之才，選署半北部之慰。袁侍御風霜利器，金石宏材，執憲稱柱下之雄，禮士採城中之俊。爾乃選辰開宴，考地疏筵。落花覆沼，懸藤掃砌。竹林以清氣娛賓，蘭畹以芳心愛客。環坐三尺，起君子之風；祖道百壺，酌賢人之酒。去留交軫，舞詠相喧。管召魚樂，杯薰鸞醉，此時奚怨？盛集無何。（《全唐文》卷二四一）

又張說〈送工部尚書弟赴定州詩序〉云：

> 尚書河東侯，朝廷之舊宰也。操法度於掌握，運陶鈞於方寸。……於時春帶餘寒，野銜殘雪，太官重味，御酒百壺。供帳臨歧，假絲竹以留宴；傾城出餞，會文章以寵行。三台厚常寮之意，八座深聯事之矚。（《全唐文》卷二二五）

又蘇頲〈餞常侍舒公歸覲序〉云：

> 右散騎常待兼國子祭酒崇文館學士舒公，邦之碩儒也。富於學，深其智，秉辟雍之禮，講金華之義者，嘗有日焉。……是月惟閏，乘春載陽，服老萊之衣，飄組丈二，擁終童之傳，送車數日。晨省偉其傳呼，晝游嘉其飲餞。（《全唐文》卷二五六）

作者通常先將主角大肆吹捧一番之後，再鋪寫宴餞過程的華美隆重，如「祖道百壺」、「御酒百壺」、「送車百數」等語，可想見其盛況。張說（燕國公）、蘇頲（許國公）為開元時期名相，均雅擅文章，不僅手握治化之權，對當時文壇亦深具影響。《新唐書·文藝傳》云：

> 唐有天下三百年，文章無慮三變。高祖、太宗，大難始夷，沿江左餘風，揣合低昂，故王、楊為之伯；玄宗好經術，群臣稍厭雕琢，崇雅黜浮，氣益雄渾，則燕、許擅其宗。

> 足以緯俗經邦，豈止雕章繢句。韻諧金奏，詞炳丹青，故貞觀之風，同乎三代。高宗、天后，尤重詳延……」

〔註7〕《舊唐書·張說傳》：「前後三秉大政，掌文學之任凡三十年。為文俊麗，用思精密，朝廷大手筆，皆特承中旨撰述，天下詞人，咸諷誦之。」《新唐書·蘇頲傳》：「自景龍後，與張說以文章顯，稱望略等，故時號『燕許大手筆』。」所謂「大手筆」是指二人所擬詔、令、制、誥、表、狀之類的作品。

宋祁以爲二人文章能「崇雅黜浮，氣益雄渾」〔註8〕，言下之意，是說張、蘇以前人所寫的文章失之於「浮」，實有欠允當。宋氏生當北宋古文復興時代，難免有古文家的偏見〔註9〕。持平而論，應是貞觀以來閎肆富麗的風格，至燕、許後趨爲典雅凝重。張、蘇身居高位，爲文自然因應政治或官場上的需要，往往善於歌頌，一派盛世景象〔註10〕。前述二例，可爲明證。

此外，張九齡的贈序文，大抵與張、蘇同風，如其〈集賢殿書院奉敕送學士張說上賜燕序〉云：

> 集賢殿者，本集仙殿也。上不以惟睿作聖，而猶重意好學。用相必本於經術，圖王亦始於師臣。及乎鴻生碩儒，博聞多識之士，……故下以道親，上亦歡甚，即於御座，爰發德音。以爲候彼神人，事雖前載，傳於方士，言固不經。遂改仙爲賢，去華務實，且有後命，增其學秩，是以集賢之庭，更爲論思之室矣。
>
> 中書令燕國公，外弼庶績，以奉沃心之謀；內講六經，以成潤色之業。故得出入華殿，師長翰林，惟帝用臧，固凡所賴。拜命之日，荷寵有加，隆聖酒之霱，下御廚之膳，食以樂侑，人斯德飽。（《曲江張先生文集》卷一六）

此仍然是官場酬酢之筆，雍容華貴而不失典重。《四庫全書總目提要》評其「文章高雅，不在燕、許諸人之下」、「文章宏博典實，有垂紳正笏氣象」〔註11〕，是很正確的。

總觀初唐的贈序文，無非表達惜別之情和勸勉之意，多有應酬客套之語，章法固定而少變化，且多爲「贈詩之序」。然而此期的作家已意識到贈序文的創作，雖還未完全獨立於贈詩之外，至少已能與贈詩形成分庭抗禮的局面。後人對此時期五十八篇作品整體的評價雖然不高〔註12〕，仍有少數幾篇粲然可觀。

〔註8〕《景文集》卷四九〈觀文右丞書〉：「計今秋可了列傳，若紀、志猶須來春乃成。」可證《新唐書》的列傳爲宋祁作。

〔註9〕郭紹虞《中國文學批評史》上卷第六篇‧第一章‧第六目：「宋祁嚴於用字，其源出於韓門樊紹述、皇甫湜一派。」

〔註10〕《舊唐書‧張說傳》云：「爲文俊麗，用思精密，朝廷大手筆，皆特承中旨撰述，……引文儒之士，佐佑王化，當承平歲久，志在粉飾盛時。」「粉飾盛時」正說明張、蘇文章的時代特徵。

〔註11〕見《四庫全書總目提要》卷一四九集部〈別集類二〉。

〔註12〕潘玉江先生在〈淺談古代序文和贈序〉一文中提到：「總觀初唐、盛唐的贈序，除個別文章外，多是送別時的應酬之詞和客套話語，因此文學價值不大。」（載自《外交學院學報》1988‧第三期）

第二節 蛻變期──盛唐

盛唐時期的贈序文，不論形式和內容皆發生急遽的變化，逐漸脫離了初唐的面貌。簡而言之，文體由駢入散；內容則議論、敘事的成分加重，有別於初唐以舒情、狀物為主；其贈送對象不限於朝廷命官，平民百姓、方外人士亦所在多有，自然而然創作題材就更為廣泛了。不僅如此，創作數量也大幅增加，代表作家有盧象、李華、蕭穎士、王維、陶翰、顏真卿、劉長卿、李白、蕭昕、高適、賈至、任華、元結、獨孤及、皇甫冉等十五人，作品共一百二十六篇〔註13〕。

此期由於政治的變革，為贈序文投下複雜的因素。玄宗善德不終，晚年流於荒怠，深居宮中，以聲色自娛。開元二十四年，罷張九齡政事，事相李林甫。於是大獄屢興，杜塞言路，上意不能下宣，下情不能上達，理亂之勢，由此而分。天寶十四載，爆發安史之亂，唐朝由盛轉衰，文人遭逢如此巨變，對現實大為不滿，文章遂由「粉飾盛時」轉為指陳時弊，正是盛唐贈序文的一大特色。如賈至〈送蔣十九丈奏事畢正拜殿中歸淮南幕府序〉云：

> 兵興十年，九州殘弊，生人凋喪，植物耗竭。行者罹鋒刃之艱，處者困求奪之累，豈不以連率之敗類，使臣之無恥？獨揚州一隅，人尚完聚，屢遇海島震盪，再當河南叛離。盃供職役之繁，而室家相保，耕積未罷，得非崔公之賢乎？公之賢而其佐可知矣。
>
> 今朝廷多故，戎狄未服，寒門不扃，人心驚駭。魚鹽之殷，舳艫之富，海陵所入也；齒革羽毛，行動機組，東南所育也；匡時之謀，富人之術，幕府之畫也。豈伊方隅是賴，得不勉歟？（《全唐文》卷三六八）

安史之亂造成社會動盪，民不聊生。及其亂平，餘將叛黨仍被任命為節度使，而藩鎮之禍又起〔註14〕，於是大小戰爭持續不斷。「兵興十年，九州殘弊，生人凋喪，植物耗竭」，寫的是一幅血淚交織的景象；加以「連率之敗類，使臣

〔註13〕同註3。

〔註14〕趙翼《二十二史劄記》卷二○〈唐節度使之禍〉：「安史既平，武夫戰將以功起行陣為侯王者，皆除節度使，大者連州十數，小者猶兼三四，所屬文武官，悉自置署，未嘗請命於朝，力大勢盛，遂成尾不大掉之勢。或父死子握其兵而不肯代；或取舍由於士卒，往往自擇將吏，號為留後，以邀命於朝，天子不能制，則含羞忍恥，因而撫之，姑息愈盛，方鎮愈驕。……迨至末年，天下盡分裂於方鎮，而朱全忠以梁兵移唐祚矣。推原禍始，皆由於節度使掌兵民之權故也。」

之無恥」，更令人痛心疾首。

又顏眞卿〈送福建觀察使高寬仁序〉云：

> 夫君子之仕，不以位尊爲榮，而以盡職爲貴。……職乎州郡者，果
> 皆循且良，尚不能保其無一事之不舉，矧未必皆循良乎！弱之食，
> 強之取，飢寒顛沛而漁奪之不厭，則　歔之民，若之何能求其安也？
> 自古爲民之病者多類此。是以居高位而欲下之安，其道難也。故眾
> 皆以位高爲寬仁喜，予獨以盡職爲寬仁勉。所以盡職者無他，正己
> 格物而已，忠君愛民而已。（《全唐文》卷三三七）

此序議論風節，憂國憂民，一代名臣的清剛忠鯁盡出於此，與一般官場應酬
文字，何啻霄壤之別！可惜賈、顏二人的贈序作品不多，各有三篇傳世，僅
具裝點之功，未能形成主流。

此期代表性的贈序文作家，首推李白，他的十六篇作品，亦頗能指陳時
事，反映現實，像〈餞副大使李藏用移軍廣陵序〉即是很好的例子。其文云：

> 夫功未足以蓋世，威不可以震主，必扶此者，持之安歸，所以彭越
> 醢於前，韓信誅於後，況權位不及此者。……我副使李公勇冠三軍，
> 眾無一旅，橫倚天之劍，揮駐日之戈，吟嘯四顧，熊羆雨集。蒙輪
> 扛鼎之士，杖干將而星羅，上可以決天雲，下可以絕地維。翕振虎
> 旅，赫張王師，退如山立，進若電逝，轉戰百勝，僵屍盈川，水膏
> 於滄溟，陸血於原野。一掃瓦解，洗清全吳，可謂萬里長城，橫斷
> 楚塞。不然，五嶺之北，盡餌於修蛇，勢盤地蹙，不可圖也。而功
> 大用小，天高路遐，社稷雖定於劉章，封侯未施於李廣，使慷慨之
> 士，長吁青雲，且移軍廣陵，恭揖後命。（《李太白全集》卷二七）

李白以大刀闊斧、雄放無比的手法，敘述李藏用的軍事才能。他「勇冠三軍，
眾無一旅」，在極度艱危的形勢下，竟能「一掃瓦解，洗清全吳」，建立顯赫
的戰功，卻落得「社稷雖定於劉章，封侯未施於李廣」。在爲友人鳴不平的同
時，亦表達了對朝廷賞罰不公的失望。〔註15〕尤其寫到戰爭的殘刻景象，「轉

〔註15〕上元元年，淮西節度副使劉展反，李藏用獨守杭州，敗劉展部將張濤雷，事
　　　　見《資治通鑑》卷二二一、二二二。迨劉展亂平，諸將爭功，酬賞未及李藏
　　　　用。獨狐及〈爲杭州李使君論李藏用守杭州有功表〉云：「今都統使停，本職
　　　　已罷，孤軍無主，莫知適從。將士嗷嗷，未有所隸。天高聽邈，無人爲言，
　　　　遂使殊勳見委，忠節未錄，口不言賞，賞亦不及，伏恐非聖朝旌有德，表有
　　　　功之意。」（《全唐文》卷三八四）李白寫「社稷雖定於劉章，封侯未施於李
　　　　廣」是有深慨的。

戰百勝，僵屍盈川，水膏於滄溟，陸血於原野」，令人毛骨悚然。又其〈春於
姑蘇送趙四流炎方序〉云：

> 白以鄒魯多鴻儒，燕趙饒壯士，蓋風土之然乎？趙少翁才貌瓌雅，
> 志氣豪烈，以黃綬作尉，泥蟠當塗，亦猶雞棲鶴籠，不足以窘束鸞
> 鳳耳！以疾惡抵法，遷於炎方，辭高堂而墜心，指絕國以搖恨。天
> 與水遠，雲連山長，惜光景於頃刻，開壺觴於洲渚。黃鶴曉別，愁
> 聞命子之聲；青楓暝色，盡是傷心之樹。（《李太白全集》卷二七）

趙四為當塗縣尉，序中云其「疾惡抵法，遷於炎方」，正直之士卻遭貶謫，壯
志難伸，可見當時吏治的荒謬。及其臨行拜別高堂，更教人悲傷，「黃鶴曉別，
愁聞命子之聲；青楓暝色，盡是傷心之樹」，融情於景，物我合一，是詩人慣
用的高妙手法。

　　李白的散文，在其詩名的掩蓋下，歷來較不為人重視。事實上，他的文
與詩無論在寫法、意境和風格上，都非常融合，以其贈序作品而言，亦與詩
意相連，多屬縱橫狂放一路〔註16〕，在盛唐贈序文中是較為出色的。如〈暮
春於江夏送張祖監丞之東都序〉云：

> 吁咄哉！僕書室坐愁，亦已久矣。每思欲遐登蓬萊，極目四海，手
> 弄白日，頂摩青穹，揮斥幽憤，不可得也。而金骨未變，玉顏已緇，
> 何常不捫松傷心，撫鶴歎息。誤學書劍，薄游人間。紫禁九重，碧
> 山萬里。有才無命，甘於後時，劉表不用於禰衡，暫來江夏；賀循
> 喜逢於張翰，且樂船中。（《李太白全集》卷二七）

又〈秋夜於安府送孟贊府兄還都序〉云：

> 夫士有飾危冠，佩長劍，揚眉吐諾，激昂青雲者，莫不誇炫意氣，
> 託交王侯。若告之急難，乃十失八九。我義兄孟子，則不然耶！
> 道合而襟期暗親，志乖而肝膽楚越，鴻騫鳳立，不循常流。孔明披
> 書，每觀於大略；少君讀易，時作於小文。四方賢豪，眒然景慕，
> 雖長不過七尺，而雄心萬夫。至於酒情中酣，天機俊發，則談笑滿
> 席，風雲動天，非嵩丘騰精，何以及此？（《李太白全集》卷二七）

排山倒海的氣勢、浪漫自由的精神，在此二文中表露無遺，與他的七言歌行
實有同工異曲之妙。這種縱橫狂放的風格，在盛唐贈序文中是獨樹一幟的，

〔註16〕郭預衡《中國散文史》中冊第五章云，第四節論李白的文章云：「不僅有縱橫
　　　　之氣，且有狂放之度。」「縱橫狂放」是李白贈序文的最大特色。

惟有任華的贈序作品差可比擬，如其〈送宗判官歸滑臺序〉云：

> 大丈夫其誰不有四方之志？則僕與宗袞，二年之間，會而離，離而
> 會，經途所亘，凡三萬里，何以言之？去年春，會於京師，是時僕
> 如桂林，袞如滑臺；今年秋，乃不期而會於桂林。居無何，又歸滑
> 臺，王事故也。舟車往返，豈止三萬里乎？人生幾何，而條聚忽散，
> 遼夐若此，亦復何辭？

> 歲十有一月，二三子出餞於野。……噴入滄海，橫浸三山，則中朝
> 群公，豈知遐荒之外，有如是山水。山水既爾，人亦其然，袞乎對
> 此，與我分手，忘我尚可，豈得忘此山水哉！（《全唐文》卷三七六）

全文節奏明快，揮灑自如，寫聚散離合，卻無傷感情調，雖沒有李白的豪情
勝慨，而清新俊爽，抑有過之。類似的贈序作品還有元結〈別王佐卿序〉，其
文云：

> 癸卯歲，京兆王契佐卿年四十六，河南元結次山年四十五。時次山
> 須浪遊吳中，佐卿須日去西蜀，對酒欲別，此情易耶？

> 在少年時，握手笑別，雖遠不恨，以天下無事，志氣猶壯。今與佐
> 卿年近五十，又逢戰爭未息，相去萬里，欲強笑別，豈可得乎？（《元
> 次山文集》卷七）

雖聊聊數語，卻表達身逢亂世的無奈與感慨。頗能汲古生新，不落俗套，堪
為盛唐贈序諸作中的特例。

經由以上分析，對於盛唐贈序文的內容與風格有概括性的認識。其次是
形式上的轉變，亦不容輕忽。此期可說是各體文章由駢入散的過渡階段，贈
序文自不例外，除李白、王維二人部分的作品為駢體外，其餘皆為散體。

文體的轉變，並非偶然，而是源遠流長，醞釀已久的。以文學的內在發
展的必然性而論，駢文到了唐代，走進追求唯美的形式，由於思想內容千篇
一律，缺乏新意，無形中註定其衰微的命運。王國維《人間詞話・卷上》云：

> 蓋文體通行既久，染指遂多，自成陳套。豪傑之士，亦難於中自出
> 新意，故往往而遁而作他體，以發表其思想感情。一切文體所以始
> 盛終衰者皆由於此。

王氏的說法，僅能解釋文體本身的轉變現象。此外，儒學的復興，本著徵聖
宗經的思想，順應政治環境，促使文章脫胎換骨，由唯美導向實用。而不離
儒道的古文，正符合這種實用的要求，於是古文運動便應運而生。

　　文章的復古，並非由唐代開始，早在北朝的蘇綽和顏之推，便極力反對當時「雕章繪句，華而不實」的駢文，乃先後提出復古的口號〔註17〕；接著隋朝的李諤和王通亦有重道輕文之說〔註18〕；降及唐初，史家姚思廉、李百藥、令狐德棻、魏徵、房玄齡、李延壽諸人，都借著「文學傳」、「文苑傳」的序論來攻擊六朝的文學風氣，同時發揮尊聖宗經、輔助教化的儒家傳統文學觀。〔註19〕

　　盛唐以後，李華、蕭穎士、賈至、元結、獨孤及等連袂而起，呼朋引類，同聲相應，同氣相求，互為彼此的文集作序〔註20〕。他們對文章復古的觀念在基本上是一致的，在創作方面也都能突破駢儷的桎梏而趨向散化，為韓、柳的古文運動奠立基礎。然因處於駢散的過渡期，他們的文章或多或少難免有半生不熟之感，以贈序作品而言，亦有如此現象，如李華〈江州臥疾送李侍御詩序〉云：

　　　　侍御歷總漢上湖陰江左之賦，王府之入不匱，愛人之頌有餘。前相
　　　　國劉公居佐帝庭，行恤人隱；侍御時賢高譽，盛府舊僚，傳檄速駕，
　　　　江城風動。當天心厭兵，品物思理，將束貪狼之口，掩破骨之傷，
　　　　濡足而前，化危為安，此大丈夫懸弧四方之志，與夫竄身漁釣，山
　　　　林枯槁，異日論也。
　　　　天下有道，貧且賤焉，恥也。今聖人在上，夔龍宣力，而老夫甘心
　　　　貧賤，得非人生窮達，固有分耶？方理舟潯陽，追跡幽人，解纓網，
　　　　陵顥淳，雖病痟齒衰而神王。顤頷之中，齊榮辱，一視聽，是非哀
　　　　樂，無自入矣。（《李遐叔文集》卷一）

〔註17〕《周書·柳慶傳》載蘇綽言曰：「近代以來，文章華靡，逮于江左，彌復輕薄，
　　　　洛陽後進，祖述不已。相公柄民軌物，君職典文房，宜製此表，以革前弊。」
　　　　他對當時文風不滿，可見一斑。其後宇文泰掌政，嘗命他摹仿《尚書》誥命
　　　　體裁，撰寫祭廟大誥。顏之推亦為復古運動的先驅，以為文體應古今兼採，
　　　　本末並用，不主極端復古。其論述要點可參《顏氏家訓·文章篇》。
〔註18〕李諤嘗為治書侍御史，上書隋文帝，談論文體輕薄之弊，以求糾正。事見《隋
　　　　書·李諤傳》。王通乃隋朝大儒，著《中說》十卷，論文皆本儒道。
〔註19〕姚思廉《梁書·文學傳序》和《陳書·文學傳序》、李百藥《北齊書·文苑傳
　　　　序》、令狐德棻《周書·王褒庾信傳論》、魏徵《隋書·文學傳序》、房玄齡《晉
　　　　書·文苑傳序》、李延壽《南史·文學傳序》和《北史·文苑傳序》等文章中，
　　　　皆反對六朝文豔用寡的作品，主張文學應具備教化實用的功能，可說是唐代
　　　　古文運動的先河。
〔註20〕如李華有〈揚州功曹蕭穎士文集序〉、獨孤及有〈檢校尚書吏部員外郎趙郡李
　　　　公中集序〉、梁肅有〈常州刺史獨孤及集後序〉等，這群古文家利用作序相互
　　　　鼓吹呼應，發揮自己的文學主張，擴大古文影響。

又蕭穎士〈送族弟旭帖經下第東歸序〉云：

> 吾族旭也，洵美有聲。夫蒸蒸者行之能，翼翼者體之敬。工文足以
> 標絕唱，深識足以剖群疑，兼而備焉，實為難者。意其培積風之力，
> 駁絕電之姿，從東道以載馳，去南溟而一息，此其分也。……吾聞
> 諸君子非無位之患，惟立身實難。今爾有是才，居是屈，能卷舒其
> 道，喜慍不形，又其沖融坦蕩，莫可得而窺也。不然，書未十獻，
> 歲未二毛，道非掉闔，交無荐寵，而雄雖先進，歎其後時，何哉？
> 論者以為人之望也。（《全唐文》卷三二二）

前者雖為散體，行文卻欠順暢；後者駢散夾雜，有跡可尋，都是駢散過渡階
段的尷尬現象。及較晚出的獨孤及，幾乎全用散體來寫贈序文，夾敘夾議，
稍略風物。其四十四篇作品中不乏佳構，如〈送李白之曹南序〉云：

> 曩子之入秦也，上方覽子虛之賦，喜相如同時。由是朝詣公車，夕
> 揮宸翰，一旦襆被金馬，蓬累而行，出入燕宋，與白雲為伍。然則
> 適來，時行也；適去，時止也。
>
> 彼碌碌者，徒見三河之遊倦，百溢之金盡，乃議子於得失虧成之間，
> 曾不知才全者無虧成，志全者無得失，進與退，於道德乎何有？
>
> 是日也，出車桐門，時駕於曹，仙藥滿囊，道書盈篋，異乎莊舄之
> 辭越，仲尼之去魯矣。送子何所？平臺之隅，短歌薄酒，擊筑相和。
> 大丈夫各乘風波，未始有極，哀樂不足以累士之心，況小別乎？請
> 偕賦詩，以見交態。（《毘陵集》卷一四）

此文平實簡賅，瀟瀟流落，文人豪邁不拘的性格畢現，與李白、任華的情調
相近。崔祐甫評其文有「清如秋風過物，邈不可逮」的境界〔註21〕，可由本
篇得到體認。

　　劉勰《文心雕龍‧時序篇》云：「時運交移，質文代變。」又：「文變染乎
世情，興廢繫乎時序。」由盛唐贈序文中可觀察到時代的動盪不安，社會的各
種病態，已非初唐那種為文造情，一味諛頌的面貌。內涵上的提昇與豐富，增
加了可讀性。另一方面，此期作家致力於文體的改革，正處於駢散的轉型階段，
在創作上時常有心餘力絀之感，而贈序文又非這群作家的代表性作品〔註22〕，
故佳篇警句雖有，整體氣魄則嫌不足，正是創作上未能攀上高峰的原因。

〔註21〕見崔祐甫〈故常州刺史獨孤公神道碑銘并序〉（《全唐文》卷四○九）
〔註22〕盛唐作家多不以贈序一體為勝，如賈至擅制誥，元結擅短論雜文，獨孤及雖
　　　　有四十四篇贈序文，卻不如他的議論之作出色。

第三節　高峰期——中唐

贈序一體，莫盛於中唐，揮揮灑灑，文成法立，進入黃金時代。代表作家有劉太眞、于邵、息夫牧、權與輿、梁肅、顧況、韓愈、柳宗元、歐陽詹、崔群、呂溫、李翱、白居易、皇甫湜、符載、沈亞之、穆員等十七人，作品二百七十五篇〔註23〕，數量之豐，冠於各期。

中唐贈序文之所以大鳴大放，並非就作品數量的多寡而言，實因有散文大家韓愈、柳宗元努力開拓下的結果。尤其是韓愈，突破傳統的陳詞俗套，爲贈序一體注入新生命。在其文集收錄的三十四篇贈序文，篇篇奇絕變化，膾炙人口，博得後世極高的評價。如吳訥《文章辨體·序說》中云：

> 近世應用，惟贈送爲盛，當須取法昌黎韓子諸作，庶爲有得古人贈言之義，而無枉已徇人之失也。

姚鼐《古文辭類纂·序目》云：

> 唐初贈人，始以序名，作者亦眾，至於昌黎，乃得古人之意，其文冠絕前後作者。

林紓《畏廬論文·流別論》則云：

> 不過唐世一有昌黎，以吞言咽理之文，施之贈送序中，覺唐初諸賢對之，一皆無色。韓集贈送之序，美不勝收。

又其《韓柳文研究法》云：

> 贈送序是昌黎絕技，歐、王二家，王得其骨，歐得其神，歸震川亦可謂能變化矣，安能如昌黎之飛行絕跡邪？昌黎集中銘誌最多，而贈送序次之，無篇不道及身世之感，然匪有同者。

三家莫不對韓愈推崇備至，以爲其贈序文既不失古義，又不爲傳統框架所束縛。而且「匪有同者」，即在遣辭措意及謀篇布局上，皆能靈動變化，不主故常，所謂「渾渾灝灝，文成法立」，殆乎言此。如〈送孟東野序〉、〈送齊皥下第序〉、〈送李愿歸盤谷序〉、〈贈崔復州序〉等篇披露社會弊端，爲有識之士鳴不平；〈送董邵南序〉、〈送幽州李端公序〉、〈送水陸運使韓侍御歸所治序〉等篇反對藩鎮割據，渴望國家統一；〈送浮屠文暢師序〉、〈送廖道士序〉、〈送高閑上人序〉等篇攘斥佛老，維護儒家道統。這些作品結構嚴謹，思想深刻，是唐代其他贈序文作家無法相比的。

〔註23〕同註3。

柳宗元有四十六篇贈序文，在數量上較韓愈爲多，然而參差跌宕之勢，則遜於韓愈。林紓《韓柳文研究法》提到：

> 贈序一門，昌黎極其變化，柳州不能逮也。……語皆質實，無伸縮吞咽之能。

林氏以韓、柳二人贈序作品相較，認爲柳不如韓，乃就文章的藝術技巧立論，近人金容杓也有「因多革少」之評〔註24〕。其實柳宗元的贈序文推理細密，敘述平實，尤其思想境界的開闊，非韓愈所能及，在中唐眾多贈序作品中，亦可謂出類拔萃者。如〈送寧國范明府詩序〉、〈送薛存義之任序〉揭示吏治之道與民本觀念；〈送元十八山人南遊序〉、〈送僧浩初序〉、〈送元暠師序〉闡發儒釋道三教合流的思想；〈送崔群序〉、〈送豆盧膺秀才南遊序〉、〈送南涪州量移澧州序〉、〈送薛判官量移序〉、〈送元秀才下第東歸序〉大論君子之志，樹立積極入世的人生觀。篇篇議論精警，莫不以立意爲宗；而鍊句布采，清暢自然，頗能於韓愈之外，另闢蹊徑。

韓愈、柳宗元是古文運動的領袖，二人不僅示人以堅實的理論，指引明確的方向；更重要者，是能將理論與實踐結合，創造出許多優美的文章，因而形成一股風潮。二人的贈序文，質量並重，爲歷來文家所取資。相對於韓、柳同期其他作家的贈序作品，不免備受冷落，然而這些作品中仍有部份值得重視。韓、柳之前，如干邵〈送盧判官之梧州鄭判官之昭州序〉、〈送金壇韋明府序〉反映朝政隳壞、兵禍頻仍的局面；〈送賈中允之襄陽序〉論儒者之行，循循善誘；〈送盛卿序〉、〈送陳秀才序〉則文采煥發，飄然不群。權德輿〈奉送崔二十三丈論德承恩致仕東歸舊山序〉、〈送襄陽盧判官赴本使序〉、〈送三從弟長孺擢第後歸徐州覲省序〉、〈送從兄穎遊江西序〉言士風無恥，世態炎涼。梁肅〈送李補闕歸少室養疾序〉、〈送韋拾遺歸嵩陽舊居序〉反省仕途進退之道。顧況〈送朱拾遺序〉語出機鋒，〈送張鳴謙適越序〉工於寫景。

中唐後期的贈序文作家，多爲韓、柳的好友或門人〔註25〕，藉著彼此間

〔註24〕金容杓《柳宗元散文研究》第二章·第二節云：「蓋柳宗元贈序，因多革少，只求傳道而忽略藝術性……然而在形式上多因循舊體，別無創新。在藝術上不免有些缺點，如語言不能暢所欲言，用詞有生澀之處，其表現方法較爲單調，立意方面各篇皆大體相同。」（臺灣大學中文研究所74年碩士論文）

〔註25〕如歐陽詹爲韓愈知交，李翱、皇甫湜，沈亞之皆爲韓門弟子；呂溫則爲柳宗元的好友。

的遞相祖述，使古文運動得以繼續發展。在他們的贈序作品中，常借題發揮，提出復古的文學觀。如歐陽詹〈別柳由庾序〉、〈送李孝廉及第東歸序〉強調儒家宗經思想，屬文俾去華取實；呂溫〈送薛大信歸臨晉序〉主張文道合一；沈亞之〈送韓靜略序〉反對文章因循舊貫，須以創新爲貴。此外，如皇甫湜〈送簡師序〉、〈送孫生序〉敷陳諷喻，闡「浮屠之法」。凡此種種，莫不與韓柳相呼應。

中唐贈序文在韓愈、柳宗元等古文大家的領導創作之下，盛極一時，獲致空前的成就，以上僅略示大端而已。然而究其興盛的原因，除了具備優秀的作家外，還因古文運動的提倡，使文體散化趨於成熟。這種單行散句，不限字數，文家得以盡情發揮，描寫更豐富的意象，無形間也令文章的內容層面擴大。另一個重要的因素，是贈序性質的改變。中唐以後，贈序文幾乎不再扮演「贈詩」的陪襯角色。即使是「贈詩之序」，序文的重要性卻遠超過詩作本身，詩反而成爲序的附庸，甚至作家不作詩而專力作序，使序文成爲絕佳的表現媒材，於是有「無詩之序」的產生。「無詩之序」在內容及章法上都不受拘束，而韓、柳尤擅此體〔註26〕，每能窮極變化，提昇其藝術性，故贈序發展至此，已完全擁有獨立的文學生命。

第四節　衰退期——晚唐

晚唐以後，贈序文由盛轉衰，作品數量驟減，僅存十二篇，代表作家有杜牧、盛均、李遠、陳黯、陸龜蒙、司空圖、孫郃、黃滔、羅隱等九人〔註27〕。

晚唐贈序文何以突然衰微？很難遽下斷語。以此期的古文趨向而論，由於韓門同道及弟子將古文引向艱澀一途。如樊宗師、皇甫湜、沈亞之、孫樵諸人之作，都屬於怪異的風格，所謂「意新則異於常，異於常則怪矣；詞高則出眾，出眾則奇矣」〔註28〕，他們爲了求新求異，乃片面模擬韓、柳雜取三代古奧文辭的特點，卻缺乏超越和獨創的自覺意識〔註29〕。他們

〔註26〕韓愈的三十四篇贈序文，文中提及贈詩者祇有十二篇；柳宗元有四十六篇贈序文，文中提及贈詩者亦僅十二篇，故二人大部分的作品沒有贈詩而獨立成篇，是爲「無詩之序」。

〔註27〕同註3。

〔註28〕見皇甫湜〈答李生第一書〉（《皇甫持正文集》第四卷）。

〔註29〕葛曉音〈中晚唐古文趨向新議〉一文對此論之甚詳。（《北京大學學報》1987年，第五期）

的文章奇異怪僻，晦澀難懂〔註30〕，限制了古文的發展。相對的，駢文勢力又復抬頭，尤其李商隱、溫庭筠等駢文大家的出現，改變了初、盛唐以來宏博典雅的風格，而轉爲華冶濃艷，講究用典深僻和辭采的繁褥，且大量運用到各種文體中，使得駢散的勢力再次消長。然而晚唐駢文的復興祇是一種表面現象〔註31〕。事實上，它與古文都已成強弩之末，使當時作家心餘力絀，無所適從，以致奇僻一派的古文及李、溫輕靡的駢文，都無法相應於贈序一體的發展。

　　再從政治因素來看，唐代自憲宗平定藩鎮以後，暫時有復興機象，但唐室中央，內則宦豎弄權，外則朝士相軋，歷穆宗、敬宗、文宗、武宗各朝，紛擾未已，元氣大傷。及懿宗即位，好佞惡直；荒廢國政、又篤信佛教，不惜重爲聚斂，以飾佛寺。〔註32〕。由於政亂令煩，民難堪命，在他登基後不久，南方便發生寇亂〔註33〕，接連又是不停的戰爭，唐室覆滅之命，遂決於此。面臨如此局面，文人但求苟全性命，哪有心情酬酢宴飲，文章唱和？陳柱先生曾謂：

> 自晚唐以後之文學，可論者惟詩詞而已，散文駢文俱不足論矣；至於五代十國，則所可論者惟詞而已，即詩亦已不足論。蓋國勢日衰，干戈擾攘之際，士既不得從容於學，而偷生避難，僅存於鋒鏑之間者，亦苟驪旦夕，惟恐後時。時勢之衰落既足以促士氣之銷沈，而士氣之銷沈更足以增時勢衰落，互相因果，而文章學術乃彌益不足論矣。故晚唐五代之散文，歷代文家乃絕少語之者焉〔註34〕

這段評論，適足說明晚唐文受政治動亂而淹沒不彰的必然結果，也可作爲贈

〔註30〕例如樊宗師之文，奇澀難懂，彷如字謎。唐李肇《國史補・卷下》：「元和以後，爲文筆則學奇於韓愈，學澀於宗師。」他的〈絳守居園池記〉曾有元趙仁舉、吳師道、許謙等爲之注，而眾說紛紜，終無定論。如「瑤翻碧激」、「蒐眼瀆耳」等語，皆前人未道。

〔註31〕同註20。

〔註32〕《唐會要》卷四八：「咸通二年，上以志奉釋氏，怠於朝政。……六年，尚書右丞李蔚復上疏諫曰『臣聞孔子，聖者也，……陛下自纂帝圖，克崇佛事，……今三時之月，穿池沼，損命也；殫府庫，損人也；廣殿宇，營身也。……伏望詳前事之安危，覽昔賢之啓奏，營繕之間，稍宜停減。』」

〔註33〕咸通元年，浙東人裘甫因爲官府所虐，聚眾作亂，速陷象山、剡縣，中原震動。同年，唐以王式討平之。到九年，又有桂州戍兵的叛亂。事見《資治通鑑》卷二四九、二五○、二五一。

〔註34〕見陳柱《中國散文史》第四編・第七節「晚唐五代之散文」。

序文衰微的另一原因。

　　此期贈序作品寥若晨星，縱復有一二可觀者，亦不過是亂世的悲鳴，如盛均〈送建安郡守之任序〉云：

> 夫理有風而化有本，國者，風帝王之理；邦者，本牧守之化。二漢
> 以還，風化相蕩，貪波　派，人不棲身，故有得一郡，若豪虎之暴
> 豚羊焉！既猛有餘，化不宜善也。有唐洗叔世之敝，惟牧守不新其
> 規，實乃知風化之本，未可移去。然則祿食者，任國不務其理，爲
> 邦不敝其道，愚而不知夫祿食之道也。惟閔嶠拔一臂西指，則建安
> 在焉！其郡襟山而束水，其人猓黠而易隨。等閔之支屬，特稀聞善
> 化者，得非地深法蠹，會斂無時，猾吏坐姿姦欺，黎庶日爲蜂蠆哉？
> （《全唐文》卷七六三）

此文抑塞悲怨，痛陳吏治的腐敗，反映晚唐的社會亂象。類似的作品還有陸龜蒙的〈送小雞山人序〉，運用小品雜文的諷刺手法，使內容更爲深刻。其文云：

> 予家大小之口二十，月費米十斛，……歲入五千束足矣。其掌而供
> 事曰顧及，小雞之樵旰也。乾符六年春，弗雨；夏，支流將絕；八
> 月暴雨，而巨艑可實而行之矣；九月朔，方置薪二百五十於門，召
> 而責之曰：「吾一夏來，撤敗屋拔庭草以炊，雨之明日，望爾來矣，
> 何數廉而至晚，得非赭吾山而爲汝之利耶？老而欺，如名惡何！」
> 及笑曰：「吾年餘八十矣。元和中，嘗從吏部遊京師。人言國家用兵，
> 幣金窖粟不足用，當時江南之賦已重矣，迨今盈六十年，賦數倍於
> 前，不足之聲聞於天下，得非專地者之欺甚乎？吾有丈夫子五人，
> 諸孫亦有丁壯者，自盜興以來，百役皆在，亡無所容；又水旱更害
> 吾稼，未即死，不忍見兒孫寒餒之色，雖盡售小雞之木，不足以濡
> 吾家，矧一二買名爲偷乎？今子一煬竈不給而責吾之深，吾將欲移
> 其責於天下之守，則吾死不恨矣。」（《甫里先生文集》卷一六）

作者假借與顧及的談話，發洩對現實的不滿，把人民之難歸咎於「天下之守」。陸龜蒙乃一布衣窮愁之士，屢舉進士不第。《新唐書》將他納入〈隱逸列傳〉，以爲隱者一流。其實他頗有用世之意，可惜遭遇坎坷，有志難伸，故爲文多悱憤之詞。唐末有許多作家也是如此命運〔註35〕，所以魯迅先生說他們的文

〔註35〕晚唐有許多作家不得志，如孫樵曾「十黜有司，十年屢窮」，陳黯則「十八上

章「正是一塌糊塗的泥塘裡的光采和鋒芒」〔註36〕，郭預衡先生則評爲「憤世之文」或「刺世之文」〔註37〕，二家所言，正說明了晚唐文的特色。

晚唐贈序文尚有一類屬於駁辯風格的作品，以杜牧爲代表，如其〈送薛處士序〉云：

> 處士之名何哉？潛山隱市，皆處士也。在山也，且非頑如木石也；在市也，市非愚如市人也。蓋有大知不得大用，故羞恥不出，寧反與市人木石爲伍也。國有大知之人，不能大用，是國病也；故處士之名，自負也，謗國也。非大君子，其孰能當之？（《樊川文集》卷十）

此序主從有別，層次綿密，頗見作者識力。呂武志先生《杜牧散文研究》對此文極爲讚賞，而且有精闢的分析〔註38〕。又其〈送盧秀才赴舉序〉云：

> 治心、治身、治友，三者治矣，有求名而名不隨者，未之聞也。治心莫若和平，治身莫若兢謹，治友莫若誠信。友治矣，非身治而不能得之；身治矣，非心治而不能致之。三者治矣，推而廣之，可以治天下，惡其求成進士名者而不得也？況有千人皆以聖人爲師，眠而食，一無其他，唯議論是司。三人有司，十人公私半，百人無有不公者，況千人哉？古之聖賢，業大事鉅，道行則不肖懼，道不行則不肖喜，故有不公。今進士者，業微事細，如成其名，不肖未所喜懼，寧不公邪？故取之甚易耳。（《樊川文集》卷十）

杜牧的散文筆力健勁，風規自鑄，清李慈銘譽爲「晚唐第一人」〔註39〕，然

而不第」，羅隱也是「凡十上不中第」。《舊唐書‧黃巢傳》：「僖宗以幼主臨朝，號令出臣下，南衙北司，迭相矛盾，以至九流濁亂，時多朋黨，小人讒勝，君子道消，賢豪忌憤，退之草澤，既一朝有變，天下離心。巢之起也，人士從而附之。或巢馳檄四方，章奏論列，皆指目朝政之弊，蓋士不逞之辭也。」所謂「士不逞」者，即指陳黯、羅隱一流的作者。

〔註36〕見《魯迅全集》第四冊〈小品文的危機〉。
〔註37〕詳郭預衡《中國散文史》中冊第十一章。
〔註38〕呂武志《杜牧散文研究》第陸章‧第三節云：「通觀全文不過兩百字，而布局如重巒複嶂，層見疊出，不可一覽而盡，其結構嚴謹者一也；突破贈序多敘緣由交誼之常規，侃侃發論，構思不凡，其謀篇奇變者二也；以設問開筆，劈空而來，予人突兀之感，其起勢雄渾者三也；前呼後應，上承下啓，迴環密扣無間，其過渡自然者四也；篇末語重心長，寓意深摯，不苟爲門面無關痛癢之言，其結尾警策者五也；文章勢如剝筍，層次分明，其條理井然者六也；以『自負』一詞點晴，文旨鮮明，且用『山』、『市』、；『處士』、『木石』、『市人』、『大知』、『大用』等字穿針引線，收脈絡貫通之效，其重點顯豁者七也。」
〔註39〕見《越縵堂讀書記》中冊八‧「文學」。

由於時代的斷限，或為其詩名所掩蓋，歷來文家甚少提及。今就此序觀之，侃侃發論，一氣貫注，正是「氣盛則言之短長與聲之高下者皆宜」〔註40〕的典範。此外，尚有陸龜蒙的〈送侯道士還太白山序〉，層層駁判，饒富新意。其文云：

> 夫物命乎天者，人不能有；存乎人者，天不能奪。推其氣則謂之一，
> 考其命則有懸絕不類者焉。居恆寒之地而不夭者，吾不信也；處恆
> 燠之地而不壽者，吾不信也。信其命乎天者，人不能有而已矣。傳
> 曰：「仁者壽。」則恆寒之地不仁者夭而死矣；恆燠之地仁者壽而生
> 矣。苟恆寒之地壽其不仁者，恆燠之地夭其仁者，是寒燠為不祥之
> 氣，又何以佐天地之生植乎哉？如此則居寒而壽，居燠而夭，吾益
> 不信也。信其存乎仁者而天不能奪而已矣。或曰：「仁者壽，不仁者
> 亦壽；不仁者夭，仁者亦夭。」吾又不知命乎天存乎人，果可信乎
> 未也？無乃自壽自天自仁自不仁耶？天不能與之，又安能奪耶？信
> 矣，子姑務乎仁，無以山寒自欺，則吾亦信子之壽矣。（《甫里先生
> 文集》卷一六）

此文以「仁者壽」的論點出發，說明壽命本乎天，非人能掌握；而仁存乎人心，非天能奪取的道理。行文翻轉騰挪，滔滔不絕。北宋朱袞稱陸氏之為「氣完而志直，言辯而意深」〔註41〕，洵非虛語。可惜他與杜牧的贈序作品不多，於晚唐贈序文的衰退期而言，無法起振興的作用。

上舉數例，可知晚唐贈序文多以議論為主，刺世疾邪，一吐胸中鬱壘，而「贈人以言」的性質減低，可視為延續韓、柳的「變體」。這種「變體」原本是贈序文發展的契機，不過隨著古文運動的銷沈及政治上的動亂，贈序一體不得不銷聲匿跡，待其興盛則是北宋以後的事了。

附表二：《全唐文》贈序作品及作家數量統計表

初唐（高祖武德初至玄宗開元初，西元618～713）

作家姓名	作品數量	卷　數	備　註
王勃	十六	一八一～一八二	1. 含《全唐文拾遺》、《全唐文續拾遺》
楊炯	三	一九一	2. 時代、作家的分期係參照明代高棅
駱賓王	四	一九九	《唐詩品彙‧詩人爵里詳節》。

〔註40〕見韓愈〈答李翊書〉（《韓昌黎文集校注》第三卷）。
〔註41〕引文見〈笠澤叢書後序〉（《甫里先生文集》卷二〇）。

陳子昂	六	二一四	
張說	七	二二五	
宋之問	六	二四一	
蘇頲	一	二五六	
賈曾	一	二七七	
張九齡	六	二九〇	
孫逖	八	三一二	

共計作者十人，作品五十八篇

盛唐（玄宗開元初至代宗大曆初，西元 713～766）

作家姓名	作品數量	卷　數	備　註
盧象	一	三〇七	
李華	九	三一五	
蕭穎士	一	三二三	
王維	六	三二五	
陶翰	十五	三三四	
顏真卿	三	三三七	
李白	十六	三四九	
蕭昕	一	三五五	
高適	一	三五七	
賈至	三	三六八	
任華	十七	三七六	
皇甫冉	一	四五一	
劉長卿	二	三四六	
元結	六	三八一	
獨孤及	四十四	三八七～三八八	

共計作者十五人，作品一百二十六篇。

中唐（代宗大曆初至憲宗元和末，西元 766～820）

作家姓名	作品數量	卷　數	備　註
劉太真	一	三九五	
于邵	五十二	四二七～四二八	
息夫牧	一	四四二	
權德輿	六十三	四九〇～四九三	
梁肅	十八	五一八	

顧況	五	五二九	
韓愈	三十四	五五五～五五六	
柳宗元	四十六	五七七～五七九	
歐陽詹	十七	五九六～五九七	
崔群	一	六一二	
呂溫	三	六二八	
李翱	一	六三六	
白居易	一	六七五	
皇甫湜	五	六八六	
符載	十三	六九〇	
沈亞之	十二	七三五	
穆員	二	七八三	

共計作者十七人，作品二百七十五篇。

晚唐（文宗開成初至五代初，西元 836～907）

作家姓名	作品數量	卷　數	備　註
杜牧	二	七五三	
盛均	一	七六三	
李遠	一	七六五	
陳黯	一	七六七	
陸龜蒙	三	八〇〇	
司空圖	一	八〇七	
孫郃	一	八二〇	
黃滔	一	八二四	
羅隱	一	八九五	

共計作者九人，作品十二篇。

總計作者五十一人，作品四百七十一篇。

第三章　中唐贈序文的時代背景

古今文學作品，不外出於時代刺激的反映，或社會情狀的悲鳴。沒有任何一位作家可以遺世獨立，完全不受時空環境因素的影響。《文心雕龍‧時序篇》云：「歌謠文理，與世推移，風動於上，而波震於下者也。」《隋書‧經籍志集部序》則云：「世有澆淳，時移治亂，文體變遷，邪正或殊。」風俗的厚薄、國運的盛衰，與文學發展實有密不可分的關係。故研究一代文學，不僅是對於作品內在結構的探討，即連作品的外緣背景亦不可等閒視之。

有鑑於此，本章就中唐贈序文的時代背景分為：「內憂外患的頻繁」、「進士科考的鼎盛」、「辟署制度的流行」等三節加以剖析，以便做為進一步研究中唐贈序文內涵的參考。

第一節　內憂外患的頻繁

天寶年間的安史之亂，是唐朝由盛轉衰的分歧點。這場大叛亂雖被弭平，但所造成的打擊和創痛，真是至深且鉅。至於它留下的後遺症，更令唐室中葉以後，飽受內憂外患的紛擾，始終欲振乏力，無法解決各種災禍，繼而步向亂亡一途。

一、藩鎮跋扈

安史之亂後，其餘將叛黨歸降者，朝廷並不懲處，也不解散其武力，反而酬以廣大轄地和節度使官位，致使他們擁兵自重，不聽中央號令。代宗即位後，史朝義敗，其將張忠志（賜名李寶臣）為成德節度使，田承嗣為魏博節度使，李懷仙為盧龍度使、薛嵩為昭義節度使、李懷玉（賜名李正己）為

淄青節度使〔註1〕，以上五鎮，控制東北一帶，漸成爲唐室大敵。

大曆八年，昭義節度使薛嵩死，唐以其弟薛萼爲留後〔註2〕。十四年，魏博節度使田承嗣死，其姪田悅繼位，開藩鎮世襲惡例〔註3〕。建中二年，成德節度使李寶臣死，其子惟岳自稱留後，因求節度使不遂，乃聯合田悅及李正己子李納，舉兵叛唐。德宗遣馬燧、李晟討之，田悅敗歸魏州，李惟岳爲部將王俊武後所殺〔註4〕。

盧龍節度使李懷仙，於代宗大曆初爲部將朱希彩所殺。未幾，朱希彩又爲其兵所殺，以朱泚代爲留後〔註5〕。大曆九年，朱泚入朝，自請留長安，唐以其弟朱滔爲盧龍節度使〔註6〕。至田悅等叛，朱滔以討伐有功，請求唐室增加轄地，未能如願；時王武俊求爲節度使，謀亦不遂。因此二人怨恨，乃發兵求田悅，解魏州之危。既而三鎮與淄青節度使李納、淮西節度使李希烈聯合，共推朱滔爲盟主〔註7〕。

建中四年，李希烈遣兵抄掠，唐室派涇原等鎮兵討之。涇原節度使姚令言率兵五千至京師，因酬賞未至，軍士鼓噪譁變，德宗倉皇出奔奉天。叛軍入長安後，推舉朱泚爲主，自稱秦帝，改號爲漢。聞變後由李晟、李懷光師還救長安，奉天之危解。然德宗聽信盧杞讒言，竟不召見懷光，致懷光不滿〔註8〕。

興元元年，德宗用陸贄之策，赦免李希烈、田悅、王武俊、李納等人之罪，惟朱泚不赦。朱滔、李希烈不從，李懷光與朱滔暗通，襲取奉天，德宗又急奔梁州。李懷光以實力不足，決計先據河中，大掠而去。同年，李晟收復京師，朱泚、姚令言均爲部將所殺。德宗還長安後，命馬燧、渾瑊討李懷光。貞元元年，懷光兵敗自殺。次年，李希烈爲部將陳仙奇所殺，陳仙奇又爲部下吳少誠所殺，唐以少誠繼位〔註9〕。

田悅於興元元年爲田承嗣子田緒所害，唐室乃以之爲魏博節度使。朱滔於貞元元年病死，唐以其將劉怦爲盧龍節度使，未幾。劉怦又死，其子劉濟

〔註1〕 詳《資治通鑑》卷二二二肅宗寶應元年至代宗廣德元年。
〔註2〕 《資治通鑑》卷二二四。
〔註3〕 詳《資治通鑑》卷二二五。
〔註4〕 詳《資治通鑑》卷二二六、二二七。
〔註5〕 詳《資治通鑑》卷二二四代宗大曆三年。
〔註6〕 同註3。
〔註7〕 詳《資治通鑑》卷二二七。
〔註8〕 詳《資治通鑑》卷二二八、二二九。
〔註9〕 詳《資治通鑑》卷二三○～二三二。

代之〔註10〕。

　　永貞初，憲宗即位，次年，改元元和，元和共計十五年，號爲「中興」爲中唐最安定的時期。憲宗勵精圖治，採宰相杜黃裳的建議，決以武力對付驕縱的藩鎮。元和元年、二年間，連平西川劉闢、夏綏楊惠琳、鎮海李錡等三鎮之亂，中央聲威大振〔註11〕。

　　元和四年，淮西節度使吳少誠死，大將吳少陽繼爲節度使。九年，少陽死，其子吳元濟自領軍務。〔註12〕次年，吳元濟縱兵東部，唐以李光嚴、嚴綏率諸鎮兵討之，未克。憲宗以宰相武元衡主持軍事，不久，武元衡遭刺，復以裴度爲相，專事討伐淮西。十一年，唐以李晟子李愬率兵討淮西。次年，於蔡州擒獲吳元濟，諸州相繼歸附，於是亂平〔註13〕。

　　淄青節度使李納死後，傳子李師古，元和元年，李師古死，部下擁其弟李師道繼位。及淮西亂起，李師道暗中出兵襄助吳元濟，並派人暗殺宰相武元衡〔註14〕。吳元濟被擒後，唐以李光顏、李愬進討。元和十四年，李師道被部將劉悟所殺，淄青遂平〔註15〕。

　　河北方面，魏博節度使田興對中央忠誠，唐賜名弘正。成德留後王承宗，於元和四年叛唐，唐討伐未克，王承宗自請謝過。後病死，唐室乃以田弘正移鎮其地，而以李愬爲魏博節度使。盧龍節度使劉濟，元和五年爲其子劉總所弒，劉總繼爲節度使，向唐室輸誠，接受中央號令〔註16〕。

　　至元和十四年，全國藩鎮盡皆歸服，可算是憲宗中興事業的最高峰，惜元和十五年爲宦官所害，河北三鎮又再作亂，唐室從此未能收復。

　　以上概述中唐藩鎮禍亂的經過，可以想見自大歷初至元和末六十年間，是如何的擾攘不安，民不聊生。當時的贈序作品，對此種現象有片段的回顧，如于邵〈送李員外入朝序〉云：

　　　　自至德改元之後，兵連天下，軍用仰給，四方諸侯，各有戎事。(《全唐文》卷四二七）

〔註10〕詳《資治通鑑》卷二三一、二三二。
〔註11〕詳《資治通鑑》卷二三七。
〔註12〕詳《資治通鑑》卷二三八。
〔註13〕詳《資治通鑑》卷二三九。
〔註14〕詳《新唐書・李師道傳》卷二一三。
〔註15〕詳《資治通鑑》卷二四一。
〔註16〕同註12。

又其〈送王司議季友赴洪州序〉云：

> 洪州之爲連率也舊矣。自幽薊外姦，加之以師旅，十年之閒，爲巨
> 防焉。（同前）

又其〈送房判官巡南海序〉云：

> 兩河稽誅，爲日久矣。固是迷悖，腥聞於天，法將汗瀦，罪爾無赦。
> （同前）

又其〈送金壇韋明府序〉云：

> 方今兵薄四海，師老十年，罄人之耕桑，窮人之術數，勤以奉中國。
> （《全唐文》卷四二八）

上述四例雖無深入的描述，卻可隱約地感受到這段史實的慘況。

二、內豎專橫

中唐另一政治禍端爲宦官的專權。大體而言，玄宗以前，唐室中央的政治大權操於宰相；玄宗以後，實行監軍制度，於是宦官勢力膨脹，不僅掌握政權，還掌握兵權，氣燄囂張，爲所欲爲。

代宗時期，李輔國、程元振兩大宦官聯合弄權，李輔國統領禁軍，代宗十分忌憚。其後程元振對李輔國甚爲嫉妒，代宗乃利用二人不合，藉機刺死輔國〔註17〕。李輔國死後，程元振代掌禁兵，陷殺襄陽節度使來瑱，貶逐宰相裴冕。廣德元年，吐蕃入接，程元振不及奏聞，以致代宗狼狽幸陝。亂平之後罷元振官爵，令其流放至死〔註18〕。代宗離京時，倉促間禁兵不集，其時魚朝恩率神策軍鎮陝，親迎聖駕，聲勢始振。回京後，列神策軍爲禁軍，由魚朝恩專典。然而魚氏始終嫉視郭子儀，屢與爲敵；又與另一宦官劉希暹合謀，在禁軍中置獄，召集坊市凶惡少年，誣陷城中富人，以吞奪其財產。代宗忍無可忍，於大曆五年殺魚、劉二人〔註19〕。

由於宦官勢力日雄，難免與外廷士大夫發生權力衝突。若干朝臣，欲從宦官手中奪回政權。貞元二十一年順宗即位，以舊日東宮僚屬王叔文爲翰林學士，參預大政。叔文密結韋執誼，以之爲相，本人則於幕後策畫，並汲引朝中名士陸淳、呂溫、韓曄、韓泰、柳宗元、劉禹錫等。王叔文得志後，急於求功，雖有善政，不得人望。繼而想奪宦官兵權，由是得罪。同年，宦官

〔註17〕詳《新唐書·李輔國傳》卷二八〇。
〔註18〕詳《新唐書·程元振傳》卷二七〇。
〔註19〕詳《新唐書·魚朝恩傳》卷二七〇。

乘機反擊，俱文珍、劉光奇、薛盈珍、尙解玉等，先後上表，以順宗有疾不能親事爲由，迫順宗傳位太子，是爲憲宗，改元永貞。憲宗即位後，立貶王叔文，於次年賜死，韓泰、韓曄、柳宗元、劉禹錫俱遭流放〔註20〕。死即「永貞內禪」的事變經過。

　　憲宗對宦官相當親用，頗有駕馭之能。但晚年因性情暴躁，終爲宦官陳弘志所弒。

　　以上大致爲中唐宦官專政的情形。他們對內姦佞貪黷，隻手遮天，挾天子以令諸侯；對外則飛揚拔扈，壞事做絕，旁人敢怒不敢言。一般文學作品，很少述及宦官之事，而韓愈有〈送汴州監軍俱文珍序〉，就是爲宦官而作。其文云：

> 今之天下之鎮，陳留爲大。屯兵十萬，連地四州，抱負齊楚，濁流浩浩，舟車所同。故自天寶已來，當藩垣屏翰之任，有弓矢鈇鉞之權，皆國之元臣，天子所左右；其監統中貴，必材雄德茂，榮耀寵光，能俯達人情，仰喻天意者，然後爲之。故我監軍俱公，輟侍從之榮，受腹心之寄，奮其武毅，張我皇威，遇變出奇，先事獨運，偃息談笑，危疑以乎，天子無東顧之憂，方伯有同和之美。十三年春，將如京師，相國隴西公飲餞於青門之外，謂功德皆可歌之也，命其屬咸作詩以鋪繹之。（《韓昌黎文外集》上卷）

俱文珍即「永貞事件」的宦官主謀〔註21〕，派頭之大，意氣之盛，於韓文中可略見一二。韓愈寫此序，一反以往微辭筆法，而改爲歌功頌德，姑不論其政治立場爲何〔註22〕，似乎都不敢正面得罪這位權傾朝野的大宦官。

三、外族入侵

　　藩鎮的跋扈和宦官的專權，已使中唐的內政一片混亂，顧此失彼。然而異族的侵襲，更是雪上加霜，使唐帝國倍受內外交逼的煎熬。

〔註20〕詳《順宗實錄》卷第四、第五（《韓昌黎文外集》下卷）。

〔註21〕詳《新唐書·劉貞亮傳》卷二七〇。

〔註22〕〈送汴州監軍俱文珍序〉是韓愈爲宦官所寫的一篇贈序作品，通篇似爲諛墓之辭，致使後來闢韓派學者大加撻伐，認爲韓愈政治立場有所偏倚。如章士釗《柳文指要》卷四〈晉文公問守原議〉條、卷一二〈先侍御史府君神道表石背先友記〉條、卷一三〈王叔文母劉氏志文〉條等皆有論述。然亦有認爲韓愈蒙冤而爲之翻案者，如蔣凡有〈韓愈與宦官〉一文辨析甚詳（載《學術月刊》1980·1月號）。

首先是吐蕃、回鶻的寇侵。代宗廣德元年，吐蕃率党項、吐谷渾等族二十餘萬人入侵，進陷長安，代宗逃至陝州。不久吐蕃自退，代宗始得還京。次年，朔方節度使僕固懷恩叛變，聯合回鶻、吐蕃，自靈武南逼京師，因唐室有備而退。永泰元年，懷恩又引回鶻、吐蕃等數十萬人分道入寇。懷恩中途暴死，吐蕃、回鶻合圍兵涇陽，幸賴郭子儀冒死說服回鶻，並互訂盟約，共擊吐蕃，方解除危局〔註23〕。

到德宗時，因仇視回鶻，轉與吐蕃親善。建中四年，唐與吐蕃盟於清水，但吐蕃不守信約，依然入寇〔註24〕。貞元三年，唐再派渾瑊與吐蕃盟於原州，吐蕃欲乘機生擒渾瑊，然後進兵長安，幸渾瑊單騎脫逃，但唐兵被擒殺甚多〔註25〕。

此後德宗對吐蕃完全失望，採宰相李泌的建議，恢復聯合抗吐的政策。貞元九年，命劍南西川節度使韋皋，聯合南詔直搗吐蕃腹心；一方面派楊朝晟等扼阻吐蕃東進道路，以資防守，從此唐室轉爲優勢。韋皋自與南詔聯兵共擊吐蕃，總計前後破敵四十八萬，殺吐蕃軍官一千五百人，斬首五萬餘〔註26〕。直至穆宗長慶功，吐蕃方求盟於唐室〔註27〕。

其次爲南詔的叛服。南詔在天寶年間侵略南陲一帶，唐室屢次發兵征討皆敗。後南詔與吐蕃交好，大曆十四年，合兵寇維、茂諸州，爲唐將李晟所敗。貞元十年，南詔與吐蕃交惡，歸附唐室，此後成爲吐蕃的敵人〔註28〕。

以上大致爲中唐外族入侵的情形。這些連續不斷的侵略，連同境內藩鎮的叛亂，再加上奸宦的興風作浪，使得唐室在內政外交上困難重重，跋前躓後。唯憲宗元和年間，稍得安定，但也只是暗淡的一抹微芒而已。

第二節　進士科考的鼎盛

唐代實行科舉制度，爲寒素子弟開闢一條入仕的管道，打破六朝以來政權爲世族壟斷的局面。初、盛唐時期，門閥勢力依然雄厚穩固，無法輕易撼動〔註29〕，雖受進士一科的衝擊，但在政治體制上仍佔絕對優勢，祇是權力

〔註23〕詳《資治通鑑》卷二二二、二二三。
〔註24〕詳《資治通鑑》卷二二八。
〔註25〕詳《資治通鑑》卷二三二。
〔註26〕詳《資治通鑑》卷二三四。
〔註27〕詳《資治通鑑》卷二四二。
〔註28〕詳《新唐書・南詔傳》卷二二二。
〔註29〕《資治通鑑》卷一九〇高祖武德七年：「依周齊舊制，每州置大中正一人，掌

組合的分配略有改變而已。

　　及安史之亂爆發，唐室開始一連串內外不停的戰爭。戰爭是殘酷無情的，是沒有對象分別的，不僅使無數百姓家破人亡，顛沛流離；也常令貴族喪失品位、頭銜、財產、社會地位，甚至生命。考唐代世家舊族主要分布於華北一帶，大抵北起范陽，南至江陵，東至青密，西達鳳翔，而以洛陽、開封為中心，也正是安史變亂的主要戰區。他們為戰禍波及，自然無可避免〔註30〕。

　　公卿世家受到戰爭的重創後，勢力日趨萎縮，這對庶民出身的進士群的發展而言，不啻是絕佳時機。他們再度活躍於政壇，逐漸佔據重要官職。同時唐代科舉取士已逾百年，朝野皆以進士為高，風氣既盛，大有助於進士的仕途發展。所以中唐以後的政治局面，呈現出門第社會與新興進士彼此消長的現象。茲根據毛漢光先生的統計數據為基礎，以安史之亂為分界點，列表比較參考〔註31〕：

附表三：中唐與初、盛唐舊族官吏比較表

時期　　　　　　　　　　　　項目	官吏總數	舊族總數	舊族官吏所佔百分比
初、盛唐 （高祖武德元年至玄宗天寶十四年）	一五九四	九三二	五八‧四七
中唐 （肅宗至德元年至敬宗寶曆二年）	一○四九	四五八	四三‧六六

　　按上表所示，初、盛唐時期，舊族官吏佔總數百分之五八‧四七，至中唐期間，驟降至百分之四三‧六六，這意味安史之亂對世族政治特權的確有相當程度的打擊。茲再就中唐與初、盛唐進士出身人數作一比較〔註32〕：

附表四：中唐與初、盛唐進士官吏比較表

時期　　　　　　　　　　　　項目	官吏總數	進士出身人數	百分比
初、盛唐 （高祖武德元年至玄宗天寶十四年）	一五九四	一八七	一一‧七三
中唐 （肅宗至德元年至敬宗寶曆二年）	一○四九	二五三	二四‧一一

　　　　知州內人物，品量望第，以本州門望高者領之。」高祖此舉，鑑於當時舊世家族猶存雄厚勢力，新興王朝，不得不與之妥協。

〔註30〕詳參孫國棟〈唐宋之際社會門第之消融〉（載《新亞學報》第四卷‧第一期）。

〔註31〕本表數據參照毛漢光《唐代統治階層社會變動》附錄表一、表二十二所統計。

〔註32〕本表數據參照前書附錄表一、表三十五所統計。

　　由上表所示，中唐進士出身官員的百分比數，竟超越初、盛唐時期兩倍有餘，接近官員總數的四分之一，其受重用的程度，可見一斑。

　　必須注意的是，進士中不全爲寒素出身，亦不乏世族弟子的參與。故上列兩表的數據，並不能證明寒門子弟的政治勢力，已超過世族；而是顯示他們共同在朝野的崇尚風氣下，以進士爲最高的榮耀。

　　既然如此，其考試競爭的激烈，自不待言。每歲入流常逾千數，所取者寥寥無幾。這些士子不論及第或落第，皆離鄉背井，出入於京城間。因此，中唐有許多贈序文是爲此等人而作，內容不僅顯示出科舉制度的流弊，也反映了文人汲求功名的心態。對此，本書第四章和第七章有詳細探討，茲不再贅述。

第三節　辟署制度的流行

　　隋代以前，軍政或行政長官皆可自辟幕府，隋代則將任用人事之權，包括幕府辟置權都收歸中央〔註33〕。唐沿隋制，地方僚佐由中央統籌安排，將軍出征，須奏請朝廷後，得以朝官充任幕僚。後來爲了邊防的需求，特別設置節度使。玄宗開元年間，朔方、隴右、河東、河西等鎮皆置之〔註34〕。中唐以後，連內地也方鎮林立，設有與節度使權力相當的觀察、經略等使，隨所轄地區不同而名號各異。

　　節度使的職權極大，除了邊塞的防戍任務之外，還總攬地方的行政、財務、督察大權。其幕下僚佐職務眾多，據《新唐書·百官志》計有：

> 節度使、副大使知節度使、行軍司馬、副使、判官、支使、掌書記、推官、巡官、衙推各一人，同節度副使十人，館驛巡官四人，府院法直官、要籍、逐要親事各一人，隨軍四人。節度使封郡王，則有奏記一人；兼觀察使，又有判官、支使、推官、巡官、衙推各一人，又兼安撫使，則有副使、判官各一人；兼支度、營田、招討、經略使，則有副使、判官各一人；支度使復有遣運判官、巡官各一人。（卷四九）

由於官缺實在太多，中央甚感調度困難，始賦予方鎮辟署權。《通典·選舉典》

〔註33〕《通志·選舉》卷五八：「隋文帝開皇十八年，……當時之制，尚書舉其大者，侍郎銓其小者，則六品以下官吏，咸吏部所掌。自是海內一命以上之官，州郡無復辟署矣。」

〔註34〕見《新唐書·兵志》卷五○。

云：

> 今諸道、節度、都團練、觀察、租庸等使，自判官副將以下，皆使
> 自銓擇。〔註35〕

他們能自行辟署的官吏，原只限於判官副將以下的僚屬，不是全部屬吏。但
自安史之亂後，藩鎮擁兵自重，又極端跋扈，根本不聽中央號令，不僅自署
僚屬〔註36〕，就連轄區內仍屬中央吏部銓選的地方官也要假攝〔註37〕。

　　藩鎮既掌握如此多的職位，遂吸引大批文士前往投效。符載〈送崔副使
歸洪州幕府序〉云：

> 今四方諸侯，裂王土，荷天爵，開蓮花之府者，凡五十餘鎮焉，以
> 禮義相推，以賓佐相高。（《全唐文》卷六九〇）

不論落弟的才穎之士，或未釋褐的進士，都是藩鎮極欲延攬的對象，兩者各
有所圖，互蒙其利。藩鎮得人，可以增加實力，並抬高聲望；士人赴辟，一
方面解決入仕的困難，一方面則可藉鎮帥的助薦，而易至顯達。如權德輿〈送
李十弟侍御赴嶺南序〉云：

> 士君子之發令名，沽善價，鮮不由四征從事進者。翔集翰飛，蓋視
> 其府之輕重耳。（《全唐文》卷四九二）

又其〈送李十兄判官赴黔中序〉云：

> 今名卿賢大夫，繇參佐而升者十七八，蓋刷羽幕廷，而翰飛天朝（《全
> 唐文》卷四九二）

可見藩鎮辟士的風氣，對中唐以後的士人而言，不啻為一仕宦捷徑。又各方
鎮帥的俸祿優厚〔註38〕，給予士人的待遇，甚至比朝廷還高，故投效者愈來
愈多，形成中唐社會的另一特殊景象。至於辟署制度與中唐贈序之作相關的
敘述，可參考本書第四章・第二節。

〔註35〕見卷一八「選舉雜議」第五條。

〔註36〕毛漢光《唐代統治階層社會變動》第四章「入仕途徑研究」中云：「安史亂後，
　　　　在形式上唐代仍是統一的局面，實際上強鎮大藩儼然成為半獨立國，有許多
　　　　藩鎮自置留後，更何況自己薦辟屬吏。」

〔註37〕如《冊府元龜・將帥部》卷四三九「違命」條引宰相張延賞言：「臣在荊南、
　　　　劍南，當管州縣，闕官員者，或數十年，吏部未嘗補校。但令一官假攝，公
　　　　事亦理。」

〔註38〕《資治通鑑》卷二二五代宗大曆十二年：「丁酉，吐蕃寇黎雅州，西州節度使
　　　　崔寧擊破之，元載以仕進者多樂京師，惡其逼己，乃制俸祿，厚外官而薄京
　　　　官。京官不能自給，常從外官乞貸。」

第四章　中唐贈序文的題材

　　贈序文的寫作，通常是為遠行者壯聲色，必然依照受贈者的身分、現況、出行目的來決定取材的範圍；再加以受贈者與作者間的情誼，以及作者個人才性、學養的不同，而呈現繁富寬廣的風貌。歷來曾具體就贈序文是材分類者，惟張相、梅家玲二人。梅氏的分類甚佳，然係單篇論文，未能有進一步闡發〔註1〕；張氏的分類略而無當，僅就每類附一簡短說明，次舉數例，於文中不加評語〔註2〕。本章乃撮取二家之長，將中唐贈序文的題材，就贈與官宦、文士、僧道等三種對象進一步析論之。

第一節　就贈與官宦者言

　　中唐贈序文作家，除息夫牧無從稽考之外，其餘皆有官銜在身。他們的交遊對象，蓋以官場上的同僚為主，故贈序文的寫作，也以贈與官宦者為大宗。此類作品依內容可分為「調職赴任」、「奉詔出使」、「致仕養疾」、「貶謫量移」等四項，以下分別予以說明。

────────────────

〔註1〕梅家玲〈唐代贈序初探〉一文中，將唐代贈序文的內容依贈送對象分為十五類：赴任、出使、出征與移防、貶官、致仕（以上朝廷命官）、落第歸鄉、隱居、另謀發展、廣聞求友、出遊自適、擢第省親、赴幕應辟（以上文士）、宣傳教義、採藥求經、雲遊四方（以上方外人士），可謂條暢明白。惜援例少，敘述不夠周延，乃其美中不足處。（載《國立編譯館館刊》第十三卷・第一期）

〔註2〕張相《古今文綜》第二編・第一章「別序之體製」分為仕宦、督師、出使、佐幕、寧親、答人、留別、合送數人，送特別人等十類。此分類法過於簡略，最後兩類又含混籠統；且以「體製」為名，似有欠妥。

一、調職赴任

在朝爲官，常因職務或行政上的需要而有內遣外調之事，以致臨別之際，邀文屬詞，自不能免。張相《古今文綜》云：

> 聖門諸賢，爲宰問政，每申討論，所紀夥已。後之作者，綢繆離別
> 之衷，鄭重民社之寄，冀以宏謨猷，敦教化，斯性情之篤，而友朋
> 之所以重也。學古入官，士林仰鏡，贈別之作，此類良多〔註3〕。

由於出行者身受皇命，任重道遠，贈者基於僚屬之誼，或規或勉，送行的場合多爲一盛大的祖餞，如于邵〈送峽州劉使君忠州李使君序〉云：

> 國有戎事，今茲十年，外姦內宄，略無寧歲。是以人之思理，不教
> 而然者久矣。夫非良二千石，則無以光昭帝俞，勤恤人隱。……今
> 皇帝之臨御也，嘗垂意於理道，夫能官人，則能安人，爲官而擇人，
> 俾受永賴。尚書駕部郎中劉公、司門員外郎李公分命之拜，中朝駿
> 選。劉公之舉也，以宣慈惠和；李公之得也，以溫良恭儉。咸推大
> 略，仁而愛人；文學政事，家邦必達。……壽星之會，涼秋八月，
> 言辭北闕，將驚南轅。惜五馬之不留，合六官以追餞。乃卜勝撰吉，
> 咸集於吏部郎元公之居室。地遠朝市，家藏水木，納終峰於宇下，
> 道漆園于方外。風迴景泛，匪寒匪燠，入室而芝蘭襲人，趨庭而珠
> 玉交輝。琴言自清，座右必誡。夫然，則行者可以慰遠道，居者可
> 以依翰林。（《全唐文》卷四二七）

這類贈序作品的寫作動機單純，內容變化亦少，通常先敘異動緣由，再對出行者稱美頌讚一番，末尾則鋪張宴餞的排場與當時的風物景色。初唐以來，以此爲架構的贈序作品不勝枚舉。及安史之亂後，唐朝政局不安，官員調職赴任，面對的不是兵禍就是民怨，以致其使命感益形加重。於是贈序文中「頌讚」的成分減少，而「規勉」的成分增加，如于邵〈送盧判官之梧州鄭判官之昭州序〉云：

> 中朝有蕭牆之變，王宮不開。夫莠尚在，我憂未弭，都人共駭，遠
> 服多虞。大唐思汔可之安，率土獲將來之祐，詔下哀痛，恩覃動植，
> 天地更張乎範圍，日月復次於黃道，人既受賜其官，爰議其能。非
> 其能則我命用隳，奪其賜則彼旺何戴？援之二者，至於勤斯。……
> 是用舉所知，延幕客，盧與鄭，二郡有光。凡官材定論，格物致知，

〔註 3〕見《古今文綜》第二編・第一章「別序之體製」。

今之抑與，誰曰不然？必能發準的於彀中，化陋夷於度內，上以奉
知己，下以拯黎元。力行近仁，於斯爲美，何必秉鈞當軸，方及於
人哉？（《全唐文》卷四二八）

此外，于邵的〈送趙評事之東都序〉、〈送王司議季友赴洪州序〉、柳宗元〈送
楊凝郎中使還汴宋詩後序〉、〈送邠寧獨狐書記赴辟命序〉、〈送寧國范明府詩
序〉、〈送薛存義之任序〉、韓愈〈送鄭尚書序〉、〈送水陸運使韓侍御歸所治序〉
等，皆卿士之規箴，莫不以天下百姓爲念，是具有時代與社會意義的作品。

二、奉詔出使

皇室中央發佈命令，遣使臣常以宣達，任務完畢即歸朝。中唐以此爲主
題的贈序文篇數不多，然而每篇的內容卻都不盡相同。

（一）出使外邦

大唐聲威遠播，遠服稱臣，朝廷常派員持節冊封，一方面使邊境安寧，
又可維繫文化交流。如權德輿〈送袁中丞持節冊回鶻序〉云：

國家用文教明德，懷徠外區。今年春，回鶻君長納忠內附，譯吉語
于象胥，復古地於職方。方帥條其功實，聞于天子，乃擇才臣以宣
皇仁，于是詔工部郎袁君加中憲之重，被命服之貴。……中丞端淳
而清，文敏而誠，才以周物，智以達變，識柔遠之五利，能專對于
四方。……方今規模宏大，八表一家。然則俯首以帥化者，吾君受
之而不阻；勤人於遠略者，吾君薄之而不務。彼唐蒙開地，爲好事
之臣；諸葛渡瀘，蓋一方之利。況今文武吉甫，鎮安蜀都，而中丞
將大君之禮命，固殊鄰之職約，德行言語，實在是行，使邊人緩帶
安枕，無煙火之警。酌古經遠，才者能之，金章瑞節，光耀原隰。（《權
載之文集》卷三六）

回鶻爲突厥系的一支，天寶初年時最爲強盛。安史亂起，曾四度遣兵入援，
助唐收復兩京。其後唐室與回鶻以絹馬交易，並聯手抵抗吐蕃。及德宗建中
初雙方斷交，至貞元三年又復修好，以後相安無事。〔註4〕此序文的撰寫，據
推測應在貞元十年至十七年間〔註5〕，內容大致闡述了唐室與回鶻的友好關

〔註4〕詳《新唐書・回鶻傳》卷二一七。
〔註5〕該序文末有云：「鄙人不腆，忝記言之職，故西南之冊命、使臣之優詔，皆得
書之，授於史官。」據《舊唐書》本傳所載，權德輿於貞元十年至十七年間
居西掖，掌制誥，故是序之作，亦當在此期間。

係，以及使臣出行的任務與應對之道，勉勵使者達到「使邊人緩帶而安枕，無煙火之警」的目的。權德輿另有兩篇贈序文也是以出使外邦爲題，其〈送張閣老中丞持節冊弔新羅序〉敘述新羅王死，朝廷派張君前往弔唁；又其〈奉送韋中丞使新羅序〉說明韋丹奉命出使新羅，冊立新主之事〔註6〕。

此外，韓愈〈送殷員外序〉爲送殷侑出使回鶻〔註7〕而作，通篇不用盛大的餞行場面作渲染，亦無虛矯的祝願和頌辭，而以側筆烘托殷侑的勇者形象，巧妙生動，可說是這類題材中的佳品。

（二）監臨地方

官員除了持節出使異邦之外，也常由中央授命派往各地巡按，尤其以御史臺的官員最多。《新唐書・百官志三》云：

> 凡十道巡按，以判官二人爲佐，務繁則有支使。其一，察官人善惡；其二，察戶口流散，籍帳隱沒，賦役不均；其三，察農桑不勤，倉庫減耗；其四，察妖猾賊盜，不事生業，爲私蠹害；其五，察德行孝悌，茂才異等，藏器晦跡，應時用者；其六，察黠吏豪宗，兼并縱暴，貧弱冤苦，不能自申者。

以上說明御史臺對外有監督的職權，不僅有助於吏治的清明，更關係著政局的安穩與否，其意義神聖而重大。按唐十道使本不設常官，及肅宗至德以後，皆由御史擔任〔註8〕。當各道使府及其僚佐奉命出巡時，於是有贈序作品的產生。如于邵〈送房判官巡南海序〉云：

> 兩河稽誅，爲日久矣！固是迷悖，腥聞於天，法將汙瀦，罪爾無赦。是用調發，集于東效，瞻上將于五道，興王師之十萬。千金之費，實資經度之中。別有鹽府，既博之用，不勤於人，豈與夫漢武事邊窮兵，蜀主以小謀大，而較其損益哉？則天下怙亂，不得不除；宇內稱兵，不得不滅。總是任者，惟我國楨。兼御史中丞包公專其事，佐衛倉曹房公分其巡。（《全唐文》卷四二七）

又權德輿〈送崔端公赴江陵度支院序〉云：

〔註6〕貞元十五年，新羅王金敬信死，立嫡孫金俊邕，朝廷遣司封郎中兼御史中丞韋丹持節冊命。事見《舊唐書・東夷傳》卷一九九。

〔註7〕元和十二年，回鶻請婚不已，禮費約五百萬貫。時值唐室誅討內亂，財政困難，因詔宗正少卿李孝誠、太常博士殷侑出使斡旋。事見《新唐書・回鶻傳》卷二一七、《資治通鑑》卷二四〇。

〔註8〕參孫文良《中國官制史》第四章・第二節。

今年春，上始命二小司徒主量入經費之節，辨繇賦榷筭之法，皆內
有郎吏，外有從事，多冠惠文冠，分道將命，督課郡國。其或才軼
群倫，望重縉紳者，則總二府之職而兼領之。故執事有今茲南荊之
命，用能選也。（《權載之文集》卷三六）

于邵之作未言明房判官出巡南海的主要任務，大致上是為「除暴興利」；權德
興之作敘述崔端公被任為度支使，赴江陵處理徭役與賦稅的問題。事實上，
這些使臣的任務並非如此單純〔註9〕，符載〈夏日盧大夫席送敬侍御之南海序〉
就載有除冗吏、稽稅賦、決滯冤、察賢良等舉措，可見其所涉龐雜，幾乎無
事不及。

三、致仕養疾

　　歐陽修〈相州畫錦堂記〉云：「仕宦而至將相，富貴而歸故鄉，此人情之
所榮，而今昔之所同也。」〔註10〕出身為官，但求青雲平步，宦海無波，已
屬難能；及退齡請告，歸息故里，更乃無上榮寵之事。歐公寥寥數語，道盡
世人對功名利祿的羨慕與嚮往。

　　中唐以此為題材的贈序作品，首推韓愈的〈送楊少尹序〉。作者假借漢代
賢者二疏的事蹟〔註11〕，彰顯楊巨源告老還鄉的特殊意義，並對仕途進退之
道提出深刻的反省，極為精采動人。楊巨源七十隱退，朝廷增秩而不絕其祿，
對楊君而言，也算是身名俱泰，恩榮有加。然而大部分的官員並非如此幸運，
有的因病卸去職位，稱為移疾或養疾；有的則為種種不得已的因素而辭退。
如梁肅〈送李補闕歸少室養疾序〉云：

昔司馬相如當漢六葉，為言語侍從之臣，今天子用人文化成，亦以
君有相如之才。擢居諫職，且掌宸翰，賦頌書奏，粲然同風。夫君
子之道與命與時，三者并，則不期達而達；不然，則或鼓或罷，或
塞或通。是以長卿屢去其官，而君亦以疾退息，各其時也。……夫

〔註9〕李嶠〈諭巡察風俗疏〉云：「夫禁網尚疏，法令宜簡，……諸道巡察使所奏科
目，凡有四十四件，至於別準格敕令察訪者，又有三十餘條。而巡察使率是
三月已後出都，十一月終奏事。時限迫促，簿書填委，晝夜奔逐，以赴限期。
而每道所察文武官，多至二千餘人，少者一千以下，皆須品量才行，褒貶得
失。欲令曲盡行能，則皆不暇，此非敢惰於職而慢於官也，實才有限而力不
及耳。」（《全唐文》卷二四七）巡察使任務繁重，可見一斑。
〔註10〕見《歐陽修全集》卷四○。
〔註11〕詳《漢書・疏廣傳》卷七一。

> 賢者境不靜，則神不怡；身不安，則疾不去。故夫子暫游江湖，樂
> 其靜也，後還少室，就其安也。（《全唐文》卷五一八）

又權德輿〈奉送崔二十三丈諭德承恩致仕東歸舊山序〉云：

> 大易之言君子也，有出處語默之異，或有猷有為，以宣事功，或不
> 營不忮，以順天理。……丈人燕居積四十年，而天爵人爵合發，至
> 京師周月而解巾，致政之詔再下，豈徒然哉？……上以為天下之本
> 至重，必資賢人以奉三善，故命職命官，皆在于是。及不得已而賜
> 告也，猶以審諭道德處之，不然者，豈無他豐祿耶？蓋尊元良以貞
> 萬國，聖人之心也。（《權載之文集》卷三八）

梁補闕因病去職，可謂時運不濟。然而「暫游江湖」，尚有復出的希望；崔二十
三丈則不同，燕居四十年，方謀得一官半職，未料上任不久，就接獲朝廷「致
政之詔」。在無可奈何的情形下，祇得「審諭道德處之」。這些人未必心甘情願
去歸隱，而是有不得已的苦衷，故作者往往竭力寬慰，諷頌雅言，以保住受贈
者的顏面。類似這樣主題的作品，尚有權德輿〈送韋起居老舅假滿歸嵩陽舊居
序〉、〈送徐諮議假滿東歸序〉、梁肅〈送韋拾遺歸嵩陽舊居序〉等。

四、貶謫量移

官吏因過遭貶，遷於遠方，也是贈序文的題材之一。如于邵〈送趙晏歸
江東序〉云：

> 判官擢天府一枝之秀，居十二年而先其文章，用譽聲馳寰海內，行
> 修潔正為人言。故王公卿士，願見顏色，皆延以座右，把以上樽。
> 結平生之至驩，聽傳習之餘論，翕然而風靡矣。自隨牒吳楚，諸府
> 交辟，……今上觀兵鳳翔之歲，公以錫貢會於闕廷，舉朝延首，以
> 望真拜。屬多難之際，蒼黃易誣，斬馬未聞於去佞，宏羊且偏於用
> 法，是有流沙之譴。……雖雷雨作解，而風塵未厭，流離辛苦。又
> 居乎漢陽，雲天路長，骨肉為念。將欲出三峽，浮三江，漸達於吳
> 會。（《全唐文》卷四二八）

唐代中葉以後，藩鎮勢力日雄，自行延攬人才以為己用，於是辟署制度隨之
而興盛〔註12〕。此種制度一方面削弱了中央集權，助長藩鎮的威勢，為唐室

〔註12〕唐代用人之權本在中央，庶官五品以上，制敕命之；六品以下由吏部銓材授
　　　職，省、部、州府長官不得自行辟置。及安史亂後，天下多故，官員浮冗而
　　　銓法失序。德宗時沈既濟建議六品以下或僚佐之屬，聽由州府辟用，獲得採

政局帶來不利的影響；另一方面，它卻爲應舉不第的士子和及第而未仕者開闢一條入仕的管道。這些赴幕發展的文士中，有人希望先暫屈戎幕之職，謀求表現，再經由主公的推薦入仕，所謂「刷羽幕廷，而翰飛天朝」〔註13〕。如文中的主角趙晏就是很明顯的例子，「公以錫貢會於闕廷，舉朝延首，以望真拜」，原本滿懷希望，能蒙上青睞；「屬多難之際，蒼黃易誣」，卻莫名觸禍，遭致「流沙之譴」。末尾敍述趙君長途跋涉，備嘗艱辛，悽惋之情，溢於言表。

同樣是因過貶謫，幸而遇赦的人可以酌情移到近處任職，謂之「量移」〔註14〕。柳宗元〈送薛判官量移序〉即描述此等狀況，其文云：

> 仕於世，有勞而見罪，凡人處是，鮮不怨懟忿憤，列於上，懇於下，此恆狀也。異於恆者，其道宜顯。薛生司貨賄於軍興之際，兵亂不去，然得以不犯，由太行以東皆傳道之，可以爲勞矣。而竟連大獄，以至於放。不感於貌，不悱於心，樂以自肥，而未嘗尤於物，其有異於恆哉！
>
> 朝廷施恩澤，凡受謫者，罪得而未薄，乃命以近壤。薛君去連而吏於朗，是其漸於顯歟？君子學以植其志，信以篤其道，有異於恆者，充而大之。苟推是以往，雖欲辭顯難矣。（《柳宗元集》卷二三）

此序據陳景雲考證：「按薛巽始爲河北糧科使于皋謨判官，及皋謨以罪伏法，巽亦坐累遠竄。觀序中去連吏朗語，似其初乃除名長流。及遇赦移朗，方稍敍復其官資耳。」〔註15〕知薛君因其長官犯罪而遭連坐，貶於連州，再量移朗州。柳宗元以叔舅之親〔註16〕寫下這篇文章，勉勵薛君堅定志向，安渡橫逆。

中唐以「量移」爲寫作題材的贈序文，尚有柳宗元〈同吳武陵贈李睦州詩序〉、〈送南涪州量移澧州序〉兩篇。前者揭發藩鎮的驕縱暴虐，可以恣意背叛朝廷，誣陷忠良；後者反映朝廷對於逐臣的不同待遇，而爲己鳴不平。這些贈序之作，燭照了仕途幽暗的一面。

納。可參《新唐書・選舉志》。

〔註13〕見權德輿〈送李十兄判官赴黔中序〉（《全唐文》卷四九二）。

〔註14〕《舊唐書・玄宗紀》：「開元二十年十一月庚午，祀后土於脽上，大赦天下，左降官量移近處。」「量移」一詞，始見於此。

〔註15〕見《柳宗元集》卷二三「校勘記」引《柳河東集點勘》。

〔註16〕薛巽爲柳宗元姊夫崔簡的女婿。崔簡早故，其女崔媛嫁於薛巽，由柳宗元主婚。見《朗州員外司户薛君妻崔氏墓誌》（《柳宗元集》卷一三）。

第二節 就贈與文士者言

中唐以文士為贈送對象的贈序文，題材最為豐富，內容亦最精采。這些作品顯示唐代士人樂觀開放，積極進取，重視事功，追求現實人生的成就。他們不甘皓首窮經的文士生涯，為了遠大的政治理想，離鄉背井，不辭千里而遊。李賀〈南園詩〉謂：「男兒何不帶吳鉤？收取關山五十州。請君暫上凌煙閣，若箇書生萬戶侯。」〔註17〕正是有唐一代士人的心聲。

本節就這類作品的題材分為「赴試應舉」、「干謁求售」、「擢第省親」、「落第歸鄉」、「佐幕應辟」、「出遊自適」、「訪師求友」、「棲隱山林」等八項，以探討中唐文人多采多姿的遊歷生活。

一、赴試應舉

唐代實行科舉制度，打破魏晉南北朝「九品中正制」〔註18〕造成門閥世族壟斷政權的局面，使寒素之士有躍登龍門的機會。無論何人，除有罪及服賤役者，皆可以懷牒自進，一旦及第，一樣可以富貴。於是士子趨之若鶩，莫不埋首寒窗，期能一舉掄元，躋身於廟廊之上。

科舉取士的科目有三：由學館者曰生徒，由州縣者曰鄉貢，由天子自詔者曰制舉〔註19〕。生徒者，而為公卿世族的後裔鋪路，流於浮濫，且平民子弟亦難赴京入學；制舉則承兩漢以來的「賢良方正」〔註20〕，由天子臨時標名目而親自策試，但不是經常舉行，所取人數亦少，故士人乃競赴鄉貢一途。所謂「鄉貢」者，即非館學出身而自學有成的貢士，懷牒自列於州縣，經過州縣官府的考選及格後，才取得至中央會試的資格。當文人趕赴鄉貢考試之時，自然得到長輩、友朋的勖勉，而有贈序作品產生。歐陽詹〈送洪儒卿赴鄉舉序〉即為一例，其文云：

〔註17〕 見《李賀詩集》卷二。
〔註18〕 據《通典・選舉二》載：「魏文帝為魏王時，三方鼎立，士流播遷，四人錯雜，詳覈無所。延康元年，吏部尚書陳群以天朝選用不盡人才，乃立九品官人之法。州郡皆置中正，以定其選擇，州郡之賢有識鑒者，為之區別人物，第其高下。」此制創立之初是為補救用人漫無標準的一種權宜之計，然而施行既久，不免舞弊徇私，為權貴勢力把持，形成「上品無寒門，下品無世族」的局面。
〔註19〕 見《新唐書・選舉志上》卷四四。
〔註20〕 為漢代郡國選拔士子的科目，重視才幹，能批詳政事。《漢書・文帝紀》云：「令至，其悉思朕之過失，及知見之所不及，匄以啓告朕。及舉賢良方正能直言極諫者，以匡朕之不逮。」

夫子繡黻之性，加好勤苦之節，紡績墳典，組織篇什，觀經緯機杼，
則重錦繡段，日日當成。今年秋貢士，果居首薦。歌鹿鳴以飲餞，
想鵬摶而餞駕。金欲求鍛，玉將就磨，光鋩穎耀，朝夕以冀。(《歐
陽行周文集》卷十)

由文中得知洪君順利通過鄉貢的考試，取得省試的資格。「歌鹿鳴以飲餞，想
鵬摶而餞駕。金欲求鍛，玉將就磨，光鋩穎耀，朝夕以冀」〔註21〕，是入京
趕考前的餞別贈言，期望洪君能一舉登第。

　　朝廷除了每年舉辦貢舉之外，還有「制舉」。制舉乃天子下詔讓內外官員
來舉士〔註22〕，應試著皆集於廷殿，由皇帝親臨策試〔註23〕，文策高者，特
授以美官。中唐亦有以赴制舉爲題材的贈序文，如權德輿〈送邱穎應制舉序〉
云：

邱侯，文似相如，而檢度過之，則令名貴仕，何逃吾彀？故前年舉
秀才上第，令之應詔詣公車。方今皇明照燭，茂遂生物，修西漢舊
典，詳延天下方聞之士。而之子世父冠貂蟬，叔父冠惠文，皆以清
詞重當世，則文學政事，子之家法，冥冥戾天，實自茲始。因想夫
危冠博帶，與儒受詔論思，應對於彤墀之下，亦當明三代之損益，
厚七教於風俗，使百執事傾聽屬目，成聖朝不諱之盛。(《權載之文
集》卷三九)

由文中「方今皇明照燭，茂遂生物，修西漢舊典，詳延天下方聞之士」觀之，
邱君應制的科目應爲「博通墳典達於教化科」〔註24〕，然據《唐會要‧貢舉
中》所載，邱穎於貞元十年以「賢良方正能直言極諫科」登第，則貞元十年
以前，邱君是否曾赴京應舉未第，不得而知。

〔註21〕此序之作，當在解送之日所舉行的鄉飲酒禮上。《新唐書‧選舉志上》云：「試
　　　已，長吏以鄉飲酒禮。會屬僚，設賓主，陳俎豆，備管絃，牲用少牢，歌〈鹿
　　　鳴〉之詩，因與耆艾敘長少焉。」
〔註22〕《新唐書‧選舉志》云：「所謂制舉者，其來遠矣。……唐興，世崇儒學，雖
　　　其時君賢愚好惡，而樂善求賢之意未始少息，故自京師外至州縣，有司常選
　　　之士，以時而舉。」
〔註23〕《通典‧選舉三》云：「其制詔舉人，不有常科，皆標其目而搜揚之。試之日，
　　　或在殿廷，天子親臨觀之。」
〔註24〕唐代制舉科目龐雜，唐振楚《唐代考選制度》第四章‧第四節將之歸納爲文
　　　類十五科，武類八科、吏治類十二科、長才類五科，不遇類九科、儒學類六
　　　科、賢良忠直類八科等，此六十三科取材自《唐會要‧制科舉》卷七六。

又歐陽詹〈送陳八秀才赴舉序〉云：

> 諸侯歲貢俊才於天子，故陳侯今年有觀光之舉。白露肅物，青天始
> 高，雲迴鴻盤，言遵永途。吾觀夫雄心銳志，將領能事，則夷山堙
> 谷，不盡其力，何東堂一枝，南荊一片，足塵其慮邪？（《歐陽行周
> 文集》卷十）

由「諸侯歲貢俊才於天子，故陳侯今年有觀光之舉」云云，知此序亦為赴制
舉而作。此外，權德輿〈送獨孤孝廉應舉序〉、〈送陳秀才應舉序〉、〈送紐秀
才謁信州陸員外便赴舉序〉、梁肅〈送元錫赴舉序〉、韓愈〈送孟秀才序〉等，
或至禮部會考，或赴吏部銓選，名目雖各不同，求取功名的目的則一。

二、干謁求售

　　唐代科舉所設常貢之科中，以進士科獨貴，自武后大力提倡後，成為士
人競趨的鵠的〔註25〕。進士科主要以詩賦任試，士子們可以透過文學的手段
來得到功名，此一魅力不可謂小。然而競爭激烈，獲選實難，《通典‧選舉三》
云：

> 禮部閱試之日，皆嚴設兵衛，荐棘圍之，搜索衣服，譏訶出入，以防
> 假濫焉。其進士大抵千人得第者百一二，明經倍之，得第者十一二。

這種百分之一的錄取機率，相較於當今的各種考試，還要困難許多。所以進
士及第者，如同天之驕子，具有至高無上的光榮，他們廣受社會尊崇，是必
然的現象。

　　荒唐的是，考試時竟不糊名，常有主考官內屬的情形。洪邁《容齋四筆》
云：

> 唐世科舉之柄，顓付有司，仍不糊名，又有交朋之厚者為之助，謂
> 之通榜。故其取人也，畏於譏議，多公而審，亦或脅於權勢，或撓
> 於親友，或累於子弟，皆常情所不能免者。若賢者臨之則不然，未
> 引試之前，其去取高下，固已定於胸中矣。〔註26〕

〔註25〕《通典‧選舉三》卷一五「歷代制下」注引沈既濟言曰：「太后頗涉文史，好
　　　　雕蟲之藝。永隆中，始以文章選士。及永淳之後，太后君臨天下二十餘年，
　　　　當時公卿百辟無不以文章達，因循日久，寖以成風。……父教其子，兄教其
　　　　弟，無所易業，……五尺童子，恥不言文墨焉。是以進士為士林華選，四方
　　　　觀聽，希其風采，每歲得第之人，不浹辰而周聞天下。」
〔註26〕見卷五「韓文公薦士」條。

舉人在應考前，將所賦詩文寫成卷軸，獻給主考官或朝中顯貴，藉以揄揚聲價，尋求輿論的力量來增加上榜的機會。爲使朝廷徵才沒有遺珠之憾，這種干謁請託的行爲原是無可厚非的〔註 27〕，然而爲求登第，士子中擅鑽營者遂變本加厲，不惜奴顏婢膝以求提攜，徵之史傳，這樣的例子不知凡幾〔註 28〕。

中唐以後，舉子上書行卷，投刺干謁的風氣愈演愈烈，可從當時的贈序作品中探露些許聲息。如權德輿〈送陳秀才應舉序〉云：

> 文章之道取士，其來舊矣。或材不兼行，然其得之者，亦已大半，故筮仕之目，以東堂甲科爲美談。穎川陳侯，以色養力行之餘，輒工詩賦，長波清瀾，浩浩不窮，初未覿止也。屯田柳郎中爲予言之，且誦其佳句曰：「地偏雲自起，月暮山更深。」及獲其卷，又有過於是者。踠驌驦，櫝干將，恬然褒衣，以否爲泰久矣。今年秋，驅車江瀆，獻賦京師，叩予柴門，惠然見別。予以鄙略，亦嘗志於文，頃年迫知己之眷，辱霑官命，故每客有爲卿大夫所薦舉計偕者，其於餞軷，或諗之言，今於陳侯，猶前志也。（《權載之文集》卷三九）

權德輿嘗於貞元十八、十九、二十一年間掌禮部貢舉〔註 29〕。身爲主試者，自然成爲舉子投卷的對象，本篇即爲受陳君謁見後所寫的贈序文。

又其〈送鈕秀才謁信州陸員外便赴舉序〉云：

> 清旭燕居，有秀才鈕氏，以儒者衣冠，訪我于衡門之下，用文一軸，與刺偕至。訪其行色，則曰：「將抵賢二千石陸上饒，然後自江而西，射策上國。」且上饒以偉詞邁氣，待東南之士，士至者，必循分加禮。繇是褒衣之徒，恥不登其門。（同前）

陸上饒即陸長源，曾歷建、信二州刺史。貞元十五年，死於汴州軍亂〔註 30〕。

〔註 27〕唐人干謁之習造成科考不公，每爲後世詬病。然亦有人持相反意見，認爲干謁諸現象正是科舉的公平所在，如龔鵬程〈論唐代的文學崇拜與文學社會〉一文力陳此說。（收錄於《晚唐的社會文化》，淡江大學中文系編，學生書局出版）

〔註 28〕如《文獻通考・選舉二》卷二九引江陵項氏之言最切：「風俗之弊，至唐極矣！王公大人巍然於上，以先達自居，不復求士。天下之士，什什伍伍，戴破帽，騎蹇驢，未到門百步，輒下馬奉幣刺再拜，以謁於典客者，投其所爲之文。名之曰『求知己』；如是而不問，則再如前爲者，名之曰『溫卷』；如是而又不問，則有執贄於馬前，自贊曰：『某人上謁。』者。」

〔註 29〕見徐松《登科記考》卷一五。

〔註 30〕詳《新唐書・陸長源傳》卷一五一。

此序之作，在其任信州刺史期間。鈕秀才爲求有力人士推助，擴大影響力，先謁權德輿，再訪陸長源。總之，請託的對象愈多愈好，即使爲某家拒絕，還有其他家可選擇，正如皇甫湜〈送丘儒序〉所言：

> 吾居河陰，丘生敲門請曰：「儒貴求知，予僅自露，願以是非賜決。」
> 語其學如猗頓之富，聽其文如清廟之樂；觀其刻意屬行，如奉商鞅
> 之法而懼秦刑，吾驚而與之遊。踰年，鬭其藝於洛下，吾遠來遊洛
> 下，諭之曰：「子知市乎？懷貝玉以如名都之肆，未有置而不售者也；
> 挈而之三家之墅，未有不盜而困矣，子將安賈哉？京師，賢才市也，
> 一人不知子也；他人知子；一門不容子也，他門容子。謹持其所有
> 以往，未有不成者也。今子之類固少，勢能移事者，稀爲一不知爲
> 一相移，白變而爲黑，倒上而爲下，吾末如之何也矣！」生不信而
> 試，果困而見吾，酌酒而賀之曰：「謹持貝玉以往之都市可矣。」曰：
> 「諾。」乃敘其行。（《皇甫持正文集》卷二）

原本一場神聖公平的科考，竟淪爲爭相關節的遊戲，管你有多高的文才，不由此途，則登第的機會渺茫。於是公卿們在應接不暇之際，「一朝而受者幾千萬言，讀不能十一，即偃仰疲耗」〔註31〕，在不得已的情形下，也祇好「卷軸填委，率爲闇嫗脂燭之費」〔註32〕，爲後世嗤笑罷了。

可見進士一科之難，難於上青天，所謂「三十老明經，五十少進士」〔註33〕，也屬稀鬆平常之事，不足爲奇。許多士子在連番受挫於科場，又不甘隱居終者的窘況下，乃毅然遠走他鄉，干謁方鎮幕府以求發展，或造訪高官以求拔擢。這類題材的贈序之作以韓愈〈送董邵南序〉最具代表性，其文云：

> 燕趙古稱多感慨悲歌之士，董生舉進士，連不得志於有司，懷抱利
> 器，鬱鬱適茲土，吾知其必有合也，董生勉乎哉！夫以子之不遇時，
> 苟慕義彊仁者皆愛惜焉，矧燕趙之士出乎其性者哉？然吾嘗聞風俗
> 與化移易，吾惡知其今不異於古所云邪？（《韓昌黎文集》第四卷）

赴往藩鎮的士子，能有發展的機會固然很好，若是幫助藩鎮對抗中央，就不是韓愈所能贊同的。因此他表面上說明董生此行必能成功，卻暗示他風俗漸

〔註31〕見柳宗元〈送韋七秀才下第求益友序〉（《柳宗元集》卷二二）。
〔註32〕《唐摭言》卷一二「自負」云：「薛保遜好行巨編，自號金剛杵。太和中，貢士不下千餘人，公卿之門，卷軸填委，率爲闇嫗脂燭之費，因之平易者曰：『若薛保孫卷，即所得倍於常也。』」
〔註33〕見《唐摭言》卷一「散序進士」。

改,當今的河北已非昔日燕趙,不應投靠叛鎮。其他如于邵〈送楊倓南遊序〉、〈送陳秀才序〉、〈送朱秀才歸上都序〉、權德輿〈送從舅泳入京師〉、梁肅〈送皇甫七赴廣州序〉、歐陽詹〈送張陲山南謁嚴相公序〉、〈送王式東遊序〉、呂溫〈送琴客搖兼濟東歸便道謁王虢州序〉、柳宗元〈送趙大秀才往江陵謁趙尚書序〉、〈送李渭赴京師序〉等,大抵為同一類型的作品。

三、擢第省親

為了追求功名利祿,這些趕赴科考的士子辭別了親人,忍受著經年累月離鄉背井的生活,他們內心的孤寂、惶恐,自是不言而喻。一朝登第後,莫不欣喜若狂,放榜前的辛苦頓時雲散雪消,滿載著榮耀而歸。孟郊詩云:「春風得意馬蹄疾,一日看盡長安花。」〔註34〕描述了士子登科後的歡欣愉悅之情。

由於結局圓滿,以此為題的贈序文也充滿歡樂的氣氛。作者或申賀忱,或予期勉,如柳宗元〈送苑論登第後歸觀詩序〉云:

> 八年冬,余與馬邑苑言揚聯貢於京師。自時而後,車必挂 ,席必交衽。量其志,知其達於昭代,究其文,辨其勝於太常。……觀其掉鞅于術藝之場,遊刃乎文翰之林,風雨生於筆札,雲霞發於簡牘,左右圓視,朋儕拱手,甚可壯也。二月丙子,有司題甲乙之科,揭于南宮,余與兄又聯登焉。余不厚顏懷愧而陪其遊久矣。夏四月,告歸荊衡,拜手行邁,輪移都門之轍,轅指秦嶺之路。方將高堂稱慶,里閈更賀,曳裾峨冠,榮南諸侯之邦,遐登王粲之樓,高視劉表之榻,桂枝片玉,光生于家。是宜砥商、雒之阻艱,帶江、漢之浩蕩,以談笑顧眄,超越千里而無倦極也。然而景燠氣燠,往即南方,乘陵炎雲,呼吸溫風,可無敬乎?慎進藥石,保安其躬,是亦非兄之所宜私也。(《柳宗元集》卷二二)

這是柳宗元早期的作品,敘述他與苑論於貞元九年中進士第的經過,以及送苑君歸鄉觀省的情形,兩人的意氣風發,於文中可見。唐代進士及第後,朝廷給予優厚的禮遇。先將登第者的姓名寫在黃花牋上,派人送去報佳音,稱為「金花帖子」;登第者要詣主司謝恩,再進謁宰相,此謂「過堂」;然後等著開曲江宴,赴雁塔題名等,一大套繁複的程序,是長安城每年一度的盛會。所以二月放榜,新科的進士須至四月方能回鄉。

〔註34〕孟郊〈登科後〉(《孟東野詩集》卷三)。

其他如于邵〈送冷秀才東歸序〉、權德輿〈送三從弟長孺擢第後歸徐州觀省序〉、梁肅〈送韋十六進士及第後東歸序〉、韓愈〈送牛堪序〉、柳宗元〈送蕭鍊登第後南歸序〉、〈送班孝廉擢第歸東川觀省序〉、歐陽詹〈送周孝廉擢第歸觀序〉、〈送蔡沼孝廉及第後歸閩觀省序〉、沈亞之〈送同年任晥歸蜀序〉、〈送叔父歸觀序〉等作，內容大致相當，唯歐陽詹〈送李孝廉及第東歸序〉一篇論述明經、進士二科的利弊，是頗為特出的作品。

四、落第歸鄉

每逢春天放榜後，有幸能金榜題名而參與各種宴集者，實寥寥無幾；絕大多數的人，都飽嘗落第的痛苦和奔波於道的辛酸，一悲一喜之間，恰成強烈的對比。落單舉子中經濟較佳者，或許還能支持到明年的會考，以求東山再起的機會。然而「長安百物貴，居大不易」〔註35〕，雖為諧謔之語，卻也是當時的實情。所以一般家庭或務農出身的子弟，面對著昂貴的衣食費用，早已錢囊如洗，景況悽涼。如歐陽詹〈送族叔行元下第歸陵序〉云：

> 族叔行元既射策，與主司不合，春二月，將歸淮南所寓。群公設祖，方獻未酬，叔悄然有不暢之色，群公亦愕爾阻歡。
>
> 小子侍觴，奉而前曰：「歸，好事；春，美時；酒，樂物，叔於三者加同人將之，而有未悅，豈禮闈失意之為乎？昆吾產金，荊山產玉，自民役巧，鎔琢蓋多，惟干將、和璞有大聞，非百鍊則其良可用歟？非三獻而其寶乃真歟？苟良苟真，不即成，不即售，適以精其研，稔其實。如叔也，亦何稽於一邂逅哉？若昔之人，作必行，動必中，則是蘇秦無履穿之歎，甯戚無石爛之歌，孫弘無十上之勤，商鞅無再干之勞也。知泰而不知否，知易而不知難，是夫人也，非所以待乎叔也，叔如之何？」
>
> 叔所然見卞氏再來之路，平歸心，納春景，安酒意，四座以叶，千鐘有娛，既醉升車，秋為到期。（《歐陽行周文集》卷九）

歐陽行元赴舉不第，恨恨而歸，歐陽詹為安慰族叔，大費筆墨，引經據典寫下這篇贈序文。字裡行間，皆疏導勸勉之意。不過歐陽行元的遭遇還算是好

〔註35〕張固《幽閒鼓吹》中記載白居易早年的一段軼事：其文云：「白尚書應舉，初至京，以詩謁顧著作。顧睹姓名，熟視白公曰：『米價方貴，居亦弗易。』乃披卷。首篇曰：『咸陽原上草，一歲一枯榮。野火燒不盡，春風吹又生。』即嗟賞曰：『道得箇語，居即易矣。』因為之延譽，聲名大振。」

的，才一舉不第而已，且回鄉前有群公設宴款待。至於柳宗元〈送辛殆庶下第遊南鄭序〉中的主角辛生，其景況則相當難堪，其文云：

> 今辛生固窮而未達，遲久而不試，褒衣之徒，視子而捧腹者，蓋不
> 之知焉。辛生嘗南依蠻楚，專志於學，爲文無謬悠迂誕之談，鍛鍊
> 剪裁，動可觀采。故相國齊公，接禮加等，常爲右客，且佐其策名
> 之願。遂笈典墳，袖文章，北來王都，笑揖群伍。文昌下大夫上士
> 之列，見而器異，爭爲鼓譽，由是爲聞人。戰藝術之場，莫與爭鋒。
> 然而遷延三北，躑躅不振，豈其直鉤而釣，懷美餌而羨魚者耶？若
> 辛生者，有司抑之則已，不然，身都甲乙之籍，其果以文克歟！今
> 則囊如懸磬，傭室寓食，方將適千里，求仁人，被冒畏景，陟降棧
> 道。吾欲抑而不歎，其若心胸何？（《柳宗元集》卷二三）

辛殆庶爲京師「貢首」〔註36〕，交遊於公卿之間，名動一時，萬方矚目，允爲進士榜上的熱門人選。無奈卻遇上「進幽獨，抑浮華」的主考官高郢，以致連年不第〔註37〕。由於他「囊如懸磬，傭室寓食」，祇好展開「被冒畏景，陟降棧道」的漂泊生涯。

更有甚者，如柳宗元〈送崔子符罷舉詩序〉中的崔君，六選而不獲，索興罷舉回鄉；白居易〈送侯權秀才序〉中的侯君，連續二十三年奔波，屢舉不成，又求官無得，生業難以爲繼。這些例子，都是科學制度產生的奇異景象。

五、佐幕應辟

士人即便登第，也非立刻有官可做，祇是獲得出身的資格，要正式任官，尚須經吏部銓選。《文獻通考·選舉二》卷二九「舉士」條云：

> 唐士之及第者，未能便解褐入仕，尚有試吏部一關。韓文公三試於
> 吏部無成，則十年猶布衣，且有二十年不獲祿者。

〔註36〕通過州府考試（解試）以送京師者，謂之「解送」。被解送的第一名，稱「貢首」。京師乃人才薈萃之地，故解送名額最多，亦最多重視。可參考陳凱莉《唐代遊士研究》第三章·第二節（臺大中文研究所82年碩士論文）。

〔註37〕《舊唐書·高郢傳》云：「時應進士舉者，多務朋游，馳逐聲名。每歲冬，州府薦送後，唯追奉謾集，罕肆其業。郢性剛正，尤嫉其風，既領職，拒絕請託，雖同列通熟，無敢言者。志在經藝，專考程試。凡掌貢部三歲，進幽獨，抑浮華，朋濫之風，翕然一變。」柳宗元另有〈送辛生下第序略〉一文爲辛殆庶抱屈，其文云：「若辛生，其文簡而有制，其行直而無犯。嚮使不聞於公卿，不揚於交遊，又不爲京師貢首，則其甲乙可曲肱而有也。……以辛生文行，八年無就，如其初而退返，吾甚憤焉。」（《柳宗元集》卷二三）

每年待選於吏部的人極多，而官額有限〔註38〕，連一代文宗韓愈也歷經十年方得釋褐。好不容易覓得一官職，階級亦不過九品上下〔註39〕，俸祿微薄，實不足以仰事俯畜〔註40〕。且升遷速度緩慢，一生難睹高衢遠路〔註41〕。因此，不論是落第舉子，待釋褐者，或是已入朝爲官者，都想謀求更好的發展。

中唐藩鎮幕府的興起，就爲上述人士另闢一條出仕的管道。《容齋續筆》云：「唐世士人，初登科或未仕者，多以從諸藩府辟置爲重。」〔註42〕尤其對於道德文章冠冕天下的落第舉子，莫不極力羅致延攬，趙憬云：「大凡才能之士，名位未達，多在方鎮。」〔註43〕甚至「遊宦之士，至以朝廷爲閒地，謂幕府爲要津」〔註44〕。由於藩鎮多由宰相兼領，或節度使罷鎮後出任宰相，其幕僚常隨府主升遷，易至顯達；另一方面，藩鎮祇重才能而不拘出身。在這雙重的優渥條件下，吸引了大批人才。

中唐文人入幕發展，蔚爲風尙，從當時的贈序作品中可以發現不少例子。如柳宗元〈送邠寧獨孤書記赴辟命序〉云：

> 僕間歲驟遊邠壇，今戎帥楊大夫時爲候奄，盡護群校。用答法篋令，不吐強禦，下莫有逗撓凌暴而犯令者。沈斷壯勇，專志武力，出麾下，取主公之節鉞而代之位，鬻官者仰而榮之。今又能旁貴文雅，以符召文士之秀者河南獨孤寧，署爲記室，俾職文翰，翕然致得士之稱於談者之口。蓋朝廷以勇爵論將帥，豈濫也哉？獨孤生與仲兄

〔註38〕《唐會要》卷七四「選部上」載：「顯慶二年，黃門侍郎知吏部選事劉祥道上疏曰：『今之選司取士，傷多且濫，每年入流，數過一千四百人，是傷多也；雜色入流，不加銓簡，是傷濫也。古之選者，不聞爲官擇人，取人多而官員少也；今官員有數，而入流無限，以有數供無限，遂令九流繁總，人隨歲積。』」

〔註39〕《新唐書・選舉志下》云：「明經，上上第，從八品下；上中第，正九品上；上下第，正九品下；中上第，從九品下。進士、明法，甲第，從九品上；乙第，從九品下。」

〔註40〕以九品京官每年的祿米而言，高祖武德初爲四十石，至玄宗開元二十四年，也不過增至五十七斛（石）。見《新唐書・食貨志五》。

〔註41〕歐陽詹〈上鄭相公書〉即慨歎道：「五試於禮部，方售鄉貢進士；四試於吏部，始授四門助教。……四門助教，限以四考，格以五選，十年方易一官也。自茲循資歷級，然得太學助教。其考選年數又如四門，若如之，則二十年矣；自茲循資歷級，然得國子助教，其考選年數又如太學，若如之，則三十年矣。三十年間，末離助教之官，人壽百歲，七十者希。某今四十年有加矣，更三十年於此，是一生不睹高衢遠途矣！」（《全唐文》卷五九六）

〔註42〕見卷一「唐藩鎮幕府」。

〔註43〕見《舊唐書・趙憬傳》卷一三八。

〔註44〕見《唐語林》卷八「補遺」。

寔連舉進士，並時管記於漢中、新平二連帥府，俱以筆硯承荷舊德，
位未達而榮如貴仕，其難乎哉！(《柳宗元集》卷二二)

文中敘述獨孤寧受邠寧節度使楊朝晟辟徵出掌書記一事，是登第未仕者赴幕的典型。中唐以後類似的例子頗多，據卓遵宏先生統計，自肅宗至哀帝間，進士受辟藩鎮的比例高達百分之六六‧一六 [註45]，這個數據的確驚人。

進士爲士林華選，朝野矚目，最容易爲方鎮攬用；其次爲身負高才的隱士，也不會被忽略。韓愈有兩篇贈序文描寫隱士應辟的情形，一爲〈送石處士序〉，其文云：

河陽軍節度使御史大夫烏公爲節度之三月，求士於從事之賢者，有薦石先生者。公曰：「先生如何？」曰：「先生居嵩邙瀍穀之間，冬一裘，夏一葛，食朝夕飯一盂，蔬一盤。人與之錢，則辭；請與出遊，未嘗以事辭。勸之仕，不應；坐一室，左右圖書。與之語道理，辨古今事當否，論人高下，事後當成敗，若河決下流而東注，若駟馬駕輕車就熟路。……」大夫曰：「先生有以自老，無求於人，其肯爲某來邪？」從事曰：「大夫文武忠孝，求士爲國，不私於家。方今寇聚於恆，師環其疆，農不耕收，收粟殫亡。吾所處也，歸輸之途，治法征謀，宜有所出。先生仁且勇，若以義請而彊委重焉，其何說之辭？」於是譔書詞，具馬幣，卜日以授使者，求先生之廬而請焉。先生不告於妻子，不謀於朋友，冠帶出見客，拜受書禮於門內。宵則沐浴，戒行李，載書冊，問道所由，告行於常所來往。晨則畢至，張上東門外。(《韓昌黎文集》第四卷)

另一篇〈送溫處士赴河陽軍序〉云：

伯樂一過冀北之野，而馬群遂空。……東都，固士大夫之冀北也。恃才能，深藏而不市者，洛之北涯曰石生，其南涯曰溫生。大夫烏公以鈇鉞鎮河陽之三月，以石生爲才，以禮爲羅，羅而致之幕下；未數月也，以溫生爲才，於是以石生爲媒，以禮爲羅，又羅而致之幕下。(《韓昌黎文集》第四卷)

石處士，名洪，字濬川，有至行，舉明經，嘗爲黃州錄事參軍，後歸隱東都，十餘年不仕 [註46]。元和五年六、七月間，爲河陽軍節度使烏重胤辟爲從事，

〔註45〕詳卓遵宏《唐代進士與政治》第三章‧第二節。
〔註46〕詳《新唐書‧石洪傳》卷一七一。

時韓愈爲河南令，以詩、序相贈。石洪原本無意仕途，對於公卿們的薦舉一概推辭；現在卻一反常態，「不告於妻子，不謀於朋友」，立即應烏公之聘。因此，容易使人誤會他是「待價而沽」之徒，並非公允之論〔註47〕。其實當時王承宗叛亂，形勢危殆，河陽地處軍備運輸之途，急需賢才共商「治法征謀」。烏公「求士爲國，不私於家」，完全是義請；石洪爲其誠意所感，顧全大局，才挺身而出。所以韓愈對石洪這次的應聘是持肯定的態度。可惜石君才與命違，元和七年病卒〔註48〕，官僅至京兆昭應尉，集賢校理。

另一位處士溫造，也同時應烏重胤之辟入幕。他的運氣就比石洪來得好，後來屢次有功於國，仕途一帆風順，至文宗朝官至禮部尚書〔註49〕。可見其早年隱居祇是爲了等待時機，正是「身在江海之上，心居魏闕之下」的絕佳寫照。

六、出遊自適

對於讀書人而言，出遊是非常重要的事，可以增廣見聞，開拓胸襟和氣度。諺云：「讀萬卷書，行萬里路。」如果學問與閱歷不能相輔相成，即使讀再多的書，也是「食而不化」。唐代士人走出了個人天地，放懷千里，足跡遍及名山大川、窮鄉僻壤，沈浸在大自然的奇景和各地的風土人情中，舒展身心，涵養文章。

此一生命型態，往往伴隨著追求功名、仰望富貴而來。尤其是失意潦倒的文人，出遊可使他們受創的心靈得到暫時的療養與蘇息。如于邵〈送從叔南遊序〉云：

> 叔父乃相國東海公猶子之慶裔，……修先王之典禮，操作者之文律，斯亦叔父立身之道宏矣；屬時艱難，流離辛苦，田園蕪沒，族黨淪謝，斯又叔父厚生之道窮矣。三十年間，爲東西人，豈無常科？亦有世路。道之不由，吾其與也，得非恢達自是，處之無悶耶？況邽公和義以仁，如存展敬，居常館給，不度以年，因得造寢席，問起居，不敢墜睦親之禮久矣。夫不羈之才，若不繫之舟，不然，則何

〔註47〕陳凱莉《唐代遊士研究》第四章・第二節評云：「且由處士受聘後之狀，彷彿是期待已久之美夢忽已成眞，歡喜之情不能自掩，且收拾行裝之迅速，彷彿等不及到天明一般，益可見出其『勸之仕不應』只是未遇『合意』買主罷了，若有了『善賈』，則其售己乃須臾之間而已。」此論稍嫌過分，似未明該序文大意。

〔註48〕詳韓愈〈集賢院校理石君墓誌銘〉（《韓昌黎文集》第六卷）。

〔註49〕詳《舊唐書・溫造傳》卷一六五。

以泛其流而析其滯歟？既而將登商顏，尋綺寄翼儲之顯晦；進浮滄浪，追漁父遁代之始終。或經九嶷，或入五嶺，探靈感，廣異聞。崇朝命駕，來告于邁，不憚者結迮方之離思，所賀者從諸侯之勝遊。（《全唐文》卷四二八）

一位修禮自持的世家子弟，因家族沒落，時局艱難，三十年間，四處飄零，竟無安身立命之所。然而寄人籬下的生活又非長久之計，祇好美其名爲出遊，尋求身心的寄託，事實上是前途茫茫，不知所措，知識分子的悲哀莫過於此。類似的作品還有于邵〈送盛卿序〉、梁蕭〈送鄭子華之東陽序〉、柳宗元〈送婁圖南秀才遊淮南將入道序〉、李翶〈送馮定序〉、符載〈說玉贈蘭陵蕭易簡遊三峽序〉等。

士人常爲不得已的苦衷而遊，亦有爲己之所好而遊，如顧況〈送韋處士適東陽序〉云：

珠玉在淵，蘭在深林，士不定方而處。東陽佳地，樓上隱侯之八詠，溪中康樂之贈答，韋生翱翔，若復故都。會予放逐，相逢姑蔑之山，所載新詩，婉而有意。凡遊山水，若無卷軸，復無幽人攜手，一何異飛鳥一翼，行車隻輪，眼界孤矣！放言自遣，以眂處士乎哉。（《全唐文》卷五二九）

翱遊萬里，以文會友，亦乃人生一樂；何況山川雲雨的供養，草木禽鳥的親人，有助於文思。劉勰《文心雕龍・物色篇》云：「若乃山林皋壤，實文思之奧府。」李白〈春夜宴從弟桃花園序〉云：「況陽春召我以煙景，大塊假我以文章。」皆肯定大自然的風易景色足供文章之用。

又沈亞之〈送杜憕序〉云：

初，亞之提筆西入關，留舍飽溶於揚州。溶出詩吟，至夕過百篇，而窈窕之思雜發。亞之歎息曰：「後生亦有繼之哉？」飽溶言前在長安，常出入冢官杜氏家，群孫皆喜溶。是時憕方學何虞詩，於其音往往能自振激，後可得也。及亞之與生昆弟遊，其相樂之愛，故與溶等，而溶言果然。十年春，生長上知生之志，謂生曰：「巴漢瀟湘之水，皆淪流于東，合而爲大江，猛注於江陵揚州兩地之間。其名山園連，橫秀之色，屬江而起。前文者自馬遷皆經遊之，六代爲詩之士，而得聲名騰翔矣！」因命生去遊，以廣其思。三月生即路，亞之喜飽之知言，又樂生受命之遊，故終始以序。（《沈下賢集》卷九）

杜君的長輩勉勵他出遊廣聞，並以司馬遷及六朝詩人爲效法的對象，如此方能「聲名騰翔」。故知遊歷經驗乃文學創作中極爲重要的一環，亦爲古今文人不可或缺的習尚。此外，相類的作品尚有歐陽詹〈送裴八侃茂才卻東遊序〉、〈泉州泛東湖餞裴參和南遊序〉、呂溫〈送友人入蜀序〉、皇甫湜〈送陸鴻漸赴越序〉等。

七、訪師求友

有些士子爲求學問文章的精進，抱著「五嶽尋仙不辭遠」的精神，四處拜訪名師，結交益友。這種情形在中唐相當普遍，因而有贈序作品在師友結緣的關係下產生。

（一）問學於師

中唐從師問學習業的風氣頗盛，尤其是名噪一時的文學之士，每成爲好學第弟請益的對象，如于邵〈送蔡秀才序〉云：

> 蔡氏之子曰盧舟，以十月良日旅次於信安，謂余老於文者，展後進之禮，清晨來思，贈余舊文，凡數十篇。與之討論，導以無倦，蔡子乃旰衡而納焉。夫如是，則何患名不揚？道不行？春官卿將示諸掌乎！（《全唐文》卷四二八）

于邵，字相門，天寶末登進士第。以書判超絕，授崇文館校書郎。歷任起居郎，遷比部郎中，後出爲巴州刺史。大曆中入朝爲諫議大夫，知制誥，史館修撰，爲三司使；建中二年，以禮部侍郎知貢舉。常時大詔令，皆出其手〔註50〕。此人老於文場，又曾掌文柄，登門求教者必然不少，而文中蔡盧舟即爲其一。蔡君展後進之禮，請教文事，雖謂謙遜好學，卻難免有請託之嫌。

聲望地位愈高的文學之士，愈容易招攬向學的士子；而士子跟隨這些學養深湛的巨擘學習，也愈易成就。如韓愈矯扭時弊，抗顏爲師〔註51〕，其門下弟子經其提拔者不在少數；柳宗元雖避師名，卻極爲獎掖後進，他在〈答貢士廖有方論文書〉中云：「吾在京師時，好以文章寵後輩；後輩由吾文知名者，亦爲不少焉。」〔註52〕當時沒沒無聞的士子，都希望能得到他們的指點

〔註50〕詳《舊唐書·于邵傳》卷一三七、《登科記考》卷一一。
〔註51〕韓愈有感於當時師道蕩然無存，尤其士大夫之族，自恃其高人一等的門第，憑資蔭入仕，無須經過科考，所以總是不學無術，不肯從師學習，韓愈著〈師說〉一文，就是爲了扭轉這種積弊。
〔註52〕見《柳宗元集》卷三四。

和提攜。如韓愈〈送孟秀才序〉云：

> 今年秋，見孟氏子琯於郴，年甚少，禮甚度，手其文一編甚鉅，退
> 披其編以讀之。盡其書，無有不能，吾固心存而目識矣。其十月，
> 吾道於衡潭以之荊，累累見孟氏子焉，其所與偕盡善人長者，吾益
> 以奇之。今將去是而隨舉於京師，雖不有請，猶將彊而授之以就其
> 志，況其請之煩邪？（《韓昌黎文集》第四卷）

永貞元年十月〔註53〕，孟琯赴京趕考，於衡潭途中，拜謁韓愈以求教。韓愈
十分賞識他，「彊而授之以就其志」，寫下這篇贈序文。經過名師指點，孟秀
才果然不負所望，於元和五年中進士第〔註54〕。

　　另有一位書生區冊，仰慕韓愈大名，甚至不惜奔走千里以求訪。韓愈〈送
區冊序〉云：

> 陽山，天下之窮處也。陸有丘陵之險，虎豹之虞。江流悍急，橫波
> 之石廉利侔劍戟，舟上下失勢，破碎淪溺者往往有之。縣郭無居民，
> 官無丞尉，夾江荒茅篁竹之間，小吏十餘家，皆鳥言夷面。……愈
> 待罪於斯且半歲矣。有區生者，誓言相好，自南海挐舟而來。升自
> 賓階，儀觀甚偉，坐與之語，文義卓然。莊周云：「逃空虛者，聞人
> 足音跫然而喜矣。」況如斯人者，豈易得哉？入吾室，聞詩書仁義
> 之說，欣然喜，若有志於其間也。與之翳嘉林，坐石磯，投竿而漁，
> 陶然以樂，若能遺外聲利而不厭乎貧賤也。（《韓昌黎文集》第四卷）

貞元十九年，韓愈得罪上司，被貶到連州陽山（今廣東省陽山縣）當縣令〔註55〕。
陽山窮困落後，交通不便，言語不通，賓客不至，韓愈在精神上倍感孤寂痛苦。
忽然有位書生不顧荒涼險阻前來造訪，誓言相好，令他感動莫名。於是導以詩
書仁義之說，結伴徜徉於山水間，亦師亦友，共相慰勉。

　　此外，韓愈尚有〈送陳密序〉、〈送陳秀才彤序〉、〈送王塤秀才序〉三篇，
皆為賜言後進之作，可見這位言行足為天下法的「百世師」，是如何受到士子
的崇仰。

〔註53〕見馬其昶《韓昌黎文集校注》該序題注。

〔註54〕見徐松《登科記序》卷一八。

〔註55〕《資治通鑑》卷二三六云：「貞元十九年十二月，……京兆尹嗣道王實，務徵
求以給進奉，言於上曰：『今歲雖旱，而禾苗甚美。』由是租稅皆不免，人窮
至壞至賣瓦木麥苗以輸官。優人成輔端為謠嘲之，實奏輔端誹謗朝政，杖殺
之。監察御史韓愈上疏：『以京畿百姓窮困，應今年兌錢及草粟等，徵未得者，
請俟來年蠶麥。』愈坐貶陽山令。」

（二）以文會友

呂溫〈送薛大信歸臨晉序〉云：

> 先師曰：「益者三友。」吾能得之，豈唯直諒多聞而已。可以旁魄天
> 人，談堯舜之道，則有吾族兄皋；可以根本性情，語顏夷之行，則
> 有太原王師簡；可以發揚古訓，論三代之文，則有河東薛大信。此
> 三君子，或道以樂我，或行以約我。或文以博我，遭時則有光，遯
> 世則無悶，其爲益也，不亦大乎！（《呂和叔集》卷三）

士子孤身在外，若能結交良友，切磋琢磨，不僅精神上可獲得慰藉，亦可在
進德修業方面有所補益。呂溫這段話，實爲益友作了最佳詮釋。此類題材的
贈序文常帶有文人相知相惜的濃厚情誼，又如于邵〈送賈九歸鳴水序〉云：

> 賈生深於義者也，又能保和天資，強學不倦，甘惌寇之執轡，處原
> 憲之非病，行於林泉，蓋數週矣。實沈之會，賁然來思，南郭之下，
> 言尋舊好。顧州縣而不爲道屈，齊得失而介茲福利，實君子之大端
> 也。知我者鮮，謂予知之，朝夕之驥，經時不去，式歌且賦，嘗至
> 於夜分，不知天下之秋，颯然而至，詠采薇以獨往，始斑荊而送別。
> 苟吾道之可存，居鳴水而何陋？是不侵不叛之地，得以長處約矣。
>
> （《全唐文》卷四二八）

賈九雖然困厄潦倒，卻有知音相契，興感述懷，也可了無憾恨。

又符載〈荊州與楊衡說舊因遊南越序〉云：

> 載弱年與北海王簡言、隴西李元象洎中師高明，會合於蜀，四人相
> 依然約爲友，遂同詣青城山，斬刈蓁葦，手樹屋宇，俱務王佐之學。
> 初，載未知書，其所覽誦，章句而已。中師發明大體，擊去疵雜，
> 誘我於疏通廣博之地，示我於精淳元顥之際，偲偲之道，實有力焉。
> 無幾何，共欲張聞見之路，方乘扁舟，沿三峽，造潯陽廬山，復營
> 蓬居，遂我遁棲。二三子以道德相播，以林壑相尚，精綜六籍，翱翔
> 百氏，繇是聲譽殷然，爲江湖聞人。（《全唐文》卷六九〇）

作者緬懷早年與友人隱居苦讀的生涯，情意真摯。在學業上，他們互相砥礪，
有「發明大體，擊去疵雜」之功；在生活上，他們「斬刈蓁葦，手樹屋宇」，
彼此相扶持。序文中又云：

> 青城匡廬，岑嶔際天，下有煙霞，上有神仙。緬懷曩昔逍遙其下，
> 背負素琴，手持道書，掬泉掃石，吟嘯終畫。是時年少無事，貲傲
> 光景，造適則止，不知其他。

雖然山居生活勤苦，倒也無憂無慮，逍遙自在，帶有「少年不識愁滋味」的情懷，可視爲當時士人赴山林習業的生活寫照。

八、棲隱山林

唐代隱逸之風極盛，離群索居，自甘幽獨之士多如繁星，雖然他們隱居的動機萬殊，而優游山林的逸趣則一。中唐贈序作品對此有深刻的描摹，如符載〈宣城送黎上人歸滁上瑯琊山居序〉云：

> 中人名復，氣清骨植，凡態不入，揖讓應對，甚有素士之風。探賾以知章，居易以安貧，立誠以守晦，服勤以樹善。始結茅於滁上，有瑯琊山，青泉白石，羅在戶牖，耕漁之暇，時時開素卷，飲濁醪，以雲霞爲賓友，以林籟爲簫管，頹然竟歲，不知其他。(《全唐文》卷六九〇)

又顧況〈送張烏謙適越序〉云：

> 晉司空十四代梁尚書左僕射續五代孫曰鳴謙，問行於我，我對曰：「迺祖蹈道隱黃鵠山，乃先敦德隱朝陽山。今子洽聞，繼修先好，是一門而三隱矣！……余嘗適越，東至剡，南登天姥，天姥而西即東陽，太末姑蔑之地。盤桓乎弋陽，其山霞錦，其水紺碧，其鳥好音，其草芳菲，奪人眼睛，猶未麗也。仙人城在其上，可以汰神，可以建文，……。」(《華陽集》卷下)

贈序文通常以敘事、抒情爲主，寫景之作，並不多見。以上兩篇，將隱者自得其樂的生活，以及隱居處的山川景色，予以生動刻劃，令人悠然神往，是十分特殊的作品。

第三節　就贈與僧道者言

在釋道盛行的唐代，文人與僧道相互影響，不僅是文人的學道奉佛，方外人士亦有文士化的傾向〔註56〕。二者之間的交往密切，常互以詩文酬答，就連排佛斥老的韓愈也不能免〔註57〕。故中唐爲僧道所寫的贈序文不少。析

〔註56〕可參考龔鵬程〈論唐代的文學崇拜與文學社會〉第十一節「社會階層的文士化」(載《晚唐的社會文化》，淡江大學中文系編，學生書局出版)

〔註57〕韓愈有〈廣宣上人頻見過〉詩：「三百六旬長擾擾，不衝風雨即塵埃。久慚朝士無裨補，空愧高僧數往來。學道窮年何所得？吟詩竟日未能回。天寒古寺遊人少，紅葉窗前有幾堆？」(《昌黎先生詩集注》卷十)

其內容，可別爲「宣傳教義」、「雲遊天下」二端。

一、宣傳教義

當時有許多僧徒不以隱居山林、誦經禮佛爲尙，而是步入群眾，廣泛參與社會生活，弘法傳道。如于邵〈送通上人之南海便赴上都序〉云：

> 通公，釋門之秀者也。生本達節，出修梵行，表之以威儀，文之以外教。……是以杖飛錫，入五嶺，將遠擧於羅浮，尋跡於現靈，爲矯其因而集乎緣，遊其方而廣乎志。洪惟通公之爲心也，其至矣夫！猶復歷天柱，訪爐峰，背淮沘，即嵩潁，翶翔乎中國，以及乎上京。上京，聖君布政之所也。公觀夫宮闕，則曷若西方之諸天；公接彼龍象，則曷若西方之眾聖。加以探密藏，傳意珠，發揮象法，啓迪來學，在此行也。（《全唐文》卷四二八）

此文敘述通上人遊畢南海，欲往京師傳教之事。唐代朝中實行三教講論〔註58〕，「公觀夫宮闕，則曷若西方之諸天；公接彼龍象，則曷若西方之眾聖」，通上人是否應皇帝之邀，不得而知；「探密藏，傳意珠，發揮象法，啓迪來學」，其目的爲宣傳教義，則是肯定的。

又沈亞之〈送洪遜師序〉云：

> 十一年春，予東上會稽，還造江。有緇衣洪遜，從余假渡，自言能贊導佛語，嘗與其曹群居講誦，恆爲宿輩推信。他日復來，言當之關中，欲余以敘之。夫西都輻集之地，居多豪緇，得進於上前者，車服之饒，擬於卿士，而遜得無欲乎？在自勉而已。余不知佛，故序無以備汝曹之事。（《沈下賢集》卷九）

由文中得知洪遜師好講誦佛經，今欲往關中，求言於作者。沈亞之佯稱「不知佛」，祗說西都有很多「豪緇」，富貴可比王公卿士。「而遜得無欲乎」，言語間頗有鄙夷之意。此外，柳宗元〈送巽上人赴中丞叔父召序〉中有「今連帥中丞公，具舟來迎，飾館而俟，欲其道之行於遠也」〔註59〕之言，亦爲僧人應顯貴之邀而傳道的例子。

〔註58〕唐代的三教講論，乃聚集儒、釋、道諸名流大德，共於帝王或皇太子前，相與講述論難，以公開之盛會，行析理明教之事。可參考羅香林〈唐代三教講論考〉（收錄《唐代文化史》）。

〔註59〕見《柳宗元集》卷二五。

二、雲遊天下

文士出遊，多為營求俗世的名利，縱偶有寄跡山水者，亦泰半心纏世務；方外之士出遊，旨趣則不相同，總能隨緣生興，觸物成化，從一些送僧道出遊的贈序文中就可體會這不為塵累的灑脫。如權德輿〈送渾淪先生遊南岳序〉云：

> 于丱歲時，遇渾淪於溪荊，徒見其山巾羽衣，有玄古之貌。瞻敬不暇，未遑問道，倏然一別，俄六七年。今茲獻春，相訪於練湖之濱，藥囊藜杖，就館于我。參希夷之旨，析萬物之理，皆發於全樸，冥於大通，非夫人之為道，道烏乎在？……睹其容，則鄙吝無自入；聞其言，則和易浹於內。兩忘所得，得之至也。既而振拂履杖，泠然遠遊，浮洞庭，涉廬阜，然後揮手人世，南登衡山，將長往而不返耶？或暫遊人間，而不可得見之耶？（《權載之文集》卷三八）

在作者的悉心描寫下，一位飄然不群，不食人間煙火的道人，彷彿活現在讀者眼前。此類序作不僅善於敘事，亦長於說理，又如權德輿〈送元上人歸天竺寺序〉云：

> 度門之教，根於空寂，因修以取證，階有以及無，不踐精深之習，而悟虛無之理者，未之有也。未得為得，則其病歟！……桑門之患有二焉，未得之患，為外見所雜；既得之患，為內見所縛。今元公翛然於二見之間，不內不外，冥夫至妙，身戒心惠，合於無倪。（《權載之文集》卷三九）

能有如此見解，足見作者通曉佛理。中唐許多文士都與僧侶交往頻繁，他們的思想與文學都受到佛教的影響，如梁肅本身就是天臺義學的大師；柳宗元早歲習佛，對佛學義理有獨到的功夫，且將它與儒、道二家的思想並冶一爐，在他許多贈序作品中即可發現，如〈送元十八山人南遊序〉、〈送方及師序〉、〈送僧浩初序〉、〈送元嵩師序〉等作，都闡述了儒道釋合流的觀點。

此類序作的另一特色，是工於寫景。如于邵〈送銳上人遊浮羅山序〉云：

> 常憶浮山是蓬萊一島，浮來與羅峰合秀。寶房瑤室，七十有二；松閣石樓，千百其數。麻姑舞鳳之地，葛仙蟬蛻之所。將欲導殊勝，廣異聞，……十月良日，晴天愛景，密葉彌茂，繁花不寒，群山壁立而合沓百蠻，長江海連而澎湃萬里，懷哉勝遊，不愧相送。（《全唐文》卷四二八）

「寶房瑤室，七十有二；松閣石樓，千百其數」是何等壯闊的景觀！直教人目眩神馳。又韓愈〈送廖道士序〉云：

> 五岳於中州，衡山最遠。南方之山，巍然高而大者以百數，獨衡為宗。最遠而獨為宗，其神必靈。衡之南八九百里，地益高，山益峻，水清而益駃，其最高而橫絕南北者嶺。郴之為州，在嶺之上，測其高下，得三之二焉，中州清淑之氣於是焉窮。氣之所窮，盛而不過，必蜿蟺扶輿磅礴而鬱積。（《韓昌黎文集》第四卷）

作者由五岳俯瞰而下，層層剝出，猶如鏡頭壓縮般點出郴州所在。「蜿蟺扶輿，磅礴而鬱積」，好似迷離幻境，非凡人所處。這些將僧道與山水結合的作品，多少帶有誇飾的筆法，卻也使人臻於清淨逍遙的境界。

第五章　中唐贈序文的思想內涵

　　思想爲文學內容的三大要素之一〔註1〕，也是古來論文者首重之事。劉勰
云：「必以情志爲神明。」〔註2〕范曄云：「常謂情志所托，故當以意爲主，以
文傳意。」〔註3〕又李漁云：「古人作文一篇，定有一篇之主腦。主腦非他，
即作者立言之本意也。」〔註4〕黃宗羲則謂：「文以理爲主。」〔註5〕無論「志」、
「意」、「理」，皆可視爲作者的中心思想。一篇缺乏中心思想的文學作品，譬
如喪失靈魂的形軀，茫然空洞，實無存在的意義與價值。

　　盱顧唐代的贈序作品，以中唐最爲可觀。其理由無他，乃因作者的思想
深刻，見解超卓，不爲無關癢的應酬語言。尤其是韓愈、柳宗元兩大文豪，
以文章爲貫道、明道之器，闡論自己的人生哲學與文學觀念，曲意密源，值
得深入探究。本章以韓、柳二人爲主，其餘諸家爲輔，將中唐贈序文的想內
涵分爲「儒釋道三家的紛論」、「民本觀念的提倡」、「積極進取的人生態度」、
「經世教化的文學宗旨」等四節論述之。

第一節　儒釋道三家的紛論

　　中國傳統思想原以儒、道爲主流，自東漢佛教傳入後，形成三家分庭抗禮
的局面。儒家代表宗法文化的基本精神，對於社會倫理等級的關係，具有維繫
和穩定作用。然而在歷史的發展過程中，儒家思想逐漸暴露出缺點，它在本體

〔註1〕參涂公遂《文學概論》第三章・第二節。
〔註2〕見《文心雕龍・附會篇》。
〔註3〕見〈獄中與諸甥姪書〉，載《宋書・范曄傳》卷六九。
〔註4〕見《閒情偶記》卷一「立主腦」。
〔註5〕見〈論文管見〉（《南雷文定》三集・卷三）。

論及心性論上，缺代嚴密的邏輯思辨能力。每逢離亂之世，一切價值體系混淆不清，綱常名教再也無法束縛人心的時候，人們祇有尋求他途解脫。佛家主張明心見性，四大皆空；道家強調清靜無爲，返回自然。兩者都具有完整的宗教世界觀，爲人們構築了一個逃避社會苦難和人生挫折的彼岸世界，指引出一條擺脫現實煩惱的道路，而這正是儒家思想理論不足之處。隨著各朝政教形勢的嬗變，儒、釋、道三家思想相互激盪，彼此消長，其間有矛盾，有衝突，也有融合。降及中唐，這種三家紛論的現象未嘗稍歇，學者各據己見，著文立說，形成兩種主要趨勢：一種以韓愈爲代表，堅持儒家道統，排抵佛、老；另一種則以柳宗元爲代表，強調以儒爲主的三教融合。這些不同的意見經常出入各家的贈序作品中，時而發爲議論。這些議論，即是本節所要探討的重點。

一、闢佛尊儒

韓愈爲中唐學術界首屈一指的人物「闢佛尊儒」是他一貫的學術思想，不僅有實際行動的付出，更有堅實的理論架構，並常藉詩文來宣達他的理念，即使連「贈序」這類應酬性作品也不例外。如其〈送浮屠文暢師序〉云：

> 民之初生，固若禽獸夷狄然。聖人者立，然后知宮居而粒食，親親而尊尊，生者養而死者藏。是故道莫大乎仁義，教莫正乎禮樂刑政。施之於天下，萬物得其宜；措之於其躬，體安而氣平。堯以是傳之舜，舜以是傳之禹，禹以是傳之湯，湯以是傳之文武，文武以是傳之周公、孔子，書之於冊，中國人之世守之。今浮屠者，孰爲而孰傳之耶？夫鳥俛而啄，仰而四顧；夫獸深居而簡出，懼物之爲己害也，猶且不脫焉。弱之肉，強之食。今吾與文暢安居而暇食，優游以生死，與禽獸異者，寧可不知其所自邪？（《韓昌黎文集》第四卷）

這是一篇與〈原道〉相呼應的好文章，作者以儒家的聖人之道，可使人們「知宮居而粒食，親親而尊尊，生者養而死者藏」，有別於禽獸夷狄，且具有堯、舜以來一脈相傳的系統，「書之於冊，中國之人世守之」，是可以徵驗的。反之，佛家主張棄君臣，去父子，是對「親親而尊尊」的反動。佛徒不事生產，斷絕六親，違背「生者養而死者藏」，將人混同於禽獸夷狄。「今浮屠者，孰爲而孰傳之邪」，佛教爲夷狄之法，在中國無源亦無傳，若以「尊王攘夷」的春秋大義觀之〔註6〕，應予徹底根除。

〔註6〕陳寅恪〈論韓愈〉云：「今所欲論者，即唐代古文運動一事，實由安史之亂及藩鎮割據之局所引起。安史爲西胡雜種，藩鎮又是胡族或胡化的漢人，故當

　　將佛教比況爲禽獸夷狄，實是再嚴厲不過的批判。在實際的行動上，韓愈也未嘗稍怠，元和十四年，因諫迎佛骨一事而幾乎斷送性命〔註7〕。不過他仍然堅定信念，無畏時議，在〈送高閑上人序〉文中，甚至借論藝來闢佛。其文云：

> 苟可以寓其巧智，使機應於心，不挫於氣，則神完而守固，雖外物至，不膠於心。堯、舜、禹、湯治天下，養叔治射，庖丁治牛，師曠治音聲，扁鵲治病，……往時張旭善草書，不治他伎，喜怒窘窮、憂悲愉佚、怨恨思慕、酣醉無聊不平，有動於心，必於草書發之。觀於物，見山水崖谷、鳥獸蟲魚、草木之花實、日月列星、風雨水火、雷霆霹靂、歌舞戰鬥，天地事物之變，可喜可愕，一寓於書。故旭之書，變動猶鬼神，不可端倪，以此終其身，而名後世。今閑之於草書，有旭之心哉！不得其心而逐其跡，未見其能旭也。爲旭有道，利害必明，無遺錙珠，情炎於中，利欲鬥進，有得有喪，勃然不釋，然後一決於書，而後旭可幾也。今閑師浮屠氏，一死生，解外膠，是其爲心，必泊然無所起，其於世，必淡然無所嗜。泊與淡相遭，頹墮委靡，潰敗不可收拾，則其於書，得無象之然乎？然吾聞浮屠人善幻，多技能，閑如通其術，則吾不能知矣。（《韓昌黎文集》第四卷）

韓愈固然闢佛，卻與僧人多有往來，本文中的高閑上人即爲其一。高閑是中唐著名的草書僧，曾在唐宣宗御前揮毫，受到賞賜〔註8〕，董逌說他「學出張顚」〔註9〕，陳思《書小史》云：「高閑善草書，師懷素，深窮體勢。」其書應屬狂草一流。韓愈在本文中將高閑上人的草書與大書家張旭進行比較，認爲張旭的成功，在於其心能與世俗情欲的激盪、天地事物的變化相感應，並將之反映在書藝上。然而高閑師浮屠，摒棄世俗情欲，解脫死生之門，以泊淡之心出之，卻「頹墮委靡，潰敗不可收拾」，自然無法深入草書之道。此就書學觀點而言，實屬荒謬，頗遭後世訾議〔註10〕。事實上，書法雖列爲儒家

　　　　時特出之文士自覺或不自覺，其意識中無不具有遠則周之四夷交侵，近則晉之五胡亂華之印象，『尊王攘夷』所以爲古文運動中心之思想也。」

〔註7〕　詳《新唐書・韓愈傳》卷一七六、《韓文類譜》卷七。

〔註8〕　贊寧《宋高僧傳》卷三〇〈唐天台天禪林寺廣脩（高閑）傳〉云：「又湖州開元寺釋高閑，本烏程人也。齔年阜蹊，范露異才。……宣宗重興佛法，召入對御前草聖，遂賜紫衣。……閑常好將霅川自紵書眞草之蹤，與人爲學法焉。」

〔註9〕　見《廣川書跋》卷八「高閑千字」。

〔註10〕　蘇軾即持反對意見，其〈送參寥師詩〉云：「退之論著書，萬事未嘗屏。憂愁

六藝之一〔註11〕，其表現卻絕不設限在儒家的思想範疇裡。韓愈執意要將儒佛之爭帶入書學論辯中，其主要目的無非是藉機闢佛而已。

又其〈送王壎秀才序〉云：

> 吾常以爲孔子之道大而能博，門弟子不能徧觀而盡識也，故學焉而皆得其性之所近。……蓋子夏之學，其後有田子方，子方之後，流而爲莊周。故周之書，喜稱子方之爲人。荀卿之書，語聖人必曰孔子、子弓。……孟軻師子思，子思之學蓋出曾子。自孔子沒，群弟子莫不有書，獨孟軻氏之傳得其宗，故吾少而樂觀焉。太原王壎，示予所爲文，好舉孟子之所道者。與之言，信悅孟子，而屢贊其文辭。夫沿河而下，苟不止，雖有遲疾，必至於海。如不得其道也，雖疾不止，終莫幸而至焉。故學者必慎其所道，道於楊、墨、老、莊、佛之學，而欲之聖人之道，猶航斷絕潢以望至於海也。故求觀聖人之道，必自孟子始。今壎之所由，既幾於知道，如又得其船與檝，知沿而不止。嗚呼！其可量也哉！（《韓昌黎文集》第四卷）

這是韓愈建立儒家道統論的一篇重要文章，對於辨別儒學正宗與支流的問題，發前人未見。張伯行嘗評：「朱子云：『韓退之言軻死不得其傳，此非深知所傳者何事，則未易言也。』讀此篇，於孔門傳授，本文派別，極其分明，自漢以來，無此見識。」〔註12〕曾國藩則云：「讀古人書，而能辨其正偽醇疵，是謂知言，孟子以下，程朱以前，無人有此識量。」〔註13〕爲了維繫儒家道統，韓愈把孟子推爲孔子的繼承人。一方面證明道的傳受淵源，以資取信；另一方面，也作爲打擊佛老最犀利的武器。

在他的觀念中，「尊儒」與「闢佛」實爲同一件事，〈原道〉篇云：「不塞不流，不止不行。」〔註14〕兩者永遠對立，絕無妥協的可能。本文也說得斬釘截鐵：「道於楊、墨、老、莊、佛之學，而欲之聖人之道，猶航斷港絕潢以

不平氣，一寓筆所騁。頗怪浮屠人，現身如丘井。頹然寄淡泊，誰與發豪猛？細思則不然，真巧非幻影。欲令詩語妙，無厭空且靜。靜故了群動，空故納萬境。閱世走人間，觀身臥雲嶺。鹹酸雜眾好，中有至味永。」（《蘇軾詩集》卷一七）林紓《韓柳文研究法》云：「然昌黎論書，尚詆義之爲俗，似非知書中三昧者。」

〔註11〕見《周禮·地官·保氏》。

〔註12〕見《重訂唐宋八大家文鈔》卷二（引自羅聯添《韓愈研究》附錄）。

〔註13〕馬其昶《韓昌黎文集校注》注引。

〔註14〕見《韓昌黎文集》第一卷。

望至於海也。」又：「求觀聖人之道，必自孟子始。」在力拒楊墨，攘斥佛老的同時，再次強調以孟子爲正宗的儒家道統。

韓愈的門人皇甫湜，亦是一位闢佛論者。元和三年，他應朝廷「賢良方正能直言極諫科」〔註15〕的對策中道：

> 夫賤珍奇之貨，斥雕琢之淫，則工商之道自息矣；黜異端之學，使法不亂而教不煩，則老釋之流當屛矣。（《全唐文》卷六八五）

雖然皇甫湜未就韓愈闢佛的理論加以發揮，但其立場亦十分堅決。當時有位孫生，發憤著書，攻擊佛教，獲得他的認同。其〈送孫生序〉云：

> 浮屠之法，入中國六百年，天下胥而化。其所崇奉，乃公卿大夫。野益荒，人益饑，教益頹，天下將蕪。……孫生天與之覺，獨曉然於厚夜，聰然於大醉，發憤著書，攻而指斥之。其詞觥觥，痛入肝血，乃忘力之不足以死爲斷，庶幾萬一悟主救人者。嗚呼！不得古人而與之，必也生乎！遂除肉刑，一女言也；能移高山，一翁願也。彼髡褐雖黟地，其無足憂乎？（《皇甫持正文集》卷二）

皇甫湜的闢佛思想，與韓愈如出一轍，著重在社會經濟面的考量。「野益荒，人益饑，教益頹，天下將蕪」，說明佛徒不事生產，導致國家財政困難，民生凋敝。這個問題早在韓愈作〈原道〉時，便已明白指出：「古之爲民者四，今之爲民者六；古之教者處其一，今之教者處其三。農之家一，而食粟之家六；工之家一，而用器之家六；賈之家一，而資焉之家六。奈之何民不窮且盜也。」〔註16〕又〈送靈師詩〉云：「佛法入中國，爾來六百年。齊民逃賦役，高士著幽禪。官吏不之制，紛紛聽其然。耕桑日失吏，朝署時遺賢。」〔註17〕按陳寅恪的說法，唐代人民可分爲「課丁」與「不課丁」兩種。擔負國家直接稅收及勞役者爲「課丁」，享有免除賦役之特權者爲「不課丁」，不課丁爲統治階層及僧尼道士女冠等宗教徒。〔註18〕僧徒道士愈多，不課丁也就愈多，自然造成「耕桑失隸」，危害國家生計最甚。由是觀之，韓愈、皇甫湜二人所以闢佛，是持之有故的。

皇甫湜尚有一篇〈送簡師序〉，也是以「闢佛尊儒」爲出發點：

> 鳳羽而麟毛，鳥與獸也。經傳以比聖人，豈非以其心不以其形者耶？

〔註15〕詳徐松《登科記考》卷一七。

〔註16〕同註14。

〔註17〕見《昌黎先生詩集注》卷二。

〔註18〕詳陳寅恪〈論韓愈〉（收錄於羅聯添編《中國文學史論文選集（三）》，學生書局）。

師雖佛名，而儒其行；雖夷狄其衣服，而仁義其心，雖未齒於士，
與鳳麟類矣。不猶愈於冠朝冠、服朝服，或溺於淫怪之說以斁彝倫
者耶？嗚呼！師吾獨賢也。刑部侍郎昌黎韓愈既貶於潮，浮屠之徒，
讙快以抃。師獨憤起訪余，求敘行以資適潮，不顧蛇山鰐水萬里之
陰毒，若將朝得進拜而夕死可者。（《皇甫持正文集》卷二）

韓愈被貶潮州，佛徒莫不額手稱慶，惟有僧人簡師，獨自憤起，「不顧蛇山鰐水
萬里之險毒，若將朝得進拜而夕死可者」。皇甫湜深為感動，盛讚他「雖佛名而
儒其行，雖夷狄其衣服，而仁義其心」；而且「猶愈於冠朝冠、服朝服，或溺於
淫怪之說以斁彝倫者」。可知皇甫湜的認定標準，取決於儒家內在的仁義之心，
至若外在的形名，皆不足論。由於贈送的對象為僧人，故序文中並不正面攻擊
佛教，祇是藉著「以其心不以其形」這樣的模糊字眼來暗寓打壓之意。

二、三教合流

　　韓愈、柳宗元是唐代文壇的兩大擎天柱，兩人文學觀念相近，但在哲學
思維方面卻有顯著的差異。韓愈申儒闢佛，旗幟鮮明，前已言之；柳宗元識
度較廣，主張以儒為主的三教融合。在他的贈序作品中，不時透露這樣的觀
點。如〈送僧浩初序〉云：

儒者韓退之與余善，嘗病余嗜浮屠言，訾余與浮圖遊，近隴西李生礎
自東都來，退之又寓書罪余，且曰：「見〈送元生序〉，不斥浮圖。」
浮圖誠有不可斥者，往往與《易》、《論語》合，誠樂之，其於性情奭
然，不與孔子異道。退之好儒未能過揚子，揚子之書於莊、墨、申、
韓皆有取焉。浮圖者，反不及莊、墨、申、韓之怪僻險賊耶？曰：「以
其夷也。」果不信其道而斥焉以夷，則將友惡來、盜跖，而賤季札、
由余乎？非所謂去名求實者矣。吾之所取者與《易》、《論語》合，雖
聖人復生不可得而斥也。退之所罪者其跡也，曰：「髡而緇，無夫婦
父子，不為耕農蠶桑而活乎人。」若是，雖吾亦不樂也。退之忿其外
而遺其中，是知石而不知韞玉也。吾之所以嗜浮圖之言以此。與其人
遊者，未必能通其言也。且凡為道者，不愛官，不爭能，樂山水而嗜
閒安者為多。吾病世之逐逐然唯印組為務以相軋也，則舍是其焉從？
吾好與浮圖遊以此。……李生礎與浩初又善，今之往也，以吾言示之。
因北人寓退之，視何如也？（《柳宗元集》卷二五）

柳宗元不畏論難，以此序文公開批駁韓愈的闢佛論點，立言有據，不亢不卑。

章士釗《柳文指要》歸其大要爲「六義」云：

（一）浮圖之言，與《易》、《論語》合，聖人復生，不可得而斥，
　　　退之於聖人何如？

（二）浮圖於性情，不與孔子異道，退之如何自安頓其性情？

（三）浮圖之言，勝於莊、墨、申、韓之怪僻險賊，揚雄於莊、墨、
　　　申、韓有取，胡乃退之於浮圖無取？

（四）退之攻浮圖以夷，此乃混名實而一之，由退之之言，不獨季
　　　札、由余不可友，而且退之自張爲統之五帝三王，應先去東
　　　夷之人舜，與西夷之人文王。

（五）退之罪浮圖以跡，以跡而言，子厚亦不樂。蓋石之中有韞玉，
　　　退之胡乃忿其外而遺其中？

（六）浮圖不愛官，不爭能，樂山水而嗜閑安，子厚因從之遊，而退
　　　之罪焉；退之之意，是否要求子厚從己之後，逐逐然唯印組爲
　　　務以相軋？是否退之三上宰相書不報，即悄然逸去，此一套忍
　　　辱含垢本領，將傳之貶竄十年不得量移之子厚？〔註19〕

關於這場論戰，千餘年來，文人多尊韓而抑柳，不問其中是非曲直，妄下雌
黃〔註20〕。故表面上韓愈似佔上風，實則上述六問，一一命中要害，非韓愈
能強作辯解者。

　　柳宗元的「統合儒釋」思想顯然較韓愈恢廓，其支持的理由，乃佛教在
本質上，與《易》、《論語》相合，不與孔子異道，但並未具體舉出實例。不
過在〈送元暠師序〉一文中，他從重視孝道這一點上，證明佛、儒在基本教
義上是相通的，其文云：

余觀世之爲釋者，或不知其道，則去孝以爲達，遺情以貴虛。今元
暠衣粗而食菲，病心而墨貌，以其先人之葬未返其土，無族屬以移
其哀，行求仁者，以冀終其心。勤而爲逸，遠而爲近，斯蓋釋之知
道者歟？釋之書有《大報恩》十篇，咸言由孝而極其業。世之蕩誕
慢　者，雖爲其道而好違其書，於元暠師，吾見其不違且與儒合也。
（《柳宗元集》卷二五）

〔註19〕見卷二五「體要之部」。
〔註20〕劉熙載《藝概‧文概》云：「學者未能深讀韓柳之文，輒有意尊韓抑柳，最爲
　　　　陋習。」此文亦不例外。章士釗對此辯析最詳，可參其《柳文指要‧體要之
　　　　部》卷二五。

「去孝以爲違，遺情以貴虛」的釋者，是不爲柳宗元認同的，因爲「釋之書有《大報恩》十篇，咸由孝而極其業」，一般釋子，大抵不遵其書以爲常。元暠師葬亡親而不得〔註21〕，求助於南諸侯，乃持劉禹錫書至永州謁見柳宗元〔註22〕，柳宗元嘉其孝行，爰爲此序以贈，認爲他是「釋之知道者」。又其〈送濬上人歸淮南覲省序〉亦云：

> 金仙氏之道，蓋本於孝敬，而後積以眾德，歸于空無。……上人窮
> 討秘義，發明上乘，奉威儀三千，雖造次必備。嘗以此道宣於江湖
> 之人，江湖之人悅其風而受其賜，攀慈航望彼岸者，蓋千百計。天
> 子聞之，徵至闕下，御大明秘殿以問焉。導揚本教，頗堪稱旨。京
> 師士眾，方且翹然仰大雲之澤，以植德本，而上人不勝顧復之恩，
> 退懷省侍之禮，懇迫上乞，遂無以奪。……上人專於律行，恒久彌
> 固，其儀刊後學者歟？誨于生靈，觸類蒙福，其積眾德者歟？觀于
> 高堂，視遠如邇，其本孝敬者歟？（《柳宗元集》卷二五）

有位濬上人，「窮討秘義，發明上乘」，宣揚佛法有功，被皇帝召入京師。但他「不勝顧復之恩，退懷省侍之禮」，欲回鄉探望父母，懇請皇帝批准。柳宗元讚揚他「觀于高堂，視遠如邇，其本孝敬者歟」。

柳宗元一直以「佛道本於孝敬」作爲統合儒釋的有力佐證，可惜他犯了認識上的錯誤。是按佛教根本教義，人由五蘊合和而成，七情六慾爲煩惱之源，出家就是要斷絕這煩惱之源。中國的譯經和佛家著作中往往論及孝道，這多是佛徒依傳教需要而憑主觀發揮的，可謂佛教華化的結果。唐代以前，俗人出家爲僧，並不拜父母；唐代以後，情況有所改變。唐高宗有〈僧尼不得受父母及尊者禮拜詔〉〔註23〕及〈令僧道致拜父母詔〉〔註24〕，自茲而後，僧尼開始注重孝道，常有以孝聞名者，如元暠師、濬上人等皆是。

基於上述理由，造成柳宗元對佛教本質認知的模糊，其關鍵在於他沒有

〔註21〕劉禹錫〈送僧元暠南遊並引〉：「開士元暠姓陶氏，本丹陽居家，……雅聞予
　　　事佛而佞，亟來相從。或問師翦形之自，對曰：『少失怙恃，推棘心以求上乘。
　　　積四十年餘，羸老將至而不懈。始悲浚泉之有洌，今痛防墓之未遷，塗芻莫
　　　備，薪火恐滅，……今聞南諸侯雅多大士，思叩以苦調，而希其末光。無客
　　　至前，有足悲者。』」（《劉夢得文集》卷七）

〔註22〕柳宗元〈送元暠師序〉云：「中山劉禹錫，明信人也。……元暠師居武陵，有
　　　年數矣。與劉遊久且暱，持其詩與引而來。」（《柳宗元集》卷二五）

〔註23〕見《全唐文》卷一二。

〔註24〕同前註。

劃清宗教與哲學的界限。孫昌武先生評曰：

> 從一定義上有肯定佛教對社會有某種價值，這是可以的；分析佛教
> 的宗教哲學與中國某一家一派（例如儒家）的哲學有相通處，這更
> 是應該的。但宗教建立在信仰的基礎上，迷信與理性背道而馳；宗
> 教要組織教團、制定戒律，以強制手段限制人思想行動的自由，而
> 這種自由是科學發展的必要條件。柳宗元沒有看到這種區別。……
> 中國的諸子學是建立在一定哲學理論基礎上的學派，儘管某些唯心
> 主義學派通於宗教，或某個宗教也要以一個學派理論為典據，但二
> 者是有本質不同的，這正如老莊哲學與道教絕非一碼事一樣〔註25〕。

誠如其言，柳宗元的失誤非常明顯。

儘管如此，柳宗元的見解仍然十分獨到，不僅限於儒、釋兩家的關照，他
還善於吸取其餘各派的長處，並予融會貫通。如〈送元十八山人南遊序〉云：

> 余觀老子，亦孔氏之異流也，不得以相抗，又況楊、墨、申、商、刑
> 名縱橫之說，其迭相訾毀、抵捂而不合者，可勝言耶？然皆有以佐世。
> 太史公沒，其後有釋氏，固學者之所怪駭舛逆其尤者也。今有河南元
> 生者，其人閎曠而質直，物無以挫其志，其學恢博而貫統，數無以躓
> 其道。悉取向之所以異者，通而同之，搜擇融液，與道大適，咸伸其
> 所長，而黜其奇衺，要之與孔子同道。（《柳宗元集》卷二五）

柳宗元認為老子、釋氏皆與孔子同道，不宜相抗；對於鬥爭激烈，迭相訾毀
的楊、墨、申、韓等各派，若能善加運用，或多或少都能從不同角度對社會
提出貢獻，具有「佐世」的功能。他極力讚賞元十八，即因元生那種取異通
同、去糟存液的治學精神與己相契合。

總結上述，中唐贈序作品中論及三教關係者，唯韓愈、柳宗元、皇甫湜
三人。韓愈、皇甫湜從政治倫理、社會經濟等方面來排斥佛教，雖嫌偏頗，
卻足以振聾發聵，激發儒者自信；柳宗元對於三教態度較為客觀，提出以儒
為主融合各學派的新觀念。他們的立場不盡相同，但主要目的都是為了復興
儒學。若以宏觀的角度看待此一命題，儒、釋、道三家皆具佐世的功能，並
無所謂異端。佛、道在理論思維和心性修養方面確實優於儒家，儒家若要期
望新的發展，就必須汲取佛、道的長處，以充實、完善自我思想體系的不足。
當然，這個理想在中唐是難以實現的，除了社會條件不成熟和思想融合不充

〔註25〕見孫昌武《佛教與中國文學》第二章‧第二節。

分之外，儒學本身的疲軟也是很重要的因素。然而韓、柳等人的努力，卻對宋代新儒學的發展，有莫大的啟迪作用。

第二節　民本觀念的提倡

中國的民本思想淵源已久，早在《尚書》、《詩經》中便有吉光片羽之存在〔註26〕。其後孔子孕育之，孟子建立之〔註27〕，遂爲儒家政治哲學的精魂所在。秦漢以後，君主專制政體盛行，民本之義受到壓迫未能伸張，直至明末清初黃宗羲、顧炎武、唐甄諸輩奮力倡導下，方重現生機〔註28〕。

在此沈寂的兩千年間，能直承孔孟民本思想且屬提昌大者，實寥寥無幾，而中唐柳宗元無疑是代表性的一位。其贈序作品對於民本思想頗有闡發，如〈送寧國范明府詩序〉云：

> 夫爲吏者，人役也。役於人而食其力，可無報耶？（《柳宗元集》卷二二）

此爲作者引述范明府的一段話，說明官吏乃人民的僕役。這是通篇立論的核心，也是柳宗元民本思想的靈光乍現。他在〈送薛存義之任序〉中，將此觀念作進一步的延伸，其文云：

> 凡吏于土者，若知其職乎？蓋民之役，非以役民而已也。凡民之食于土者，出其十一傭乎吏，使司平於我也。今受其直怠其事者，天

〔註26〕 「民本」兩字用語，首見於《尚書・五子之歌》：「皇祖有訓，民可近，不可下，民惟邦本，本固邦寧。」「民惟邦本」一語，可謂中國民本思想之源頭活水。又《尚書・泰誓》：「天視自我民視，天聽自我民聽。」《左傳・襄公三十一年引泰誓逸文》：「民之所欲，天必從之。」《詩經・烝民》：天生烝民，有物有則，有之秉彝，好是懿德。」上舉數例，皆有民本之義。

〔註27〕 中國的民本思想，可說孕育於孔子。其學說雖未直陳「民本」二字，卻具愛民、貴民的理念。如《論語・顏淵篇》云：「子貢問政。子曰：『足食，足兵，民信之矣。』子貢曰：『必不得已而去於斯，三者何先？』曰：『去兵。』子貢曰：『必不得已而去於斯，二者何先？』曰：『去食，自古皆有死，民無信不立。』又云：『百姓足，君孰與不足？百姓不足，君孰與足？』此皆含有濃厚的民本色彩。孟子政治思想中，以「民」爲中心之論，實不勝枚舉。《孟子・盡心篇下》云：「民爲貴，社稷次之，君爲輕。」此說一出，確能振奮人心，警惕時君，奠立他在儒家民本思想的宗師地位。如欲進一步瞭解孔、孟民本思想的傳承關係，可參金耀基《中國民本思想史》第三章。

〔註28〕 其中尤以黃宗羲用力最甚，其《明夷待訪錄》一書，精彩絕倫，殆爲中國政治哲學的瑰寶。〈原君〉、〈原臣〉、〈學校〉諸篇，重揚「民貴君輕」之古義，且逼近西方民主之說。

下皆然。豈惟怠之？又從而盜之。向使傭一夫於家，受若直，怠若
事，又盜若貨器，則必甚怒而黜罰之矣。以今天下多類此，而莫敢
肆其怒與黜罰何哉？勢不同也。勢不同而理同，如吾民何？有達于
理者，得不恐而畏乎？（《柳宗元集》卷二三）

「凡吏于土者，若知其職乎？蓋民之役，非以役而已也」，此開宗明義，當
頭棒喝之言，乃柳宗元政治理想的主幹。官吏是替人民工作的僕役，卻非役
使人民者，這自然含有「民爲主，官爲客」之意。百姓將所得的十分之一繳
納出來，作爲官吏的酬傭，目的是讓官吏公平地爲百姓謀福。在當時，光享
受俸祿而怠惰政事的官吏比比皆是。他們豈僅是不幹事，還要如同盜匪般對
人民巧取豪奪，那麼人民又當如何？在此柳宗元以「家僕」喻「公僕」，二
者雖「勢」有不同，其道理則一。「勢」是可以改變的，本當是僕人的官吏
卻高高在上，作威作福；本該爲主人的百姓卻被踩在腳底，任憑宰割壓榨。
這種情形若繼續下去，人民就會受不了而據理變勢，黜罰這幫貪官污吏。

　　此無異是對當時敗壞的吏治敲下一記警鐘，同時亦散播革命的種子。雖
短短數言，卻具雷霆萬鈞之力，洵爲中國官場的照妖鏡、傳頌不朽的大文章。
林紓《韓柳文研究法》云：「贈序一門，昌黎極其變化，柳州不能逮也。……
語皆質實，無伸縮吞咽之能。唯〈送薛存義之任序〉，眞樸有理解，甚肖近來
所稱爲公僕者。……文雖直起直落，無迴旋停滀之工。但一段名言，實漢、
唐、宋、明諸老所未能跂及者。柳州見解，可云前無古人。」林氏之言，未
免過譽。然而柳宗元早於黃宗羲、顧炎武等數百年前，即能上繼孔孟，發爲
民本之說，誠難能可貴。故在吾國政治思想史上，應賦予其適當的地位與評
價。

　　除柳宗元外，中唐尚有韓愈的贈序作品含有民本思想。如其〈送許郢州
序〉云：

凡天下之事，成於自同而敗於自異。爲刺史者恒私於其民，不以實
應乎府，爲觀察使者恒急於其賦，不以情信乎州。繇是刺史不安其
官，觀察使不得其政，財已竭而斂不休，人已窮而賦愈急，其不去
爲盜也亦幸矣。誠使刺史不私於其民，觀察使不急於其賦，刺史曰：
「吾州之民，天下之民也，惠不可以獨厚。」觀察使亦曰：「某州之
民，天下之民也，斂不可以獨急。」如是而政不均令不行者，未之
有也。（《韓昌黎文集》第四卷）

中唐賦稅苛酷，常有「四海無閒田，農夫猶餓死」的慘景。鄆州爲賦稅來源要地，當時的觀察使于頔，「公然聚斂，恣意虐殺，專以表上威下爲務」〔註29〕，百姓不堪其苦。韓愈藉許仲輿任鄆州刺史的機會，託文諷諫，希望于頔體恤民情，不要急於賦斂，以免造成「官逼民反」的局面。又其〈贈崔復州序〉云：

> 雖然，幽遠之小民，其足跡未嘗至城邑。茍有不得其所，能自直於鄉里之吏者鮮矣，況能自辨於縣吏乎？能自辨於縣吏者鮮矣，況能自辨於刺史之庭乎？由是刺史有所不聞，小民有所不宣。賦有常而民產無恒，水旱癘疫之不期，民之豐約懸於州，縣令不以言，連帥不以信，民就窮而斂愈急，吾見刺史之難爲也。（《韓昌黎文集》第四卷）

此文寫作意圖與〈送許鄆州序〉一樣，都是爲了規諷于頔，促其停止橫徵暴斂。內容申明百姓伸冤之難，原因在於上下官員的溝通不良，各有所私。「縣令不以言」，乃指縣令置百姓死生不顧，堵塞言路，欺上壓下，報喜不報憂，以保全己位；「連帥不以信」，乃指觀察使不明下情，或知情不憫，急於聚斂，視民如螻蟻。如此一來，老百姓將是最大的受害者。

一般論及韓愈政治思想者，總批評他「尊君抑民」，實背孟而近荀〔註30〕。而上述二作，雖未如柳宗元般的感慨直陳，震撼人心；卻也揭櫫「保民」、「養民」的觀念與爲官應有之道，隱現民本思想的光輝。

第三節　積極進取的人生態度

毫無疑問的，唐代乃中國歷史上最強盛的王朝，舉凡軍事、教育、文學、藝術等各方面，都有輝煌卓越的成就。唐人氣度之恢閎，魄力之雄強，遠非各代所能及。無論是仕途的慾望、學藝的精進；還是隱居求仙的企慕、生活情趣的涵養，均投射出民族文化心理結構中最積極的一面。尤其在對仕途的慾望這點上，比任何朝代都來得強烈。所謂「三十老明經，五十少進士」，多少人爲此尋章摘句，學史窮經！多少人爲此投詩求荐，遍干權要！祇要能獲得功名，可以不擇任何手段，不惜一切代價。他們不僅毫無愧色，而且直言不諱，視爲天經地義。這種積極進取的人生態度反映在當時文學中的例子

〔註29〕 參《舊唐書‧于頔傳》卷一五六。
〔註30〕 可參蕭公權《中國政治思想史》第十二章。

很多，當然也包括贈序一體。以中唐而言，如柳宗元〈送表弟呂讓將仕進序〉
云：

> 呂氏子得賢人之上資，增以嗜儒書，多文辭，上下今古，左程右準，
> 以爲直道，其於遠且大。……今來言曰：「道不可特出，功不可徒成，
> 必由仕以登，假辭以通，然後及乎物也。吾將通其辭，干於仕，庶
> 施吾道，願一決其可不可於子何如？」余曰：「志存焉，學不至焉，
> 不可也；學存焉，辭不至焉，不可也；辭存焉，時不至焉，不可也。
> 今以子之志，且學而文之，又當主上興太平，賢士大夫爲宰相卿士，
> 吾子以其道容以行，由於下，達於上，旁施其事業，若健者之升梯，
> 舉足愈多，身愈高，人愈仰之耳。……」（《柳宗元集》卷二四）

呂讓好文嗜書，棲心仕途，徵詢表兄的意見。柳宗元告以「志」、「學」、「辭」、
「時」四者缺一不可，且從容以行道，乃能得之。「道不可特出，功不可徒成，
必由仕以登，假辭以通，然後及乎物也」，是唐代大部份讀書人的理想抱負。
又如歐陽詹〈送王式東遊序〉云：

> 夫人不得自然之至道，冥冥飄於物外，則天之至愚，　貿貿乎？
> 泥滓各得其方，無枉性矯神之艱也。企曠仁義，盤旋禮樂，下不植
> 地，上不麗天。孤雲隨風，斷蓬逐篲，是不能岩嶂昭灼，揚光其間。
> 坏華資而公範猶蒙，賈薄藝而予莫售。禽棲朽木，蠖屈窮轍，可悲
> 也夫！況赫赫皇都，實吾人逞志之所。大丈夫斂塵襟而瞻絨冕，策
> 蹇驢以窺軒蓋；食米菽而睨梁肉，吟寒苦以聆鐘鼓。傷哉公範，得
> 無媿耶？（《歐陽行周文集》卷九）

瑯琊王公範，時運不濟，求仕無門，譬如「孤雲隨風，斷蓬逐篲」，處境堪
憐。作者勉勵他要「斂塵襟而瞻絨冕，策蹇驢以窺軒蓋；食米菽而睨梁肉，
吟寒苦以聆鐘鼓」。此四句明白道出唐代士人積極追求事功的心聲。「禽棲朽
木，蠖屈窮轍」，是他們難以忍受的。符載〈送盧御史赴王令公幕序〉亦云：

> 私自忖度，以爲人生於世，其公者，樹勳烈，銘鼎鼐，休聲巍巍，
> 垂之無窮；其私者，富貴壽考而已矣。（《全唐文》卷六九○）

又權德輿〈送張僕射朝覲畢歸徐州序〉云：

> 大君子所以貴者，道合于上，化流于下，得時大行，求福不回而已。
> （《權載之文集》卷三六）

又其〈送韋起居老舅假滿歸嵩陽舊居序〉云：

> 大凡士之生世，有二道焉。其出也，宣其功緒，播其利澤，納忠服

勞,以服天下;其處也,味道之腴,與古為徒,休影息跡,以閒身世。(《權載之文集》卷三七)

又其〈送馬正字赴太原謁相國叔父序〉云:

邦有道,以貧賤為恥;時可動,以晏安為累。(《權載之文集》卷三九)

又柳宗元〈送婁圖南秀才遊淮南將入道序〉云:

夫君子之出,以行道也;其處,以獨善其身也。(《柳宗元文集》卷二五)

上述種種觀點,不謀而合。可見唐士人懷抱崇高的政治理想,就算未能建立豐功偉業,至少也要富貴壽考,符合儒家「窮則獨善其身,達則兼濟天下」的精神。對此,李志慧先生頗有闡發:

中華民族傳統的文化心理結構的核心是儒道互補,體現在知識份子的人生理想上,則是「達則兼濟天下,窮則獨善其身」。所謂「兼濟」,是以儒家的修身、齊身、治國、平天下的「王道」為主,再融合法家、兵家、縱橫家的「王霸之術」;所謂「獨善」,則是儒家的「孔顏樂處」結合道家的隱逸情趣。〔註31〕

李氏之言,著實透析了中國古代知識份子的常規心理。不過對唐人而言,重點在於「兼濟」,「獨善」乃不得已的結果。即便是「休影息跡」之徒,也無法忘情仕祿,以致有「假隱自名,以詭祿仕,肩相摩於道,至號終南、嵩少為仕途捷徑」〔註32〕的情形出現。無論如何,這種積極入世的人生觀,是他們透過終極的關切與要求,所完成的自我價值實現。由個人擴及整個社會、民族,形成瑰瑋雄奇、精光四射,兼具複雜、包容、進取等多項特質的大唐文化。

第四節　經世教化的文學宗旨

儒家是中國學術思想的主流,數千年來,倫理道德、仁義教化的觀念深植人心。訴之於文學,則特別注重社會實用功能。子曰:「詩可以興,可以觀,可以群,可以怨。邇之事父,遠之事君,多識鳥獸草木之名。」〔註33〕又:「誦詩三百,授之以政,不達,使於四方;不能專對,雖多,亦奚以為?」〔註34〕

〔註31〕見《唐代文苑風尚》引言。
〔註32〕見《新唐書・隱逸傳序論》。
〔註33〕見《論語・陽貨篇》。
〔註34〕見《論語・子路篇》。

足見學詩可以通人情、辨人倫，獲得種種知識，更可以觀察政治得失。後世宗奉儒家的文人，便以此爲文學思想的骨髓，認爲文章須具備佐世的功能。及魏晉之際，儒學隳壞，玄風大熾，文學呈現出神秘虛無的色彩和高蹈消極的情緒。作家但求精神苦悶的解脫，而不能深入觀察社會。南北朝以後，文學又淪爲宮廷貴族的專利品，繼而走向形式、唯美一途，儒家尚用的文學觀，自然淹沒不彰。

　　隨、唐時期，情勢一變。此時釋、道固然盛行，但儒家思想日益受到重視。首先是隋代大儒王通在河汾一帶講學，儼然以孔子自比，模仿《論語》體例，著《中說》十卷，極力鼓吹儒家思想。唐代開國君主李淵、李世民父子，亦尊崇儒家，致力提倡儒學〔註35〕。由於政教形勢使然，文學觀念又還本歸宗，陳子昂、李華、蕭穎士、元結、梁肅、獨孤及、柳冕諸人相繼提出復古的主張，強調徵聖、宗經，以儒道來導引文學。中唐韓愈、柳宗元承其餘緒，理論與創作並行，終於釀成氣勢澎湃的古文運動。

　　當時的作家長期處於文學復古的氛圍中，莫不深受影響。表現在他們的文章裏，大多是儒家尚用的文學觀。以贈序作品而言，亦有數例可證。如權德輿〈送襄陽盧判官赴本使序〉云：

> 德蕩乎名，名與實軌矣。至有趨世徇物，隨波同流，茫茫九有，公是大表。故道直多棄，行方則躓，鄙嘗病之。今見盧君，君精辨自內，直方形外，隤然獨立，以名教自任。每著文，輒先理要而後文采。至若罪荀文若，評郭林宗，發明指摘，意出舊史。其旨在澄汰風俗，掃鎭浮誕，舉而行之，有補王度。(《權載之文集》卷三九)

盧君爲文，能「先理要而後文采」，作者十分肯定這種去華取實的態度；至於「澄汰風俗，掃鎭浮誕，舉而行之，有補王度」，正是儒家經世教化的文學宗

〔註35〕《舊唐書·儒學傳序》：「及高祖建邑太原，雖得之馬上，而頗好儒臣。……二年，詔曰：『盛德必祀，義存方策，達人命世，流慶後昆。建國君人，弘風闡教，崇賢彰善，莫尚於茲。自八卦初陳，九疇攸敍，徽章互垂，節文不備。爰始姬旦，匡翊周邦，創設禮經，尤明典憲。……朕君臨區宇，興化崇儒，永言先達，情深紹嗣。宜令有司於國子學立周公、孔子廟各一所，四時致祭。仍博求其後，具以名聞，詳考所宜，當加爵土。』是以學者慕嚮，儒教聿興。……貞觀二年，停以周公爲先聖，始立孔子廟堂於國學，以宣父爲先聖，顏子爲先師。大徵天下儒士，以爲學官。……大宗又以經籍去聖久遠，文字多訛謬，詔前中書侍郎顏師古考定五經，頒於天下，命學者習焉。又以儒學多門，章句繁雜，詔國子祭酒孔穎達與諸儒撰定五經義疏，凡一百七十卷，名曰《五經正義》，令天下傳習。」高祖、太宗等舉措，對於儒學的發展貢獻甚大。

旨。又韓愈〈送陳秀才彤序〉云：

> 讀書以爲學，纘言以爲文，非以誇多而鬭靡也。蓋學所以爲道，文
> 所以爲理耳。苟行事得其宜，出言適其要，雖不吾面，吾將信其富
> 於文學也。（《韓昌黎文集》第四卷）

無論爲學爲文，都要合乎道理，不該貪多務得，競奇鬥艷。對於文與道的關
係，韓愈曾三致其意：「愈敢自愛而其道而以辭讓爲事乎？然愈之所志於古
者，不惟其辭之好，好其道焉爾。」〔註36〕又：「愈之爲古文，豈獨取其句讀，
不類於今者耶？思古人而不得見，學古道則欲兼通其辭。通其辭者，本志乎
古道者也。」〔註37〕韓愈所謂的古道，是堯、舜以來一脈相承的儒家聖人之
道，是先王經世化民的依據，必須與文學相結合。他在〈上宰相書〉中自謂：
「今有人生二十八年矣，名不著於農工商賈之版。其業則讀書著文，歌頌堯
舜之道。……其所著皆約六經之旨而成文。抑邪與正，辨時俗之所惑；居窮
守約，亦時有感激怨懟奇怪之辭，以求知於天下，亦不悖於教化。」〔註38〕
可見文學與教化並行不悖，是韓愈的一貫主張。另一方面，他認爲文須宗於
經：「行之乎仁義之途，游之乎《詩》、《書》之源。」〔註39〕仁義之途就是儒
道，《詩》、《書》之源就是六經的意旨。儒道包涵在六經之中，故爲文須本於
六經。對此，呂溫〈送薛大信歸臨晉序〉也有相同的看法，其文云：

> 嘗見大信述作，必根乎六經。取禮之簡要、詩之比興、書之典刑、
> 春秋之褒貶、大易之變化，錯落混合，崢嶸特立。不離聖域，而逸
> 軌絕塵；不易雅制，而瓌姿萬變。（《呂和叔集》卷三）

薛大信述作根本於六經，不離聖域，得到呂溫的讚美。其文又云：

> 吾聞賢者志其大者，文爲道之飾，道爲文之本。專其飾則道喪，返
> 其本而文存。又何傷矣？（同前）

這裡說明文與道彼此的依存關係，不過還是道比較重要。道不可喪，而文可
以不存。這種儒家實用的文學觀，正好與韓、柳互相唱和，且在〈人文化成
論〉一文中，作者有更精闢的見解〔註40〕。

〔註36〕見〈答李秀才書〉（《韓昌黎文集》第三卷）。
〔註37〕見〈題哀辭後〉（《韓昌黎文集》第五卷）
〔註38〕《韓昌黎文集》第三卷。
〔註39〕見〈答李翊書〉（《韓昌黎文集》第三卷）。
〔註40〕呂溫〈人文化成論〉云：「易曰：『觀乎人文，以化成天下。』能諷其言蓋有
之矣，未有明其義者也。……文者，蓋言錯綜庶績，藻繪人情，如成文焉，

此外，歐陽詹的文學思想，同樣重視實用的功能。如其〈送柳由庚序〉云：

> 夫其德行文學，可以教化，正雅頌，予勸裨堯而補舜。(《歐陽行周
> 文集》卷九)

歐陽詹所欣賞的文章，是可以「敦教化，正雅頌」、「裨堯而補舜」者。這樣
的文章，當然也須根植六經，所以他在〈送李孝廉及第東歸序〉中指出：

> 明經自漢而還，取士之嘉也。經也者，聖人講善之錄，志立身正，
> 家齊國理，在乎其中。爲人父者，莫不欲其子之明；爲人君者，莫
> 不欲其臣之明。明斯行斯，近則平乎性命，遠則成乎政令。(同前)

「經也者，聖人講善之錄，志立身正，家齊國理，在乎其中」此完全是站在
儒家的立場，強調經典的作用。可知作者具有宗經的思想，與他「敦教化，
正雅頌」的文學觀是相輔相成的。

　　從上列數家的贈序作品中，可以觀察到個別文學觀的些微差異。有人重
道，有人宗經，然終將如百川灌河，歸於經世教化一途。這種講求實用功利
的文學思想，促進文學與社會的密切聯繫，在無形中對人們產生積極、正面
的影響。

以致其理。然則人文化成之義，其在茲乎！而近代諂諛之臣，特以時君不能
則象乾坤，祖述堯舜，作化成天下之文，乃以旂常冕服、章句翰墨爲人文也。
遂使君人者，浩然忘本，沛然自得，盛威儀以求至理，坐吟詠而待升平，流
蕩因循，敗而未悟，不其痛歟！必以旂常冕服爲人文，則秦漢魏晉，聲明文
物，禮縟五帝，儀繁三王，可曰：『煥乎其有文章矣。』何衰亂之多也？必以
章句翰墨爲人文，則陳後主、隋煬帝，雍容綺靡，洋溢編簡，可曰：『文思安
矣。』何滅亡之速也？戳之以名義，研之以情實既如彼；較之以今古，質之
以成敗又如此。傳不云乎：『經緯天地曰文。』禮不云乎：『文王以文治。』
則文之時義大矣哉！焉可以名數末流、雕蟲小技，雜廁其間乎？」此充分表
現儒家尚用的文學觀念，認爲文章須有化成天下的重責大任。把注重章句翰
墨的文章，視爲名數末流、雕蟲小技，其禍害足以亡國。

第六章　中唐贈序文的藝術技巧

古人云：「文章本天成，妙手偶得之。」一篇絕妙好辭，通常是靈感、天才、想像等因素，在無意識狀態下偶然爆發的結果。對於其中所傳遞的美感經驗，往往祇能意會，而難以言傳。然則一切文學，必有固定的形式；形式本身不過是種種方法與手段的總和或具體的呈現。被現爲文學形式的方法與手段，稱爲文學的技巧〔註1〕。吾人惟有透過外在技巧的分析，方能深入文學作品內在的情感、思想和風格，咀嚼出甘美的滋味。故無論何等高妙的文章，若能尋繹其寫作的規律與原則，便能很快地涵泳其間，心領神會，不致有可望而不可及之感。

贈序是一門應酬性質的作品，初唐以來，多以駢體行之，究其內容，除少數篇章略有可觀之外，其餘則有時失之浮淺，累牘連篇，目光所及，不脫勸慰、祝福、寒暄、溢美等客套語，幾無風骨可言；且文法呆板少變，多半平舖直敘，缺乏抑揚開闔之妙，令人讀之昏然欲臥。直到中唐韓愈、柳宗元兩大名家的努力開拓，才爲贈序一體注入新血，不僅內容深刻多樣，文章的技法亦極盡變化，眾妙畢備，是當代諸家所難以企及的〔註2〕。

本章以韓、柳二人的作品爲論述重點，將中唐贈序文的藝術技巧分爲謀篇布、修辭方法兩部分進行探討。

第一節　中唐贈序文的謀篇布局

古人作文，無一定之法，卻有一定之理。端賴作者匠心獨運、斟酌合宜。

〔註1〕詳塗公遂《文學概論》第三章・第一節。
〔註2〕可參考本書第二章・第三節。

桐城派大家姚鼐言之甚諦：

> 文章之事，能運其法者，才也；而極其才者，法也。古人文有一定
> 之法，有無定之法。有定者，所以爲嚴整也；無定者，所以爲縱橫
> 變化也。二者相濟而不相妨。〔註3〕

所謂「法」者，乃指文章的調度，也就是謀篇布局。文有定法，譬如弈師之有譜，曲工之有節，不可不講求而自得；及功深學成，縱橫變化，不必有定，而無不合法。若師心自用，則散亂無紀，弊害叢生。茲就中唐贈序文的謀篇布局技巧深入探討，以明古人爲文用心所在。

一、夾敘夾議，變化靈動

所謂「夾敘夾議」者。即將事實與議論交互錯綜於一篇之中，此乃文家慣用的技巧。一般而言，有先敘後議、先議後敘、以議論爲敘事、以敘事爲議論、敘議夾雜等五種。大凡敘事之筆，易流於板滯，間以議論，始生氣合之妙。如柳宗元〈送婁圖南秀才遊淮南將入道序〉云：

> 僕未冠，求進士，聞婁君名甚熟。其所爲歌詩，傳詠都中，通數經
> 及群書。當時爲文章，若崔比部、于衛尉，相與稱其文。眾皆曰納
> 言曾孫也，而又有是，咸推讓爲先登。後十餘年，僕自尚書郎謫來
> 零陵，觀婁君，猶爲白衣，居無室宇，出無僮御。僕深異而訊之，
> 乃曰：「今夫取科者，交貴勢，倚親戚，合則插羽翮，生風濤，沛焉
> 而有餘，吾無有也。不則厭飲食，馳堅良，以歡于朋徒，相貿爲資，
> 相易爲名，有不諾者，以氣排之，吾無有也。不則多筋力，善造請，
> 朝夕屈折於恒人之前，走高門，邀大車，矯笑而僞言，卑陬而姁媮，
> 偷一旦之容以售其伎，吾無有也。自度卒不能堪其勞，故舍之而遊，
> 逾湖、江，出豫章，至南海，復由桂而下也。少好道士言，餌藥爲
> 壽，未盡其術，故往且求之。」僕聞而愈疑。往時觀得進士者，不
> 必若婁君之言，又少能累婁君之文學，又無納言之大德以爲之祖，
> 無比部、衛尉以爲之知，而升名者百數十人。今婁君非不足也，顧
> 不樂而遁耳。因爲余留三年，他日又曰：「吾所以求於心者未克，今
> 其行也。」余既異其遁於名，而又德其久留於我也，故爲之言。
> 夫君子之出，以行道也，其處，以獨善其身也。今天下理平，主上

〔註3〕見〈與張阮林五首〉，收於《精選近代名人尺牘・姚姬傳尺牘》。

亟下求士之詔，婁君智可以任職用事，文可以宣風歌德，行於世，
必有合其道而進薦之者。遽而爲處士，吾以爲非時。將曰老而就休
耶？則甚少且銳，羸而自養耶？則甚碩且武。問其所以處，咸無名
焉。若苟焉以圖壽爲道，又非吾之所謂道也。夫形軀之寓於土，非
吾能私之。幸而好求堯、舜、孔子之志，唯恐不得；幸而遇行、堯、
舜、孔子之道，唯恐不懥，若是而壽可也。求之而得，行之而懥，
雖夭其誰悲？今將以呼噓爲食，咀嚼爲神，無事爲閑，不死爲生，
則深山之木石，大澤之龜蛇，皆老而久，其於道何如也？

僕嘗學於儒，持之不得，以陷於是。以出則窮，以處則乖，其不宜
言道也審矣。以吾子見私於僕，而又重其去，故竊言而書之而密授
焉。（《柳宗元集》卷二五）

本文布局採先敘後議之法，首段以敘事爲主，次段以議論爲主，但每段之中
不全爲敘事或議論，而是兩者遞相爲用。如文章起首即交代作者與婁秀才的
關係、以及時賢對於婁氏的評價，敘述平實，並無特出之處。接著忽由敘事
導入議論，借二人對話來說明婁君懷才不遇而出遊的原因。第二段作者自發
議論，就婁君退隱之行提出相反意見，以堯、舜、孔子之道勸進。其中「今
天下理平，主上亟下求士之詔，婁君智可以任職用事，文可以宣風歌德，行
於世，必有合其道而進薦之者。遽而爲處士，吾以爲非時。將曰老而就休耶？
則甚少且銳；羸而自養耶？則甚碩且武。問其所以處，咸無名焉」，則又將敘
事夾入議論之中。如此忽敘忽議，前呼後應，加上作者文心極細，於末段現
身說法，爲己待罪蠻荒，無以行堯、舜、孔子之道而鳴不平，使原本一篇動
機單純的贈序作品，處理得層次井然，靈活生動，不愧爲柳氏的方家手筆。

上述的例子是「先敘後議」，亦有「先議後敘」者。如韓愈〈送齊暤下第
序〉云：

古之所謂公無私者，其取捨進退無擇於親疏遠邇，惟其宜可焉。其
下之視上也，亦惟視其舉黜之當否，不以親疏遠邇疑乎其上之人。
故上之人行志擇誼，坦乎其無憂於下也；下之人赴己慎行，確乎其
無惑於上也。是故爲君不勞，而爲臣甚易。見一善焉，可得詳而舉
也；見一不善焉，可得明而去也。

及道之衰，上下交疑，於是乎舉讎、舉子之事，載之傳中而稱美之，
而謂之忠。見一善焉，若親與邇不敢舉也；見一不善焉，若疏與遠

不敢去也。眾之所同好焉，矯而黜之乃公也；眾之所同惡焉，激而
舉之乃忠也。於是乎有違心之行，有怫志之言，有內媿之名，若然
者，俗所謂良有司也。膚受之訴不行於君，巧言之誣不起於人矣。
烏虖！今之君天下者，不亦勞乎？爲有司者，不亦難乎？爲人嚮道
者，不亦勤乎？是故端居而念焉，非君人者之過也。則曰有司焉，
則非有司之過也；則曰今舉天下人焉，則非今舉天下人之過也。蓋
其漸有因，其本有根，生於私其親，成於私其身。以己之不直，而
謂人皆然，其植之也固久，其除之也實難，非百年必世不可得而化
也，非知命不惑不可得而改也。已矣乎！其終能復古乎？

若高陽齊生者，其起予者乎？齊生之兄爲時名相，出藩於南，朝之
碩臣皆其舊交。齊生舉進士，有司用是連枉齊生，齊生不以云，乃
曰：「我之未至也，有司其枉我哉？我將利吾器而俟其時耳。」抱負
其業，東歸於家。吾觀於人，有不得志則非其上者眾矣，亦莫計其
身之短長也。若齊生者，既至矣，而曰：「我未也。」不以閔於有司，
其不亦鮮乎哉？吾用是知齊生後日誠良有司也，能復古者也，公無
私者也，知命不惑者也。(《韓昌黎文集》第四卷)

齊皞屢試不第，祇因他的兄長是當時的宰相齊映〔註4〕，身份特殊，有司爲避
詔附之謙，有意折之。齊生卻不氣餒，認爲下第是自己「學之未至」的緣故。
韓愈爲他「反求諸己」的高尚品格所感，撰此序文相贈，並藉機討論國家用
人制度的缺失。

　全文分爲四段。第一段提出古代統治者用人，不論親疏遠邇，唯「宜」
是舉，使上下無憂無惑，君臣不勞，國事昌盛。第二段轉說到當今有司用人
的態度。由於古道淪隱，上下交疑，有司爲求「公」、「忠」的美名，矯枉過
直。凡是與己親近的，即使善也不敢舉；凡是與己疏遠的，即使不善也不敢
去。這樣的有司稱之爲「良」，實爲一大諷刺。第三段深入一層，就「良有司」
的陋習探本尋源，指出造成這種醜惡官場現象的原因在於一「私」字。以上
三段議論，作者用古今、正反對比再加己意合之，而於齊生竟無一處著筆。
文境詭絕，令人莫知其詣。

　直至末段，作者才正面敘寫齊生。由齊生的一席話，看到了擺脫俗弊，
復興古道的希望，從而回答前面「其終能復古乎」的疑問。跟著宕開一筆，

〔註 4〕 見《新唐書・宰相世系表》卷七五。

以不得志者怨天尤人，與齊生相映襯。最後再發議論，將「復古」、「公無私」、「知命不惑」、「良有司」等與上文一一照應。全文虛實離合，變幻自在，林紓〈韓柳文研究法〉評云：「〈韓下第序〉，篇法、字法、筆法，如神龍變化，東雲出鱗，西雲出爪，不可方物。讀之不已，則小心一縷，亦將隨昌黎筆端旋繞曲折，造於幽眇之地矣。」此善用夾敘夾議法之功所致。

　　有更高妙者，乃以敘事爲議論。如柳宗元〈同吳武陵贈李睦州詩序〉云：

> 潤之盜錡，竊財貨，聚徒黨，爲反謀十年。今天子即位三年，大立制度。於盜恐且奮，將遂其不善。視部中良守不爲己用，誣陷去之，睦州由是得罪。天子使御史按問，館于睦。自門及堂，皆其私卒爲衛。天子之衛不得搖手，辭卒致具。有間，盜遂作。而庭臣猶用其文，斥睦州南海上。既上道，盜以徒百人遮于楚、越之郊，戰且走，乃得完爲左官吏。無幾，盜就擒，斬之于杜垣之外。論者謂宜還睦州，以明其誣。既更大赦，始移永州，去長安四千里，睦州未嘗自言。(《柳宗元集》卷二三)

李錡，唐宗室淄川王李孝同五世孫，以父蔭作過杭、湖二州刺史。德宗貞元十五年二月，遷任潤州刺史、浙西觀察諸道鹽鐵轉運使，控制江浙一帶大權。貞元二十一年三月，朝廷在潤州設置鎮海軍，任李錡爲節度使，罷其鹽鐵使職務。憲宗繼位，建立各項制度，欲重振綱紀，因此引起李錡的恐慌，欲圖謀不軌〔註5〕。於是他先從自己的部屬開刀，把不肯同流合污的人，加以各種罪名驅逐，而李睦州便是遭誣陷者之一。本文即在描寫這段史實的經過。

　　宋文蔚云：「有議論文字，有序記文字。議論可以憑空著筆，記序則必與其人其事之情曲折相赴，如化工之肖物，雖不著議論，要使讀者自能得其旨於言外，其感人處更勝於議論，此文章用筆之妙也。」〔註6〕以此序文觀之，不過百餘字，卻將如此複雜的事變內容，描述得條分縷析，歷歷在目。尤其人物刻劃細膩，如李錡的奸惡、李睦州的不辯，神情畢露，躍然紙上，雖不著一筆議論，而褒貶自在其中。

　　中唐贈序文運用夾敘夾議法甚多，除韓愈、柳宗元之外，尚有息夫牧〈冬夜宴蕭十丈因餞殷郭二子西上詩序〉、于邵〈送尹判官之江陵序〉、〈送銳上人遊羅浮山序〉、權德輿〈送韋起居老舅假滿歸嵩陽舊居序〉、〈奉送崔二十三丈

〔註 5〕見《新唐書‧李錡傳》卷二二四‧《柳宗元集》卷二三該文注引韓醇考證。
〔註 6〕見宋文蔚《文法律梁》上冊「以序事爲議論」條。

論德承恩致仕東歸舊山序〉、〈送三從弟長孺擢第後歸徐州覲省序〉、〈送從兄穎遊江西序〉、梁肅〈送李補闕歸少室養疾序〉、歐陽詹〈送李孝廉及第東歸序〉、〈送族叔行元下第歸廣陵序〉、呂溫〈送薛大信歸臨晉序〉、符載〈送盧侍御史赴王令公幕序〉等。然而轉折變化之妙、參差跌宕之勢，則遜於韓、柳二人。

二、文中立柱，一意貫通

　　古人文章，每有正大之義，以立一篇之質幹。如屋之有柱，崇樓高閣自此而造；如木之有本，千枝萬葉由此而生。文能有柱義，則遣詞措意自有標準，行文布局皆合法度，不致歧路徬徨，胸無定見。如韓愈〈送孟東野序〉云：

> 大凡物不得其平則鳴。草木之無聲，風撓之鳴。水之無聲，風蕩之鳴。其躍也，或激之；其趨也，或梗之；其沸也，或炙之。金石之無聲，或擊之鳴。人之於言也亦然，有不得已者而后言，其謌也有思，其哭也有懷，凡出乎口而爲聲者，其皆有弗平者乎！
>
> 樂也者，鬱於中而泄於外者也，擇其善鳴者而假之鳴；金、石、絲、竹、匏、土、革、木八者，物之善鳴者也。維天之於時也亦然，擇其善鳴者而假之鳴，是故以鳥鳴春，以雷鳴夏，以蟲鳴秋，以風鳴冬，四時之相推敓，其必有不得其平者乎，其於人也亦然，人聲之精者爲言，文辭之於言，又其精也，尤擇其善鳴者而假之鳴。
>
> 其在唐、虞，咎陶、禹其善鳴者也，而假以鳴。夔弗能以文辭鳴，又自假於韶以鳴。夏之時，五子以其歌鳴。伊尹鳴殷，周公鳴周。凡載於詩書六藝，皆鳴之善者也。周之衰，孔子之徒鳴之，其聲大而遠。傳曰：「天將以天子爲木鐸。」其弗信矣乎！其末也，莊周以其荒唐之辭鳴。楚，大國也，其亡也，以屈原鳴。臧孫辰、孟軻、荀卿，以道鳴者也。楊朱、墨翟、管夷吾、晏嬰、老聃、申不害、韓非、眘到、田駢、鄒衍、尸佼、孫武、張儀、蘇秦之屬，皆以其術鳴。秦之興，李斯鳴之。漢之時，司馬遷、相如、揚雄，最其善鳴者也。其下魏晉氏，鳴者不及於古，然亦未嘗絕也。就其善者，其聲清以浮，其節數以急，其辭淫以哀，其志弛以肆。其爲言也，亂雜而無章，將天醜其德莫之顧邪？何爲乎不鳴其善鳴者也？

　　唐之有天下，陳子昂、蘇源明、元結、李白、杜甫、李觀，皆以其
　　所能鳴。其存而在下者，孟郊東野始以其詩鳴。其高出魏晉，不懈
　　而及於古，其他浸淫乎漢氏矣。從吾遊者，李翱、張籍其尤也。三
　　子者之鳴信善矣！抑不知天將和其聲，而始鳴國家之盛邪？抑將窮
　　餓其身，思愁其心腸，而使自鳴其不幸邪？三子者之命則懸乎天矣。
　　其在上也，奚以喜？其在下也，奚以悲？
　　東野之役於江南也，有若不釋然者，故吾道其命於天者以解之。(《韓
　　昌黎文集》第四卷）

此篇以「鳴」字立柱，先以「不得其平則鳴」提空發議，由自然現象到人爲
現象，「凡出乎口而爲聲者，其皆有弗平者乎」，不論得意之鳴或失意之鳴，
都是不平之鳴。第二段將議論引申一步，轉入到「擇其善鳴者而假之鳴」的
論證。這裏再以自然現象帶入人事，說明人的不平，「尤擇其善鳴者而假之
鳴」。至此，作者不惜筆墨，從古到今，列舉歷代的善鳴者，其中有幸者，也
有不幸者；有盛世的，也有亂世的；有以學術思想鳴的，也有以文章詩歌鳴
者。其目的在於陪襯出「存而在下」的善鳴者——孟郊。

　　歷來有關於〈送孟東野序〉的評騭駁很多，如李塗云：「退之〈送孟東野序〉，
以一鳴字，發出許多議論，自《周禮·梓人爲筍虡》來。」〔註7〕又茅坤云：「一
鳴字成文，乃獨得機軸，命世筆力也。前此唯《漢書》敘蕭何追韓信，用數十
亡字。」〔註8〕二公指出此文筆法脫胎自《周禮·梓人篇》及《漢書·韓信傳》
〔註9〕，是很有見地的，亦證明韓愈頗能抓住三代兩漢文章的神髓。

　　另一方面，由於這篇作品蘊涵豐富，思路複雜，辭意委婉含蓄，使人難
以探其幽微，而容易造成誤解。有些評論家認爲此序文主要目的在反映作者
的天命觀，如：

〔註7〕見《文章精義》。
〔註8〕見《唐宗八大家文鈔·昌黎文鈔》卷七。
〔註9〕《周禮·梓人》：「梓人爲筍虡。天下之大獸五：脂者、膏者、羸者、羽者、
　　　鱗者。宗廟之事，脂者、膏者以爲牲，羸者、羽者、鱗者以爲筍虡。外骨、
　　　內骨，卻行、仄行、連行、紆行，以脰鳴者、以注鳴者、以旁鳴者，以翼鳴
　　　者、以股鳴者、以胸鳴者，謂之小蟲之屬，以爲雕琢。」《漢書·韓信傳》：「數
　　　與蕭何語，何奇之。至南鄭，諸將道亡者數十人。信度何等已數言上，不我
　　　用，即亡。何聞信亡，不及以聞，自追之。人有言上曰：『丞相何亡。』上怒，
　　　如失左右手。居一二日，何來謁。上且怒且喜，罵何曰：『若亡，何也？』何
　　　曰：『臣非敢亡，追亡者耳。』」引此二文以證李塗、茅坤二家之說。

（1）林雲銘云：

> 知其爲天所假，自當聽天所命。〔註10〕

（2）錢基博云：

> 〈送孟東野序〉，以「命於天」者爲柱意，而多方取譬，細大不捐，
> 疊以「鳴」字點眼，學《周官・考工記梓人》章法。然離合斷續，
> 波瀾要似《莊子》。「荒唐之言，無端厓之辭」，迷離惝恍。只是問天
> 將使「鳴國家之盛」，將使「自鳴其不幸」；而於東野則「奚喜」、「奚
> 悲」。「在上」、「在下」，自繫國家之盛衰，愈寫得東野無干，愈抬高
> 東野身分；而今「存而在下」，以覘國家之衰，意在言外，妙能含茹。
> 以此知文有文心，有文眼。「命於天者」，文心也；疊用「鳴」字，
> 點眼也。〔註11〕

誠然，序文的末尾有「故吾道其命於天者以解之」、「三子者之命則懸乎天矣」
之言，看似作者在闡述自己的天命觀。但揣摩全文，作者眞正用意並不在於
勸友人用消極的態度聽天由命。若僅止於此，就不必一開始大發「物不得其
平則鳴」的議論，也不必列舉這麼多的歷史事實來證明「擇其善鳴者而假之
鳴」的觀點。全文的意義在於：個人的幸與不幸是由國家的盛衰、政治的清
濁、當權者惜才與否等因素決定，非人力所能改變。然而幸與不幸皆可成爲
時代的善鳴者，尤其不幸者對生活的體驗更深，更具眞情實感，其作品往往
更能撼人心魄而流傳千古。因此勸孟郊不要在意仕途的沈浮，應擺脫苦悶，
提振精神，不斷地修養努力，成爲時代的最善鳴者。

由是觀之，全文的大意實就「鳴」字而發，並非如錢氏所謂以「命於天」
者爲柱義。至於文中的「天」，應指在上位的當權者，作者不便直言，只好籠
統地假託。

文章能立柱義，可以翻陳出新，化腐朽爲神奇，上述之例即爲明證。又
皇甫湜〈送王膠序〉亦善於運用此法，其文云：

> 始湜於江陵，望見王膠而異之，知其爲膠，又悦其膠名之不凡。然
> 未之諭，不忍而問諸，膠乃稱曰：「膠之爲言，猶牢固也。膠痛今之
> 人，其始之心以利回，其始之交以利遷。將固吾初心與吾交，勿以
> 利遷；將固吾心與吾交，猶懼醉睡病昏之時，忽然而忘之，故以膠

〔註10〕見《古文析義》初編・卷之四。
〔註11〕見《韓愈志・韓集籀讀錄第六》。

自名，欲吾造次顛沛，起居意問，記吾心守與交也。」膠以進士舉，
進士猶輕其流，懼混然與之化，懼書紳銘坐之怠疏，故以膠自名。
其始望見膠而異之，又悅其名而爲之交，又悅其言誠其意耳，又悅
其與吾業同，遂大悅之。徵其文章，乃出累百篇，其歌詩高處用古
人，其餘述詞壯而有奇，然後吾與膠見其才之全，其爲人之誠也。
今侍郎韓公，余之舊知，將薦膠而來具。於西行，敘以先之。（《全
唐文》卷六八六）

作者別出心裁，以被贈者之名「膠」爲柱義，既針砭時人利字當頭的心態，
復譏刺進士浮薄，用以反襯王膠的不凡。通篇侃侃發論，一意到底，言似斂
而實張。

　　此外，如韓愈〈送高閑上人序〉以「機應於心」的治藝理論爲柱義，列
舉堯、舜、禹、湯、養叔、庖丁、師曠、扁鵲……，以至於張旭等，乃能用
志不紛，藝近乎道。駁斥浮屠氏冥心卻物，澹然無嗜。柳宗元〈送賈山人南
遊序〉則以「學以爲己」立柱，慨歎當世學者「學而爲人」的不良風氣，並
引出自己遭逢貶抑的痛苦與官場的黑暗。以上兩作，不惟局法整齊，議論亦
有所歸，皆爲立柱法的佳例。

三、借賓定主，波瀾頓生

　　寫作贈序文，常面臨一種窘況：即受贈者大率庸碌，無盛美可傳。奈何
世道好諛，祇得虛辭飾說以敷衍了事。這對大多數的文家而言，有其不得已
的苦衷。然而受贈者亦僅止薰然片刻，讀過便罷。若能以題中受贈者爲主，
由題外引來作陪者爲賓，兩相對照，以賓之賢襯出主之賢，則文章意義自然
不凡，說服力自然提高。如韓愈〈送楊少尹序〉云：

昔疏廣、受二子以年老一朝辭位而去，于時公卿設公張，祖道都門
外，車數百兩，道路觀者多歎息泣下，共言其賢。漢史既傳其事，
而後世工畫者又圖其迹，至今照人耳目，赫赫若前日事。
國子司業楊君巨源方以能詩訓後進，一旦以年滿七十，亦白丞相去
歸其鄉。世常說古今人不相及，今楊與二疏，其意豈異也？予忝在
公卿後，遇病不能出，不知楊侯去時，城門外送者幾人？車幾兩？
馬幾疋？道邊觀者亦有歎息知其爲賢以否？而太史氏又能張大其
事，爲傳繼二疏蹤跡否？不落奠否？見今世無工畫者，而畫與不畫，

固不論也。然吾聞楊侯之去，丞相有愛而惜之者，白以爲其都少尹，不絕其祿，又爲歌詩以勸之，京師之長於詩者亦屬而和之。又不知當時二疏之去，有是事否？古今人同不同，未可知也。（《韓昌黎文集》第四卷）

楊巨源，字景山，蒲中人，德宗貞元五年進士，以能詩聞名，曾有「三刀夢益州，一箭取遼城」的名句，爲白居易所推崇〔註12〕。楊君年滿七十，告老還鄉，韓愈基於同僚之誼，乃作此序文相贈。祇是楊巨源生平事過於普通，既無顯赫官職，又非文壇高才，在道德、學問、功業方面皆不足道，看來無一可著筆處。然而作者偏能從漢代尋出一個絕好典故，用二疏的事蹟〔註13〕來彰顯楊巨源。此一賓一主間，經相同與不同處對比後，頓時生出許多波瀾。

文中首段先寫二疏離京之景，簡潔生動；次段借疏形楊，意分三層：

第一層「世常說古今人不相及，今楊與二疏，其意豈異也？予忝在公卿後，遇病不能出，不知楊侯去時，城門外送者幾人？車幾兩？馬幾疋？道邊觀者，亦有歎息知其爲賢以否」。此承首段而來，以爲楊侯可與二疏相比，卻未敢妄加肯定，若其送行場面冷清，豈非自摑耳光？故韓愈假託「遇病」，虛擬四問，將楊侯可能不如二疏處輕筆帶過。

第二層「而太史氏又能張大其事，爲傳繼二疏蹤跡否？不落寞否？見今世無工畫者，而畫與不畫，固不論也」。至於史官立傳、畫工作畫，乃未可預知的事，暗示楊侯的清風高節足與二疏比肩。

第三層「然吾聞楊侯之去，丞相有愛而惜之者，白以爲其都少尹，不絕其祿，又爲歌詩以勸之，京師之長於詩者亦屬而和之。又不知當時二疏之去，有是事否？古今人同不同，未可知也」。楊侯告老退休，復爲少尹，增秩而不奪其俸，又眾人詩歌贈行，此等殊榮，非二疏所有。因此韓愈對楊巨源的評價，由同於二疏，進而超越二疏。

如此難著的文章，經「不如」、「等同」、「超越」三個層次遞進，巧妙地彰表楊君。其轉換處以虛筆爲之，有四兩撥千金之妙。

經由以上分析，可知二疏在文中雖爲賓從地位，作用卻甚大。沒有二疏的陪襯，則文將乏善可陳，也無從突顯楊君告老歸鄉的特殊意義。又柳宗元〈送韓豐群公詩後序〉云：

〔註12〕詳《唐才子傳》卷五、《唐詩紀事》卷三五。
〔註13〕事見《漢書·疏廣傳》卷七一。

　　春秋時，晉有叔向者，垂聲邁烈，顯白當世。而其兄銅鞮伯華，匿德藏光，退居保和，士大夫其不與叔向遊者，罕知伯華矣。然仲尼稱叔向曰「遺直」、「由義」，又稱伯華曰「多聞」、「內植」。進退兩尊，榮於策書，故羊舌氏之美，至於今不廢。

　　宗元常與韓安平遇於上京，追用古道，交於今世，以是知吾兄矣。兄字茂實，敦朴而知變，弘和而守節，溫淳重厚，與直道為伍。常績文著書，言禮家之事，條綜今古，大備制量，遺名居實，澹泊如也。他日當為達者稱焉，在吾儕乎？則韓氏之美，亦將焜燿於後矣。

　　（《柳宗集》卷二五）

韓安平，名泰，與柳宗元同居八司馬之列。二人意氣敦篤，死生定交，曾同遊於陸質門下，研習《春秋》〔註14〕。永貞初，會王叔文用事失敗，俱遭流放〔註15〕。韓泰有兄二人，長兄韓慎，為溫縣主薄〔註16〕。仲兄韓豐，字茂實，今將浮游淮湖，觀藝諸侯，柳宗元由季弟移交於仲兄，為之作序以贈。

　　問題是入筆很難。如祇一味敘述自己與韓氏兄弟的交誼如何如何，則文章流於呆板；若直接稱美韓豐，則關係相隔一層，不免興矯情之謗。作者開頭先撇開韓兄弟不談，一筆躍上春秋時代，找出叔向與銅鞮伯華的故事。首段先言叔向、銅鞮伯華之賢，得到孔子的稱許〔註17〕。次段導入正題，由韓泰引出韓豐，並加褒讚，與前段呼應。然後「他日當為達者稱焉」一句，收束文意，說明韓氏兄弟的成就，必如孔子稱美叔向、銅鞮伯華一般，可以焜燿於後代。

　　全文的賓主關係有兩處：其一為叔向、銅鞮伯華為賓，韓氏兄弟為主；其二為韓泰為賓，韓豐為主。經由兩番陪比後，顯得處處圓融，賓主各有定位而不相奪，足見作者苦心經營之一斑。

　　此外，以「借賓定主」為法的中唐贈序作品尚有于邵〈送太子僕馬公序〉、

〔註14〕見〈答元饒州論春秋書〉（《柳宗元集》卷三一）。
〔註15〕事見《新唐書‧柳宗元傳》卷一六八。
〔註16〕詳柳宗元〈故溫縣主簿韓君墓誌〉（《柳宗元集》卷一一）。
〔註17〕孔子稱叔向「遺直」、「由義」，語出《左傳‧昭公十四年》：「仲尼曰：『叔向，古之遺直也。治國治刑，不隱直親，三數叔魚之惡，不為末減，由義也夫，可謂直矣。』」至於稱銅鞮伯華「多聞」、「內植」，據柳集百家注本孫汝聽考證，出於《孔子家語》：「其為人之淵源也，多聞而難誕，內植足以沒其世，蓋銅鞮伯華之行也。」然《孔子家語》一書係偽託（詳張心澂《偽書通考‧子部儒家類》），故此是否為孔子所言，存疑。

梁肅〈送李補闕歸少室養疾序〉兩篇。前者以西漢名臣汲黯的事蹟，襯出太子僕馬公之賢；後者以司馬相如屢去其官，勸尉李補闕的以疾退息。然此二文僅止於泛泛地比對，並無深入的描述，故在運用上，實不如韓、柳來得生動、巧妙。

四、由反及正，虛實相映

以反正兩面布局，本文家慣用手法。如柳宗元〈送寧國范明府詩序〉云：

> 近制，凡得仕於王者，歲登名于吏部，吏部則必參其等列，分而合之，率三十人以為曹，謂之甲。名書為三，其一藏之有司，其二藏之中書洎門下。每大選置大考績，必關決會驗而視其成。有不合者，下有司，罷去甚眾。由是吏得為姦以立威，賊知以弄權，詭竊竄易，而莫示其實。必求端愨而習於事，辯達而勤其務者，命之官而掌之。居三年，則又益其官而後去其職。
>
> 有范氏傳真者，始來京師，近臣多言其美。宰相聞之，用以為是職。在門下，甚獲休問。初命京兆武功尉。既有成績，復於有司，為宣州寧國令。人咸曰：「由邦畿而調者，命東西部尉以為美仕。」范生曰：「不然。夫仕之為美，利乎人之謂也。與其給於供備，孰若安於化導？故求發吾所學者，施於物而已矣。夫為吏者，人役也，役於人而食其力，可無報耶？今吾將致其慈愛禮節，而去其欺偽凌暴，以惠斯人，而後有其祿，庶可平吾心而不愧於色。苟獲是焉。足矣。」

（《柳宗元集》卷二二）

本篇以「為吏者，人役也」為正意，而作者離開題目，由反面逆筆取勢。首段暢言中唐官吏考核制度的流弊，然後再提供改革方案。行文至此，彷彿離題甚遠，卻對下段文字有鮮明的反襯作用。次段拍到正面，藉由范氏之口，來闡述民本思想與為官應有之道，方識作者真正意圖。

本文大處著眼，由遠及近，由反歸正，縱擒自如，恣意揮灑。其陳義之高，倚民之切，與〈送薛存義之任序〉相當，而文法各異。〈送薛存義之任序〉因意謀篇，其勢順；〈送寧國范明府詩序〉由篇生意，其勢逆。由此可悟一題二作之法。

柳宗元另有〈送賈山人南遊序〉，亦是由反面逼題，導入正意，其文云：

> 傳所謂學以為己者，是果有其人乎？吾長京師三十三年，遊鄉黨，

> 入太學，取禮部吏部科，校集賢秘書，出入去來，凡所與言，無非
> 學者，蓋不啻百數，然而莫知所謂學而爲己者。及見逐於尚書，居
> 永州，刺柳州，所見學者益稀少，常以爲今之世無是決也。
> 居數月，長樂賈景伯來，與之言，邃於經書，博取諸史群子昔之爲
> 文章，畢貫統，言未嘗詖，行未嘗怪。其居室愔然不欲出門，其見
> 人侃侃而肅。召之仕，怏然不喜；導之還中國，視其意，夷夏若均，
> 莫取其是非，曰「姑爲道而已爾」。若然者，其實爲己乎？使吾取今
> 之世，賈君果其人乎？其足也則居，其匱也則行，行之不苟，居不
> 苟容。以是之於今世，其果逃於匱乎？（《柳宗元集》卷二五）

此序文開宗明義，第一句即以設問方式托出題旨——「學以爲己」。作者不欲
起筆落於俗套，取材自《論語·憲問篇》中：「古之學者爲己，今之學者爲人。」
的觀點，作爲全篇柱義。接著由相反立場逆翻，自述久居長安三十三年及坐
貶期間，未嘗眞正遇到一位「學以爲己」的人。言下之意，即所遇都是「學
而爲人」的人。此處先行蓄勢，爲下文賈山人的出場預作張本。第二段拍到
正意，說明賈山人的行止合乎「學以爲己」的標準，解決開頭第一句的疑惑。

全文由反及正，反正之中，虛實自然相生，如首段爲虛，次段爲實。不
僅如此，句間亦然，如「傳所謂學以爲己者，是果有其人乎」，以實則虛；「其
實爲己乎」、「非己乎」、「賈君果其人乎」、「其果逃於匱乎」，似虛則實。實處
正意，先從虛處透出，則入題不突而筆意靈活；實處詮題，仍迴抱虛處，則
神不外散而氣亦寬然。章士釗嘗評曰：「此爲子厚晚年之作，其時聞道已篤，
守學以約，因而文氣紆徐而雍容。」〔註18〕殊不知乃柳宗元善用反正、虛實
之法所致。

五、抑揚互用，跌宕生姿

大凡褒貶文字，必與所論的人事相稱，過與不及皆未可取。古人遇此等題
目，每用抑揚之法，就其命意所在，隨地變化。如柳宗元〈送文郁師序〉云：

> 柳氏以文雅高於前代，近歲頗乏其人，百年間無爲書命者，登禮部
> 科，數年乃一人。後學小童，以文儒自業者又益寡。今有文郁師者，
> 讀孔氏書，爲詩歌逾百篇，其爲有意乎文儒事矣。又遁而之釋，背
> 笈篋，懷筆牘，挾海泝江，獨行山水間。翛翛然模狀物態，搜伺隱

〔註18〕見《柳文指要》卷二五該序評論。

陳，登高遠望，悽愴超忽，遊其心以求勝語，若有程督之者。己則
披緇艾，茹蒿芹，志終其軀。吾誠怪而譏刺焉。對曰：「力不任奔競，
志不任煩挐。苟以其所好，行而求之而已爾。」終不可變化。

吾思當世以文儒取名聲，爲顯官，入朝受憎媚訕黜摧伏，不得守其
土者，十恆八九。若師者，其可訕而黜耶？用是不復譏其行，返退
而自譏。於其辭而也，則書以畀之。（《柳宗元》卷二五）

這篇序文是爲躋身佛門的同族柳文郁而寫的。柳文郁原爲儒生，後來遁入釋
道，作者因此有感而發。全文分爲兩段：

第一段開始即追述柳氏宗族參與文化與仕途的盛衰。柳氏雖以文章雅事
著名前代，但後來卻日漸沒落，充任禮部官員，幾年才一人而已。不僅如此，
宗族中後輩學童，立志以文儒爲業的又極少。此處作者擔憂之情溢於言表。
接著，作者卻欲抑先揚，寫文郁師如何有意於文儒事業，從而光大柳氏一門；
突然間筆鋒陡轉，寫他如何棄儒從佛，過著出家人清苦自適的生活。面對文
郁的行狀，作者十分不滿，甚至譏怪他，卻都無法改變其心。就在這一抑一
揚之間，使原本滿懷興奮的心情跌落谷底，剩下的祇是無限惋惜與失望。

第二段中，作者由柳文郁的行爲反躬自省：當今世上以文儒之業求取功
名利祿者，鮮少沒有遭到禍害的。像文郁這樣的人，豈應訕笑他、損傷他嗎？
作者終於有所改變，從譏笑文郁師轉到譏笑自己見解的偏狹。走筆至此，則
又由抑而揚，抬高了文郁師的地位。

此文篇幅雖然短小，卻深闇抑揚開闔之道，娓娓說來，不假一毫做作，
予人渾然貫通、一氣呵成之感。又其〈送澥序〉云：

人咸言吾宗宜碩大，有積德焉。在高宗時，並居尚書省二十二人。
遭諸武，以故衰耗。武氏敗，猶不能興。爲尚書吏者，間數十歲乃
一人。永貞年，吾與族兄登，並爲禮部屬。吾黜，而季父公綽更爲
刑部郎，則加稠焉。又觀宗中爲文雅者，炳炳然以十數，仁義固其
素也。意者其復興乎？

自吾爲僇人，居南鄉，後之穎然出者，吾不見之也。其在道路幸而
過余者，獨得澥。澥質厚不諂，敦朴有裕，若器焉，必隆然大而後
可以有受，擇所以入之者而已矣。其文蓄積甚富，好慕甚正，若牆
焉，必基之廣而後可以有蔽，擇其所以出之者而已矣。勤聖人之道，
輔以孝悌，復嚮時之美，吾於澥焉是望。汝往哉！見諸宗人，爲我

謝而勉焉。無若太山之麓，上而不得升也，其唯川之不已乎！吾去
子，終老於夷矣！（《柳宗元集》卷二四）

此文主旨與〈送文郁師序〉相同，都為表露作者「敬宗收族」〔註19〕的思想。
首段概述柳氏宗族由興而衰，再由衰到復興有望的現狀。敘事簡而有力，抑
揚自在其中。第二段引出柳澥之前，作者先以己為抑，目的在反襯出柳澥為
宗族希望所寄。接著正面稱揚之，勉勵之，使殷殷厚望之情流露無遺。儲同
人語評此文云：「情致纏綿，入理深至，千劫不腐之作。」〔註20〕

　　抑揚兼用，可使文勢產生落差，有波瀾起伏之妙。此法亦為韓愈所喜，
如〈送許郢州序〉、〈送廖道士序〉、〈送浮屠文暢師序〉等，皆將被贈者抬到
雲端，再重重摔下，令人哭笑不得。抑揚之法運用至此，可謂靈妙無匹矣。

六、先案後斷，脈絡清晰

　　所謂「先案後斷」者，乃先定主旨篇法，再將事實填入；或就題設論，
翻去常解，自立新意，而後展開論證。此法常用於論辯文字，贈序文多為敘
事，故甚少用之。以中唐而言，仍然有例可援，如呂溫〈送薛大信歸臨晉序〉
云：

先師曰：「益者三友。」吾能得之，豈惟直、諒、多聞而已。可以旁
魄天人，談堯舜之道，則有吾族兄皋；可以根本性情，語顏夷之行，
則有太原王師簡；可以發揚古訓，論三代之文，則有河東薛大信。
此三君子，或道以樂我，或行以約我，或文以博我。遭時則有光，
遁世則無悶，其為益也，不亦大乎？（《全唐文》卷六二八）。

一般對益友的定義，取自《論語‧季氏篇》：「友直、友諒、友多聞。」此處
作者翻去常解，並加論述舉例，得到「道樂」、「行約」、「文博」的新意義。
行文用三段排比，有條不紊，脈絡清晰。

　　又柳宗元〈送元秀才下第東歸序〉云：

周乎志者，窮躓不能變其操；周乎藝者，屈抑不能貶其名。其或處
心定氣，居斯二者，雖有窮屈之患，則君子不患矣。元氏之子，其
殆庶周乎？言恭而信，行端而靜，勇於講學，急於進業。既遊京師，
寓居側陋，無使令之童，闕交易之財，可謂窮躓矣。而操愈屬，志
之周也。才濬而清，詞簡而備，工於言理，長於應卒。從計京師，

〔註19〕詳《柳文指要》卷二四該序評論。
〔註20〕同前註。

受丙科之薦；獻藝春卿，當三黜之辱，可謂屈抑矣。而名益茂，藝
之周也。苟非處心定氣，則曷能如此哉？（《柳宗元集》卷二三）

開篇以「周乎志者，窮躓不能變其操；周乎藝者，屈抑不能貶其名」敍明立
案，句法工整，意義新穎，尤其一「周」字用得甚妙，或取法於《孟子》〔註
21〕。繼而拈出元生，就立案加以擴充，並填入事實證明。末尾以「處心定
氣」，呼應前文「君子不患」。經作者巧妙分疏後，倍覺神完氣足，切理饜心。

又于邵〈送賈中允之襄陽序〉云：

孔宣父說儒者之行，有自立焉，有近人焉，有交友焉。研精六藝，
較明舊史，貫天人之際，探得失之源，非自立歟？杖義而居，立信
爲寶，難得易失，不謀苟合，非近人歟？終始之要膠固也，患難之
失身命也，益者損者，吾其擇焉，非交友歟？夫然，則道之將行，
周流四海而無匱者，庸可既乎？（《全唐文》卷四二七）

此以「儒者之行」設論，分別就「自立」、「近人」、「交友」三項加以延申發
揮，有條有理，文意翻新。

又息夫牧〈冬夜宴蕭十丈因餞殷郭二子西上詩序〉云：

志有之，事三如一者，惟君、父、師乎？所以生之，教之，祿之。
生而不教，不可立也；教而不成，不可祿也。故師勉乎教，而學者
勵乎己。己立學成，而會友以講之。是以伯魚趨庭，曾參避席，卜
商投杖，厥義於是乎在。（《全唐文》卷四四二）

先以傳統「君」、「父」、「師」三者有「生」、「教」、「祿」的恩德設論，繼而
用己意延伸，一路落到「己學」、「會友」的重要，末尾輔以三個典故補證。
文不及百字，卻環環相扣，辨理明晰，不僅造意創新，且能深化文題，可謂
「先案後斷」法的另一表詮。

第二節　中唐贈序文的修辭方法

劉勰《文心雕龍・徵聖篇》云：「志足而言文，情信而辭巧，迺含章之玉
牒，秉文之金科矣。」一篇動人的文章，必須具備兩個條件：一是豐富的情
意，一是修辭的技巧。文學作品之所以傳頌不朽，是因作者把自己豐富的情

〔註21〕《孟子・盡心篇》：云「周於利者，凶年不能殺；周於德者，邪世不能亂。」
朱注：「周，足也，言積之厚則用有餘。」

意用最恰當的修辭技巧表現出來。兩者互為表裏，不可偏廢。雖然老子說過：「信言不美，美言不信。」〔註22〕但《道德經》一書，文辭粲然；《文心雕龍》體大思精，彌綸群言，卻篇篇神采煥發，情文相生。故欲期文章精妙，勢不得不重視修辭。

以下就中唐贈序文的修辭方法予以歸納分析，期能由咀嚼外在的文辭之美，進而領會其內蘊的神理氣味。

一、據事類義，精當自然

從事文學創作，想要「課虛無以責有，叩寂寞而求音」，是非常困難的。是以古人寫作，不論衡情酌理，常借重經典，或徵引史事，使情感更具渲染力，理論更增說服力。

中唐贈序作品用典甚多，尤以柳宗元最為精擅，如〈送邠寧獨孤書記赴辟命序〉敘獨孤寧被邠寧節度使楊朝晟辟為書記一事，並勉之曰：

> 吾子歷覽古今之變，而通其得失，是將植密畫於借箸之宴，發群謀於章奏之筆，上為明天子論列熟記，而導揚威命。然後談笑罇俎，賦從軍之樂。移書飛文，諭告西土劫脅之伍，俾其簞食壺漿，犒迎王師，在吾子而已，往慎辭令，做諭蜀之書、燕然之文，炳列于漢史，真可慕也。不然，是瑣瑣者，惡足置齒牙間而榮吾子哉？（《柳宗元集》卷二二）

此處連用三個典故，都十分貼切，茲舉例說明之：

首先，「借箸之宴」云云，出自《史記·留侯世家》：「張良從外來謁，漢王方食。曰：『子房前，客有為我計撓楚權者。』具以酈生語告。曰：『於子房何如？』良曰：『誰為陛下畫此計者？陛下事去矣。』漢王曰：『何哉？』張良對曰：『臣請藉前箸為大王籌之。』」後人遂用「借箸」表示替人出謀策劃。

第二，「諭蜀之書」云云，謂漢武帝時，唐蒙通好於夜郎，引起巴蜀一帶少數民族的不安。司馬相如奉命前往安撫，撰〈喻巴蜀檄〉一文，指責唐蒙，也教誡巴蜀居民服從中央法令〔註23〕。

第三，「燕然之文」云云，乃指漢和帝時，大將軍竇憲破北匈奴，登燕然

〔註22〕見《老子》八十一章。
〔註23〕《漢書·司馬相如傳》云：「相如為郎數歲，會唐蒙使略通夜郎、僰中，發巴蜀吏卒千人，郡又多為發轉漕萬餘人，用軍興法誅其渠率。巴蜀民大驚恐。上聞之，乃遣相如責唐蒙等，因諭告巴蜀民以非上意。」（卷五七）

山，刻石勒功，並令班固作銘〔註24〕。

作者引此三典，適切地表達獨孤寧作為書記應有的職分；也希望他能以文筆揚聲，媲美司馬相如、班固諸人。不僅蘊藉自然，無半分勉強；且意深言簡，沁人心脾。

有位文士辛殆庶，為有司所抑，連番不第，柳宗元寫了〈送辛殆庶下第遊南鄭序〉來鼓勵他。其文云：

> 今則囊如懸磬，傭室寓食，方將適千里，求仁人，被冒畏景，陟降棧道。吾欲抑而不歎，其若心胸何？然吾聞焚舟而克，手劍而盟者，皆敗北之餘也。子之厄困而往，霸心勇氣，無乃發於是行乎，成拜賜之信，刷壓境之恥，無乃果於是舉乎？往慎所覆，如志端返，勉自固植，以遂子之欲。姑使談者謂我言而中，不猶愈乎！（《柳宗元集》卷二三）

文中「焚舟而克」、「手劍而盟」、「拜賜之信」、「壓境之恥」四個典故，分別出自《左傳》與《公羊傳》〔註25〕。作者奇想天外，竟以古代戰爭的典故來借喻考試的成敗，所謂「考場如戰場」，真是再貼切不過。又如柳宗元〈送文暢上人登五臺遂遊河朔序〉云：

> 昔之桑門上首，好與賢士大夫遊。晉、宋以來，有道林、道安、遠法師、休上人；其所與遊，則謝安石、王逸少、習鑿齒、謝靈運、鮑照之徒，皆時之選。由是真乘法印，與儒典並用，而人知嚮方。（《柳宗元集》卷二五）

為了宣達「統合儒釋」的理念，作者高一層壓題，從史冊中，將晉、宋以來有交往關係的僧人與名士臚陳而出〔註26〕，作為論述的佐證。然後順勢牽引

〔註24〕事見《後漢書・竇憲傳》卷二三。
〔註25〕「焚舟而克」出於《左傳・文公三年》：「秦伯伐晉，濟河焚舟。」「手劍而盟」出自《公羊傳・莊公十三年》：「莊公將會乎桓。曹子進曰：『君之意何如？』莊公曰：『寡人之生，則不若死矣。』曹子曰：『然則君請當其君，臣請當其臣。』莊公曰：『諾。』於是會乎桓。莊公升壇，曹子手劍而從之。」「拜賜之信」出於《左傳・僖公三十三年》：「孟明稽首曰：『君之惠，不以纍臣釁鼓，使歸就戮於秦，寡君之以為戮，死且不朽，若從君惠而免之，三年將拜君賜。』」「壓境之恥」出自《公羊傳・莊公十三年》：「曹子曰：『城壞壓境，君不圖與？』」
〔註26〕如《晉書・王羲之傳》：「會稽有佳山水，名士多居之，謝安未仕時亦居焉。孫綽、李充、許詢、支遁等皆以文義冠世，並築室東土，與羲之同好。」（卷八〇）又〈謝安傳〉：「寓居會稽，與王羲之及高陽許詢、桑門支遁遊處。」（卷七九）又〈習鑿齒傳〉：「時有桑門釋道安，俊辯有高才，自此至荊州，與鑿

文暢山人出場，並呼應結尾。誠可謂「一食三鳥」的好手法。

　　由上述數例，可知柳宗元嫺熟經史，隨意捃摭，皆能適得其所，運化無跡。此外，如崔群〈送廬嶽處士符載歸蜀覲省序〉以「學窺顏子之門闌，文紹陳君之骨鯁；逸慕嚴光之垂釣，志效管寧之無欺」〔註27〕四事說明符君的山居生活、歐陽詹〈別柳由庚序〉開端引《史記・老子列傳》孔子言〔註28〕、韓愈〈送楊少尹序〉引漢二疏典故〔註29〕、韓愈〈送董邵南序〉引望諸者、屠狗事蹟〔註30〕等，亦均切當而用，以致情意更為深鑄，理論更加落實，刻劃更見傳神。

二、取譬多方，意蘊豐富

　　「譬喻」用得巧妙，可以具體顯現抽象，以警策彰顯平談，進而使文章神情畢肖，引發豐富的聯想。中唐贈序作品運用此法的例子甚多，如沈亞之〈送韓靜略序〉云：

> 或者以文爲客語曰：「古人有言：『仍舊貫，如之何？何必改作？』乃客之所尚也。恢漫乎其態紐紐，己思以自織剪，違曩者之成轍，豈君子因循之道歟？」
>
> 客應曰：「草木之病煩也，使秋以治之。繼屛萌於窮枿之餘，搔風披露，相望愁法，陽津下潛。雖佳懿之彩，猶且抑隱，惟恐失類於慘禪薈黃之色耳，安暇自任其所長耶？即春以治之，擢氣於其根，津昇百體之上。暢之風露，而繡英作。誇紅奮綺，縆縹紺紫，錯若裝畫，揚葷流香，罷蕩乎天地之端。各極其至，使肆勇曜如是，寧可以一狀拘之。人有植木堂下，欲其益茂，伐他幹以加之枝上，名之樹資。過者雖愚，猶如其欺也。且裁經綴史，補之如疣，是文之病煩久矣。聞之韓祭酒之言曰：『善藝樹者，必壅以美壤，以時沃濯，其柯萌之鋒，由是而銳。』夫經史百家之學，於心灌沃而已。余以爲構室於室下，茸之故材，其上下不能逾其覆，拘於所限故也。之陳空之地，訪堅修之良，然後工之於人，何高不可者。祭酒導其

齒初相見。」（卷八二）可參考《柳宗元集》卷二五該文百家注引韓醇考證。
〔註27〕見《全唐文》卷六一二。
〔註28〕《史記・老子列傳》：「孔子去謂弟子曰：『鳥吾知其能飛，魚吾知其能游，獸吾知其能走。走者可以爲罔，游者可以爲綸，飛者可以爲矰，至於龍吾不能知。其乘風雲而上天，吾今日見老子，其猶龍邪？』」序文開頭典故出於此。
〔註29〕同註13。
〔註30〕見註40、41。

涯於前，而後流蒙波，稍稍自澤。」

靜略於祭酒，其宗也。遵道十年而功就，頗秀出流類。今既別而延蔓，將遊乎河江，豈欲益其自廣哉？惟其勉，無怠。（《全唐文》卷七三五）

沈亞之曾遊學於韓愈門下〔註31〕，或許是受到韓愈「陳言務去」〔註32〕、「辭必己出」〔註33〕的觀念影響，主張文貴創新，反對因循舊貫，傍依前人。如此篇首先以植樹為喻，認為經史百家的學問，只能作為灌溉的養料，不能以原有的面貌出現，並引用韓愈的話為佐證；其次又以建造房屋為喻，如果用舊材料來修蓋，上下範圍就會受到拘限；但是在空曠的地方建屋，採用堅修的良材，加上精細的工人，任何高度都可以成就。作者以這兩個妙喻，並虛擬客問的方式，告訴韓靜略為文應「益其自廣」，不要墨守成規，畫地自限。

此種以譬喻與正意換合，或相互映帶的方法，謂之「正喻夾寫」法〔註34〕。理不可空言，而常隱於事物之中，昧者不察，惟智者深觀有得。故借物理以喻人事或人情，顯得分外細膩傳神。

又符載〈說玉贈蘭陵蕭易簡遊三峽序〉亦用此法，其文云：

玉在寶族，拔乎其萃者也。濡天地之沖和，納陰陽之粹精，堅剛滋潤，配德君子，故為璉為瑚，為珪為璋，以奉乎神祇人鬼，以飾乎車服冕弁。非是，則禮樂之道，有墜於地焉。當其沈燿隱璞，墮汨沙泥中，枯槁闒薾，光明不發。庸工眄之譬頑塊，意方拾之，惑而復投，此卞氏所以暗嗚，珉璵所以長王也。及其逢值英匠，識密鑿洞，掇於瓦礫而不疑。扣之鏗然，琢之爛然，如蒸栗截肪，氣吞蛇文，珍貫魚目。是時也，即趙不得私愛，秦不得暴取，坐齊宮而後見，藉綈繡而後執。委連城如脫屣，割土地如裂帛，以償其價，猶恐其不直。

玉則尚然，人豈無之？士君子含累蘊器，困於側陋，塵垢被身體，蓬茨沒四壁，智不贍饘褐，道不信妻子，闒茸視之，猶聾夫也。及其乘時運之會，遭知己之顧，鬱起耕釣，作時功勳，上以戴大君，

<hr>

〔註31〕沈亞之在〈送韓北渚赴江西序〉中自謂：「昔者余嘗得諸吏部昌黎公，凡游門下十有餘年。」（《全唐文》卷七三五）。
〔註32〕見韓愈〈答李翊書〉（《韓昌黎文集》第三卷）。
〔註33〕見韓愈〈南陽樊紹述墓誌銘〉（《韓昌黎文集》第七卷）。
〔註34〕詳宋文蔚《文法津梁》上冊「假物為喻」條。

下以福生人，澤流萬世，聲塞九寓。是時也，一言受卿相，再詞啓
茅杜，以厚其禮，猶謂之不重。於戲！有至物必有至人，有盛才必
有大用。歷觀前代，不知則已，苟或知之，則古獄之劍，不爲朽鐵
也；鹽車之馬，不爲病駒也；爨下之桐，不爲樵薪也；磻溪之士，
不爲傂叟也。(《全唐文》卷六九○)

作者以玉的琢磨與否，比喻士君子的困迫和見用。首段就玉的物性加以闡發，
次段帶入正意，以比況人情，此爲以段喻段。兩段之中，又各有譬喻穿插，
如「古之鏗然，琢之爛然，如蒸栗截肪，氣吞蛇文、珍貫魚目」、「委連城如
脫屣，割土地如裂帛」、「則古獄之劍，不爲朽鐵也；鹽車之馬，不爲病駒也；
爨下之桐，不爲樵薪也；磻溪之士，不爲傂叟也」等句，加重說理，迫使讀
者在應接不暇之餘，心悅誠服，甘於受教。

譬喻的方式繁多，如陳騤《文則》分爲十類〔註35〕、黃民裕《辭格匯編》
則分爲十二類〔註36〕。大體而言，以吾師沈謙先生《修辭學》對於譬喻的闡
論較爲中肯，將之分作五類，即「明喻」、「隱喻」、「略喻」、「借喻」、「博喻」
等〔註37〕。此五種辭格在中唐贈序作品中皆有用之，試舉例如下：

（一）明喻

「明喻」的基本構式是：甲（喻體）像（喻詞）乙（喻依），喻詞也可以
是如，似、若、猶、好比……等。例如：

1. 上人心冥空無，而寄跡文字，故語甚夷易，如不出常境，而諸生思慮，
終不可至。其變也，如風松相韻，冰玉相叩，層峰千仞，下有金碧。（權
德輿〈送靈澈上人廬山迴歸沃洲序〉）

2. 吾挹至源之貌，若隴底積雪，聳寒木於雲谿；次吾覽至源之文，若驪
龍相追，弄明月於泉窟；末吾聽至源之論，若泰山欲雨，倒雲氣於滄
溟。（呂溫〈送友人遊蜀序〉）

3. 僕在京師，凡九年于今，其間得意者，二百有六十人。其果以文克者，
十不能一二。當從後造之俊，頗涉藝文之事，四貢鄉里而後獲焉。方

〔註35〕陳騤《文則‧丙篇》將譬喻分爲十類：直喻、隱喻、類喻、詰喻、對喻、博
喻、簡喻、詳喻、引喻、虛喻等。

〔註36〕黃民裕《辭格匯編‧比喻》分譬喻爲：明喻、暗喻、借喻、博喻、倒喻、反
喻、縮喻、擴喻、較喻、回喻、互喻、曲喻等十二類。

〔註37〕此依黃慶萱《修辭學》的分類：明喻、隱喻、略喻、借喻、假喻五種，不同
處在去假喻，增博喻。

之於釣者，絲綸不屬，鉤喙甚直，懷有美餌，而躭望獲魚之暮，則善
取者皆指而笑之。（柳宗元〈送辛殆庶下第遊南鄭序〉）

4. 道於楊、墨、老、莊之學，而欲之聖人之道，猶航斷港絕潢以望至於
海也。（韓愈〈送王塤秀才序〉）

5. 子謂此舉也，得於治理，失於屈賢，譬諸汙地，而集鶹鳳矣。（于邵〈送
蘭舍人兼武州長史序〉）

（二）隱喻

「隱喻」的基本構式是：甲（喻體）是（喻詞）乙（喻依），喻詞由「是」
代替「像」。例如：

1. 無乎內而飾乎外，則是設覆為窖也，禍孰大焉；有乎內而不飾乎外，
則是焚梓毀璞也，詬孰甚焉！（柳宗元〈送豆盧膺秀才南遊序〉）

2. 王公秀出士林，……故弱冠之後，代為文人，不四三年，而交辟如契，
豈惟鴻鵠，志在千里？自是鳳雛，生而五色。（于邵〈送河南王少府還
任序〉）

（三）略喻

「略喻」的基本構式是甲（喻體）——乙（喻依）。譬喻的組成成分——
喻體、喻詞、喻依三者之中，省略了喻詞。例如：

1. 獨與之語，宮商起於朱絃，薑桂在乎太牢，泠然可聽，芬乎可嘗。（歐
陽詹〈送周孝廉擢第歸覲序〉）

2. 伯樂之廄多良馬，卞和之匱多美玉。卓縈瓌怪之士，宜乎遊於大人君
子之門也。（韓愈〈送權秀才序〉）

3. 夫風之行也，則萬竅怒號；時之止也，不能動纖毫。士不用則塊爾而
已，遇則雲蒸雨隨，是牽於時而不由於己。（梁肅〈送鄭子華之東陽序〉）

4. 幽蘭生於大澤，香薰芬郁，過時不採，摧於蓬蒿矣。黎君隱於滁上，
蘊才蓄力，是行不偶，老於風塵矣。〈宣城送黎山人歸滁上瑯玡山居序〉

（四）借喻

「借喻」的形式是：甲（喻體）被乙（喻依）所取代。喻體、喻詞省略，
只剩下喻依。全然不寫正文，將譬喻作為正文的代表。例如：

1. 夫躡搏風之使者，其翼必大；搆大廈之重者，其材必廣。（梁肅〈送周
司直赴太原序〉）

2. 夫騏驥未馳，知有致遠之力；干將未割，知有劇堅之功。（歐陽詹〈送鹽山林少府之任序〉）

3. 昆吾產金，荊山產玉，自民役巧，鎔琢蓋多，惟干將和璞有大聞，非百鍊則其良可用歟？非三獻而其寶可真歟？（歐陽詹〈送族叔行元下第歸廣陵序〉）

（五）博喻

「博喻」是用兩個以上的喻依，譬喻形容同一個喻體，又稱「連比」。例如：

1. 凡遊山水，苦無卷軸，復無幽人攜手，一何異飛鳥一翼，行車隻輪。（顧況〈送韋處士適東陽序〉）

2. 有至物必有至人，有盛才必有大用。歷觀前代，不知則已，苟或知之，則古獄之劍，不為朽鐵也；鹽車之馬，不為病駒也；爨下之桐，不為樵薪也；磻溪之士，不為儜叟也。（符載〈說玉贈蘭陵蕭易簡遊三峽序〉）

3. 與之語道理，辨古今事當否，論人高下，事後當成敗，若河決下流而東注，若駟馬駕輕車就熟路，而王良造父為之先後也，若燭照數計而龜卜也。（韓愈〈送石處士序〉）

經由以上的歸類，可見中唐贈序文中所使用的譬喻技巧，極為豐盈多姿，變化自如，常使作品有「山窮水複疑無路，柳暗花明又一村」的妙趣；而且婉轉微妙，觸類旁通，頗能激發讀者的聯想與共鳴。

三、旋繞屈曲，弦外求音

不直接表達本意，只用委婉曲折的方式，含蓄閃爍的言辭，流露或暗示本意，是為「婉曲」，〔註38〕亦即古人所謂的「隱」。《文心雕龍・隱秀篇》云：「夫隱之為體，義生文外，祕響旁通，伏采潛發。」這是說明文章裡祕而不宣的心聲，可由筆觸旁敲側擊，而曲盡其變化；隱藏不露的辭采，得藉委婉的詞句，發揮於無形。

文章之美，貴在蘊藉，言不盡意，方能傳神。若太直太盡，則傷於淺露，讀完便覺乏味。王構《修辭鑑衡》嘗言：「文有三等：上焉藏鋒不露，讀之自有滋味；中焉步趨馳騁，飛沙走石；下焉用意庸常，專事造語。」〔註39〕故

〔註38〕見吾師沈謙《修辭學》第五章。
〔註39〕見卷二「文章有三等」條。

明說不如暗說，直說不如曲說，實說不如虛說。

可見善用「婉曲」之法，可以寫出第一流的文章。今睽中唐贈序諸作，惟韓愈深得箇中三昧。如〈送董邵南序〉即是，其文云：

> 燕趙古稱多感慨悲歌之士。董生舉進士，連不得志於有司，懷抱利器，鬱鬱適茲土，吾知其必有合也。董生勉乎哉！
>
> 夫以子之不遇時，苟慕義彊仁者皆愛惜焉，矧燕趙之士出乎其性者哉？然吾嘗聞風俗與化移易，吾惡知其今不異於古所云邪？聊以吾子之行卜之也。董生勉乎哉！
>
> 吾因子有所感矣！為我弔望諸君之墓，而觀於其市，復有昔時屠狗者乎？為我謝曰：「明天子在上，可以出而仕矣！」（《韓昌黎文集》第四卷）

此文意分三層，第一層先說古代河北多感慨悲歌之士，董生此番前往，必能與之相合，此為臨別贈言的一般說辭；繼而筆鋒一轉，轉說風俗與教化古今懸隔，董生此行，合不合也就未必了，這是第二層；第三層欲董生弔樂毅之墓，勸屠狗者出仕，方顯露作者真意。

董邵南，一介窮苦書生，雖負青雲之志，卻屢不見用於朝，祇得求合於藩鎮。韓愈既痛其才不為世用，又反對藩鎮割據，故董生欲適茲土，以至友立場，不便亟言勸阻，祇能含蓄委婉地曉以大義。尤其末段舉「望諸君」、「屠狗者」的典故，與文章開頭一句相呼應，真是話中有話，令董生自行尋味。

「望諸君」是樂毅的封號，他曾受燕昭王的重用，立下破齊的戰功。惜昭王一死，惠王聽信小人讒言，罷樂毅兵權，迫其流亡趙國，鬱鬱而終〔註40〕。樂毅的命運尚且如此，董生又必定能遇到知音嗎？

「屠狗者」即《史記‧刺客列傳》所載燕國的狗屠，與荊軻、高漸離交好〔註41〕。後來荊軻死於秦國，高漸離為其報仇，亦不幸遭秦王誅戮，獨狗屠不知下落。燕太子丹當時祇重用荊軻，狗屠則未獲尊重，可見「觀於其市，復有昔時屠狗者乎」，暗示董生河北之行不去也罷。前去結果，好不過樂毅，壞則如狗屠一樣，始終都不得見用。

〔註40〕事見《史記‧樂毅列傳》。

〔註41〕《史記‧刺客列傳》：「荊軻既至燕，愛燕之狗屠及善擊筑者高漸離。荊軻嗜酒，日與狗屠及高漸離飲於燕市，酒酣以往，高漸離擊筑，荊軻和而歌於市中相樂也。」

通篇僅百餘字，而縝密圓備，消息多方，實爲「婉曲」的典範。劉大櫆評曰：「退之以雄奇勝，獨此篇與〈送王含序〉，深微屈曲，讀之覺高情遠韻，可望不可及。」〔註42〕胡楚生先生則云：「贈序之體，文公雖最稱絕詣，然而似此篇者，則又轉折往復深沈之尤難者也。」〔註43〕二家所評，的確鞭辟入裡。

韓文雄渾奇崛，多以陽剛取勝，然其陰柔之作，亦有時而見。如〈送王含秀才序〉，誠劉大櫆所謂「深微屈曲」者。其文云：

> 吾少時讀〈醉鄉記〉，私怪隱居者無所累於世而猶有是言，豈誠旨於味邪？及讀阮籍、陶潛詩，乃知彼雖偃蹇，不欲與世接，然猶未能平其心，或爲事物是非相感發，於是有託而逃焉者。若顏氏子操瓢與簞，曾參歌聲若出金石，彼得聖人而師之，汲汲每若不可及，其於外也固不暇，尚何麴糵之託而昏冥之逃邪？吾又以爲悲醉鄉之徒不遇也。（《韓昌黎文集》第四卷）

王含是詩人王績的後裔，沈淪下層，懷才不遇。韓愈作此序相贈，目在勉勵他以聖人爲師，勿以仕途的失意而懷憂喪志。然而作者不欲直陳，先引出其先祖王績〈醉鄉記〉評之，可謂用心良苦。林雲銘云：「王含不遇而行，正當無聊不平之際，送之者若言君相不能用才，有犯時忌；即勉其當以聖人爲師，汲汲自治，不必以不遇介意，又未免爲迂闊唐突，俱難下筆也。」〔註44〕韓愈空中起步，以〈醉鄉記〉引論師聖之意，含蓄十分，既未「犯時忌」，也不「迂闊唐突」。

王績者，初唐的隱士。不遇於朝廷，遯入山林，著〈醉鄉記〉以寄意〔註45〕。韓愈認爲他「未能平其心」、「爲事物是非相感發」，孤高傲世，逃入醉鄉，其行徑不足取法，乃不願王含步其後塵；次舉顏淵、曾參二人，雖遭逢困阨，卻不改其志，竟氣昂揚，樂觀進取，與王績的行爲何異天淵之別？實因「得聖人而師之」的緣故。王含應如何抉擇，已昭然若揭。

但作者意猶未盡，段末「吾又以爲悲醉鄉之徒不遇也」云云，照應全局，意在王績若早先遇到聖人，必恭以爲師，而不介意仕途的進退，從此安貧樂道，心平氣和。此言略顯狡獪，一則彌縫王績的缺失，爲自己的評論開脫；

〔註42〕見馬其昶《韓昌黎文集校注》該序題注。
〔註43〕見胡楚生《韓文選析》該序案語。
〔註44〕見《古文析義》二編·卷六。
〔註45〕事見《新唐書·王績傳》卷一九六。

二則更增王含師聖的決心，加重說服力。行文至此，含蓄曲折，言在此而意在彼，妙如鏡花水月之境。

此外，韓愈〈送許郢州序〉借許仲輿任郢刺史的機會，託文諷諫于頔，其中「財已竭而斂不休，人已窮而賦愈急」一句，命中要害。全文善於曲折，巧妙遮掩，似規刺史，實責于公，而語調平和宛然，分寸拿捏恰當，不失為第一流說辭。

四、微辭吞吐，藏鋒不露

大凡物不得其平則鳴。韓愈身處亂世，見文弊道喪，毅然以聖人為師。發以為文，常借古為諷，以宣洩心中不平的情緒；微辭褒貶，痕跡不落，深得古人之意，這是當代其他作家無可比擬的。例如他在〈送浮屠文暢師序〉中一味強調儒家的「聖人之道」是有為有傳的。如何為？韓文云：「民之初生，固若禽獸夷狄然。聖人者立，然口知宮居而粒食，親親而尊尊，生者養而死者藏。是故道莫大乎仁義，教莫正乎禮樂刑政。施之於天下，萬物得其宜；措之於其躬，體安而氣平」；如何傳？韓文云：「堯以是傳之舜，舜以是傳之禹，禹以是傳之湯，湯以是傳之文武，文武以是傳之周公、孔子。書之於冊，中國之人世守之」。韓愈著眼「為」、「傳」二字，而「今浮屠者，孰為而孰傳之邪」一句，則圖窮匕現，暗譏浮屠無為無傳，與禽獸夷狄無異。

如此將不願直陳的話，避開正面，用側面來表達，從隱微婉曲的文辭中，透露諷刺不滿的意味，是為「隱」的另一種修辭法──「微辭」〔註46〕。韓愈生平最惡浮屠，常用此法來譏諷一些與他交往的僧道。又如〈送高閑上人序〉一文，表面似乎在論書法，而實際是在闢佛，「得無象之然」、「善幻」微辭譏諷，暗指浮屠迷離恍惚，有旁門左道之嫌。又其〈送廖道士序〉云：

> 五岳於中州，衡山最遠。南方之山巍然高而大者以百數，獨衡為宗。最遠而獨為宗，其神必靈。衡之南八九百里，地益高，山益峻，水清而益駛，其最高而橫絕南北者嶺。郴之為州，在嶺之上，測其高下，得三之二焉，中州清淑之氣於是焉窮。……其水土之所生，神氣之所感，白金水銀丹砂石英鍾乳橘柚之包、竹箭之美、千尋之名材，不能獨當也。意必有魁奇忠信材德之民生其間，而吾又未見也，其無乃迷惑溺沒於老佛之學而不出邪？

〔註46〕詳吾師沈謙《修辭方法析論》第五篇・第二節「隱之修辭方法」。

> 廖師郴民，而學於衡山，氣專而容寂，多藝而善遊，豈吾所謂魁奇
> 而迷溺者邪？廖師善知人，若不在其身，必在其所與遊，訪之而不
> 吾告，何也？於其別，申以問之。（《韓昌黎文集》第四卷）

「地靈人傑」是中國的古老觀念，本文即發端於此，由衡山、郴州之靈秀引
出魁奇之民。正當廖道士心頭陶醉之際，忽爾一句「吾又未見也」，吹落美名，
使其空喜一場。繼以「其無乃迷惑溺沒於老佛之學而不出邪」、「豈吾所謂魁
奇而迷溺者邪」二句疑問，吊足胃口，復令之忐忑不安。

幾經糾纏後，「魁奇之民」究竟屬廖道士否？作者吞吐其辭，不欲說破。
末尾「廖師善知人，若不在其身，必在其所與遊，訪之不吾告，何也」，將「魁
奇之民」推到他人，使廖道士大失所望，內心久難平復。林紓嘗評云：「此在
事實則謂之騙人，而在文字中當謂之幻境。昌黎一生忠鯁，而爲文乃狡獪如
是，令人莫測。」〔註47〕

韓愈譏刺佛老，此又一明證。通篇雲湧波委，極有步驟，以吞吐之筆，
翻弄成文。林氏又謂：「此文製局甚險，似泰西機器，懸數千萬斤之巨椎於樑
間，以鐵繩作轆轤，可以疾上疾下。置表於質上，驟下其椎，椎及表面玻璃
而止，分毫無損也。」〔註48〕此譬堪稱高明允當，足見韓愈爲文收放自如，
行於所當行，止於所不可不止。

五、秀句橫空，警策絕倫

由前兩目所舉諸例，知韓愈操觚爲文，頗能蓄素弸中，含不盡之意，將
「隱」的精妙處淋漓發揮。然而文章獨爲「隱」，則猶嫌不足，必有待於「秀」
並轡而馳。李曰剛先生云：「兩者必須相輔相行，甚至可以合內外之道而爲一
體。故彥和相提並論，以爲文惟既隱且秀，始能使其臻於藏鋒不露，而可發
人深省之致。」〔註49〕其言良是。

韓文之於「秀」的表現，亦不謂弱，其贈序作品，秀句連出，神采外揚，
使中唐諸家，盡皆失色。尤以文章開頭的橫空之筆，天外飛來，提振全文，
即劉勰所謂「篇中之獨拔者也」〔註50〕。如〈送孟東野序〉云：

> 大凡物不得其平則鳴。草木之無聲，風撓之鳴。水之無聲，風蕩之

〔註47〕見《韓柳文研究法》。
〔註48〕同註47。
〔註49〕見李曰剛《文心雕龍斠詮‧隱秀篇》題述。
〔註50〕見《文心雕龍‧隱秀篇》。

鳴。其躍也，或激之；其趨也，或梗之；其沸也，或炙之。金石之

無聲，或擊之鳴。人之於言也亦然，……（《韓昌黎文集》第四卷）

當頭一句「大凡物不得其平則鳴」，橫空而來，出人意表，不僅是全文的命題所在，亦傳為後世習用的成語。其造意精警，顯豁響亮，實合乎陸機〈文賦〉所謂之：「立片言而居要，乃一篇之警策。」此句一得，文勢大振，如黃河之水天上來。隨即據此引論，杼軸自成，全篇不脫一「鳴」字。錢基博《韓愈志》評曰：「〈送孟東野序〉、〈送高閑上人序〉，憑空發議，妙遠不測，如入漢武帝建章宮、隋煬帝迷樓，千門萬戶，不知所出。而正事正意，止瞥然一見，在空際蕩漾，恍若大海中日影、空中雷聲，此《莊子・內外篇》、〈逍遙遊〉、〈秋水〉章法也。」〔註51〕又韓愈〈送高閑上人序〉亦著同工異曲之妙，其文云：

苟可以寓其巧智，使機應於心，不挫於氣，則神完而守固，雖外物

至，不膠於心。堯舜禹湯治天下，養叔治射，庖丁治牛，師曠治音

聲，扁鵲治病，……（《韓昌黎文集》第四卷）

前六句由浮屠的反向立論，儁傑廉悍，胎息於《莊子》、《孟子》〔註52〕，亦為不可多得的警句。作者以此開論，接著援例以證，使人無可置喙，與〈送孟東野序〉如出一轍。

平舖直敘，易生板滯，韓愈贈序作品每能詭譎多變，實拜其發端不落俗套所賜。如〈送溫處士赴河陽軍序〉一文，開頭又見警策，其文云：

伯樂一過冀北之野，而馬群遂空。夫冀北馬多天下，伯樂雖善知馬，

安能空其群邪？解之者曰：「吾所謂空，非無馬也，無良馬也。伯樂

知馬，遇其良，輒取之，群無留良焉。苟無良，雖謂無馬，不為虛

語矣。」

東都，固士大夫之冀北也。恃才能，深藏而不市者，洛之北涯曰石

生，其南涯曰溫生。大夫烏公以鈇鉞鎮河陽之三月，以石生為才，

以禮為羅，羅而致之幕下。未數月也，以溫生為才，於是以石生為

媒，以禮為羅，又羅而致之幕下，……（《韓昌黎文集》第四卷）

處士溫造，乃當世賢者，隱居東都，受聘於河陽軍節度使烏重胤。韓愈以此序文相贈，用伯樂識馬的典故，俱讚溫生的賢能、烏公的善識。儲欣評此云：

〔註51〕見〈韓集籀讀第六〉。

〔註52〕馬其昶《韓昌黎文集校注》第四卷該序注引曾國藩言曰：「機應於心，熟極之候也，《莊子・養生主》之說也；不挫於氣，自慊之候也，《孟子・養氣章》之說也。韓公之於文技也，進乎道矣。」

「發端一句最著意，最擔斤兩，此處得手，以後更不費力。」〔註53〕開頭的神來一筆，便奠定全文的格局。

伯樂的典故，人盡皆知，韓愈在〈雜說〉〔註54〕、〈爲人求薦書〉〔註55〕、〈送權秀才序〉〔註56〕等文中曾多次引用，乍看並不新穎。但經作者略事變化後，另創一番鮮活意象，由首段的喻依帶入次段的喻體，兩者結合得水乳交融，盡去斧鑿痕跡，雖非驚采絕豔，亦足以聳人耳目。此外，〈送董邵南序〉開張「燕趙古稱多感慨悲歌之士」一句，天外飛來，策動全文，光焰氣力兼備，當傳誦不巧，爲後世所襲用〔註57〕。

《文心雕龍‧隱秀篇》云：「凡文集勝篇，不盈十一；篇章秀句，裁可百二。並思合而自逢，非研慮之所課。」韓文不乏勝篇，秀句尤夥，且憑空飛來，警策絕倫，實緣於文思偶合天機，非單靠精研苦慮而成。蘇軾稱讚他：「匹夫而爲百世師，一言而爲天下法。」〔註58〕良非虛譽。

至於中唐其餘諸家的贈序作品，則秀句難得一見，惟權德輿〈奉送韋十二丈長官赴任王屋序〉的「灑襟靈而清际聽，揮慶宵以挹沆瀣」、歐陽詹〈送王式東遊序〉的「丹誠未昭於鏡鑑，黃金已銷於桂玉」、柳宗元〈送玄舉歸幽泉寺序〉的「道獨而跡狎則怨，志遠而形羈則泥」等句，略有可觀。

六、層層相遞，文氣健勁

說話行文時，針對至少三種以上的事物，依大小輕重、本末先後等一定的比例，依序層層遞進的修辭方法，是爲「層遞」〔註59〕，亦屬於「秀」的範疇〔註60〕。此法若能運用得當，可使語意條暢，文氣健勁，免除葳蕤雜遝之病。試舉呂溫〈送友人遊蜀序〉爲例：

> 始吾挹至源之貌，若隴底積雪，聳寒木於雲谿；次吾覽至源之文，若驪龍相追，弄明月於泉窟；末吾聽至源之論，若泰山欲雨，倒雲

〔註53〕見所輯《唐宋八大家類選》此引自胡楚生《韓文選析》該序析評。
〔註54〕見《韓昌黎文集》第一卷。
〔註55〕見《韓昌黎文集》第三卷。
〔註56〕見《韓昌黎文集》第四卷。
〔註57〕此句膾炙人口，如金庸於《天龍八部》第十四回寫主角喬峰出場：「段譽心底暗暗喝了聲采：『好一條大漢！這定是燕趙北國的悲歌慷慨之士，不論江南或是大理，都不會有這等人物。』」
〔註58〕見《蘇軾文集》第十七卷。
〔註59〕見吾師沈謙《修辭學》第十九章。
〔註60〕見吾師沈謙《修辭方法析論》第五篇‧第三節「秀之修辭方法」。

氣於滄溟。(《全唐文》卷六二八)

經作者由外而內，分「貌」、「文」、「論」三層遞進，再加上一些不著邊際的譬喻，使原本俗不可奈的褒美，變得生動靈活起來。又柳宗元〈送表弟呂讓將仕進序〉云：

> 志存焉，學不至焉，不可也；學存焉，辭不至焉，不可也；辭存焉，時不至焉，不可也。(《柳宗元集》卷二四)

呂讓欲為官一展抱負，柳宗元以「志」、「學」、「辭」、「時」四大要件逐層遞進，告誡他一不可。旨意明確，條理暢達，亦善用層遞法所致。

中唐贈序諸作中，仍以韓愈運用此法最妙。如〈贈崔復州序〉云：

> 雖然，幽遠之小民，其足跡未嘗至城邑，苟有不得其所，能自直於鄉里之吏者鮮矣，況能自辨於縣吏乎？能自辨於縣吏者鮮矣，況能自辨於刺史之庭乎？(《韓昌黎文集》第四卷)

此處分四層遞進，極寫百姓伸冤的困難：

第一層「其足跡未嘗至城邑」。幽遠小民，恐其一生終老家鄉，未曾到過城市，若有不平之情，祇能自己吞噓而已。

第二層「苟有不得其所，能自直於鄉里之吏者鮮矣」。百姓荒居野外，冤情無處可陳，能達於鄉里之吏者，寥寥無幾。

第三層「能自直於鄉里之吏者鮮矣，況能自辨於縣吏乎」。達於鄉里之吏者已經寥無幾人，能通於縣令的也就更少。

第四層「能自辨於縣吏者鮮矣，況能自辨於刺史之庭乎」。能通於縣吏者已是微乎其微，更遑論能辨於刺史之庭，可見下情上達之難。

四層由下而上，由近及遠，語勢喧騰，勁氣貫串，暴露中唐吏治的腐化和民情難伸之狀，如非妙運層遞，何克此功！

又其〈送廖道士序〉云：

> 五岳於中州，衡山最遠。南方之山巍然高而大者以百數。獨衡為宗。最遠而獨為宗，其神必靈。衡山之南八九百里，地益高，山益峻，水清而益駛，其最高而橫絕南北者嶺。郴之為州，再嶺之上，測其高下，得三之二焉，中州清淑之氣於是焉窮。氣之所窮，盛而不過，必蜿蟺扶輿，磅礴而鬱積。衡山之神既靈，而郴之為州，又當中州清淑之氣，蜿蟺扶輿，磅薄而鬱積。其水土之所生，神氣之所感，白金水銀丹砂石英鍾乳橘柚之包、竹箭之美、千尋之名材，不能獨

當也，意必有魁奇忠信材德之民生其間，而吾又未見也，其無乃迷
惑溺沒於老佛之學而不出邪？（《韓昌黎文集》第四卷）

此序開局甚奇，以層遞法由「地靈」引至「人傑」，步步收束，次序巧妙，若
分條析縷，可得二端：

其一為空間的壓縮。作者先由五岳開始，謂「五岳於中州，衡山最遠」，
繼而點出衡山，云「衡山之南八九百里，地益高，山益峻，水清而益駛，其
最高而橫絕南北者嶺」，復由衡山帶至五嶺〔註61〕；「郴之為州，在嶺之上」，
幾經轉折，方道出郴州位置所在。如此由外而內，由大而小，循序漸進，畢
現層遞之妙，與歐陽修〈醉翁亭記〉相彷彿〔註62〕。

其二為境界的轉換。寫衡山，以其「最遠而獨為宗」，知「其神必靈」；
道郴州，則「中州清淑之氣於是焉窮」，其氣必盛。神靈而氣盛，自能孕育名
物，「其水土之所生，神氣之所感，白金水銀丹砂石英鍾乳橘柚之包、竹箭之
美、千尋之名材，不能獨當也」；既有名物，而不能獨當，則「意必有魁奇忠
信材德之民生其間」，借名物點出奇人。可見作者心思極細，以「神」、「氣」、
「物」、「人」四層遞進，由虛返實，一氣呵成，使文情的張力達到飽和。

此外，韓愈〈送楊少尹序〉借二疏故事與楊少尹相比，經不如、相同、
超越三層漸進，巧妙地彰表楊君〔註63〕。其轉換處以虛筆帶過，無跡可尋。
層遞法運用至此，已臻出神入化的境界。

七、側筆烘托，形象生動

古人作文，常透過豐富的想像，運用側筆，將一個人或某件事物描繪得
活靈活現，狀溢目前，讓讀者如身歷其境，親見親聞一般。以現代修辭學而
言，是為「示現」〔註64〕。如韓愈〈送李愿歸盤谷序〉云：

太行之陽有盤谷，盤谷之間，泉甘而土肥，草木叢茂，居民鮮少。
或曰：「是谷也，宅幽而勢阻，隱者之所盤旋。」友人李愿居之。
愿之言曰：「人之稱大丈夫者，我知之矣。利澤施于人，名聲昭于時，
坐于廟朝，進退百官，而佐天子出令。其在外，則樹旗旄，羅弓矢，

〔註61〕謂自衡山以南至海有五嶺：大庾、始安、臨賀、桂陽、揭陽等。
〔註62〕〈醉翁亭記〉亦採用空間壓縮的層遞法，最後點出醉翁亭的位置。吾師沈謙
　　　　《修辭學》第十九章有詳論。
〔註63〕參考本章第一節・第三目的分析。
〔註64〕詳吾師沈謙《修辭學》第八章。

武夫前呵，從者塞途，供給之人，各執其物，夾道而疾馳。喜有賞，怒有刑，才畯滿前，道古今而譽盛德，入耳而不煩。曲眉豐頰，清聲而便體，秀外而惠中，飄輕裾，翳長袖，粉白黛綠者，列屋而居，妒寵而負恃，爭妍而取憐，大丈夫之遇知於天子，用力於當世者之所為也。吾非惡此而逃之，是有命焉，不可幸而至也。

窮居而野處，升高而望遠，坐茂樹以終日，濯清泉以自潔。採於山，美可茹；釣於水，鮮可食，起居無時，惟適之安。與其有譽於前，孰若無毀於其後？與其有樂於身，孰若無憂於心？車服不維，刀鋸不加，理亂不知，黜陟不聞，大丈夫不遇於時者之所為也，我則行之。伺候於公卿之門，奔走於形勢之途，足將進而趑趄，口將言而囁嚅。處穢汙而不羞，觸刑辟而誅戮，徼倖於萬一，老死而後止者，其於為人賢不肖何如也？」（《韓昌黎文集》第四卷）

此序文妙處，全在借李愿口中痛罵世人，而與己絲毫無涉。作者筆酣墨飽，辭鋒激射，運用側筆，使三等不同人物躍然紙上，對比鮮明，形象生動：

其一為「用力於當世者」。此等人手握權柄，取寵於上，憑一己的喜怒論賞行罰。出則「武夫前呵，從者塞途」，飛揚拔扈，大開排場；入則賓客滿前，歌功頌德，盈耳不絕。奴僕眾多，養尊處優；妻妾成群，荒淫腐化。雖名為「大丈夫」，實乃國賊祿蠹。

其二為「不遇於時者」。遠離名利，安適自在，與山水為伴，既無升沈榮辱的煩惱，也不受刑戮的要脅，追求「無毀於其後」、「無憂於其心」般的生活。

隱士的行跡，為人所樂道，然以利祿之徒作對比，更覺清高。韓愈猶嫌不足，復以「倖進小人」相襯，「足將進而趑趄，口將言而囁嚅」，奴顏婢膝，人格喪盡。相形之下，益顯隱士的可貴。

韓愈以重雙對比，狀三等形象，維妙維肖，入木三分，側筆顯現，如歷目前。不惟如此，這篇文章還兼具辭賦、騈儷、散文之美。運用許多排偶，錯落變化，辭采富麗清新，音調鏗鏘有力。雖然後世對此文爭議頗多，引發兩極不同的評價〔註65〕，卻都無損其藝術價值。

〔註65〕如蘇軾評云：「歐陽文忠公嘗謂晉無文章，惟陶淵明〈歸去來〉一篇而已；余亦以謂唐無文章，惟韓退之〈送李愿歸盤谷〉一篇而已。平生願效此作一篇，每執筆輒罷，因自笑曰：『不若且放教退之獨步。』」（《蘇軾文集》第六十六卷）章士釗則嗤之以鼻，名之為「韓退之第一惡札」，並舉方回之言抨擊之，詳《柳文指要‧通要之部》卷六「第韓」。

用側筆示現，不一定要長篇敘述，有時寥寥數筆，就能使文章有畫龍點睛的效果。如韓愈〈送殷員外序〉云：

> 唐受天命為天子，凡四方萬國，不問海內外，無大小，咸臣順於朝。時節貢水土百物，大者特來，小者附集。
>
> 元和睿聖文武皇帝既嗣位，悉治方內就法度。十二年，詔曰：「四方萬國，惟回鶻於唐最親，奉職尤謹。丞相其選宗室四品一人，持節往賜君長，告之朕意，又選學有經法通知時事者一人，與之為貳。」由是殷侯侑自太常博士遷尚書虞部員外郎兼侍御史，朱衣象笏，承命以行。
>
> 朝之大夫，莫不出餞。酒半，右庶子韓愈執盞言曰：「殷大夫，今人適數百里，出門惘惘，有離別可憐之色；持被入直三省，丁寧顧婢子語，刺刺不能休。今子使萬里外國，獨無幾微出於言面，豈不真知輕重大丈夫哉！丞相以子應詔，看誠知人，士不通經，果不足用。」
>
> 於是相屬為詩以道其行云。（《韓昌黎文集》第四卷）

元和十二年，憲宗欲討平准西吳元濟的叛亂，回鶻又請婚不已。〔註66〕朝廷鑒於財政困難，因詔宗正少卿李孝誠及太常博士殷侑出使斡旋，以求延緩婚期，即詔書中「告之朕意」的真實內容。

文章的前二段，大致將此事件的背景交代一番。然而作者避重就輕，諸如「悉治方內就法度」、詔書中「惟回鶻於唐最親」等語，不過是官樣文章，未足採信。事實上，這次出使關係到國家安危，意義重大，任務艱巨。作者寫這篇贈序相送，可說對殷侑寄予相當厚望。

全文的焦點放在第三段。如何突顯殷侑，是頗費勘酌的。作者放棄用盛大的祖餞作渲染，也沒有俗氣的祝願和頌辭，筆鋒一側，由一般士大夫的表現說起。「今人適數百里，出門惘惘，有離別可憐之色；持被入直三省，丁寧顧婢子語，刺刺不能休」，寥寥數語，就將他們猥瑣庸碌的狀貌刻劃得十分傳神；接著「今子使萬里外國，獨無幾微出於言面」，殷侑出使萬里外國之前，在言語和面色上竟絲毫沒有流露畏難之色和眷念之情。如此兩相對照，涇渭分明，突顯出殷侑是位懂得以國家為重、個人為輕的大丈夫。

這篇文章之所以成功，是因作者構思細膩，觀察入微，從不同的著眼點入手，使人物特性在簡短的字句中跳脫而出，不費吹灰之力，絕非一般諛功

〔註66〕詳《新唐書・回鶻傳》卷二一七、《資治通鑑》卷二四〇。

頌德的贈序文字所能相比。此外，如柳宗元〈送婁圖南秀才遊淮南將入道序〉描述文士的浮薄、符載〈荆州與楊衡說舊因送遊南越序〉寫山居苦讀的生活，都是以側筆示現的例子。

第七章　中唐贈序文反映的社會現象

　　無庸置疑的，任何形式的文學皆可反映社現象，贈序自然也不例外，衹是反映的程度較輕、層次較淺而已。原因何在呢？贈序是一門應酬性質的文體，既然爲應酬性質，在寫作上不免受到限制。它通常是以文人之間的情誼爲主要訴求，對於週遭事物較不關心，或僅以爲陪襯。因此，當涉及時事議論時，無法如史論性文字可以敘事圓備，是非分明；而往往是籠統含糊，隱晦難辨的。

　　基於上述理由，本章不得不稍加省略贈序文中旁及事物現象的探索，而著重在文人本身生命型態的考察，從而瞭解他們的行爲對當時社會造成的衝擊和影響。以下將中唐贈序文所反映的社會現象，分爲「文章的浮濫賣弄」、「功名的盲目奔逐」、「士風的輕薄隳壞」等三節論述之。

第一節　文章的浮濫賣弄

　　就唐代而言，中唐是贈序文發展的高峰，作品數量之多，冠於各期〔註1〕。此不僅意味著文人的互動關係愈形頻繁密切，也顯示「贈人以言」的行爲模式已蔚爲風尙。當然，一種文體的興盛，固爲美事，但如果重量而不重質，流於浮濫，則將帶來負面影響，應酬文字尤其是如此。近世張鏞〈應酬文十難說〉嘗言：

　　　　文之傳世行遠者，必有眞氣存乎其間而不可磨滅，故能歷千百年而
　　　　光景常新。彼人世應酬之文，眞氣不存，雖其間文筆之美惡，固有

〔註1〕參考本書第二章・第三節。

不佺，而名手俗工，同歸於盡。此何以故？大抵其事其人之不足傳，
有以致之，未可概以委之於文也。蓋率爾應酬之作，其難有十，得
一一而畢說焉。壽頌哀誄、行述傳文、諛墓之辭，釂金之序、木妖
之記，題本平庸，無甚妙諦，難一；所述之人，率碌碌無盛美可傳，
不能供作者之議論揮霍，難二；世道好諛，必虛辭飾說以誇眩於人，
不必其生平所實有與將來所可至，難三；人情善猜，往往無意爲文，
偶值深邃，即可爲隱刺，索瘢獲戾，難四；侈言門第，並牽附海內
通顯，形激影射，以資光彩，喧賓奪主，難五；援引古聖賢行事以
相比儗，鈔撮勦襲，千首雷同，難六；首述先世，次及其身，下逮
子孫弟姪，並祝其福澤不窮，如印板刻定，不能有生動之致，難七；
主文例借顯者，從無謀面之雅，述交遊處，必以意斡旋，扭捏可笑，
難八；文限於格，毋許任意長短，長則溢輻，短則謂其寥寥不經，
難九；屏幛咸合眾力爲之，主人之升沈甘苦，不得私言其所以，難
十。〔註2〕

張氏對於應酬文章的弊害，確能切中肯綮，闡釋得淋漓盡致。又王葆心《古
文辭通義》云：

文家有不必作之題，有不應作之文，大抵皆應酬文類也。而文之所
以不古，與爲之輒不工者，率由乎此。前代文家，竟有畢世溺於此
而不能自拔者，亦可傷也。〔註3〕

可見應酬文章的浮濫，自古已然，後人繼踵，遂習爲通病。故臨文之際，當
矜愼自持，切不可輕易爲之。

中唐贈序文中，有相當多的作品，正如張、王二家所言，有浮濫的毛病。
關於這個問題，方介先生就曾提到：「六朝至唐，贈序之作逐漸蔚爲風尚。此
類文章本以勉人向善爲貴，而當時作序者，牽於人情，往往虛言相讚，敷衍
成篇。獲贈美言者，亦多用以誇示於人，自高身價，而不知用以自勵。因此，
贈序之作愈多，即愈浮濫。」〔註4〕方氏的見解大致正確，但不夠詳細。茲就
其造成浮濫的原因，具體分析如下：

首先，贈序具有贈送行爲，既然是送人之作，作者或認爲非正式作品，
可以率性而爲。於是有刻意逞才以示炫耀，或爲文造情以博好感，更甚者顚倒

〔註2〕轉引自王葆心《古文辭通義》卷十五。
〔註3〕見〈文之總以人者〉卷五。
〔註4〕見方介《韓柳文比較研究》第四章‧第一節（79年臺大中文研究所博士論文）。

是非以混淆視聽。總之，違反了「修辭立其誠」〔註5〕的原則，就連一代文宗韓愈也不能免。例如李愿分明是一位結納權幸，貪黷無厭的世家子弟〔註6〕，韓愈卻在〈送李愿歸盤谷序〉中說他是隱士、清流；殷侑受命出使回鶻，分明是形勢危殆，〈送殷員外序〉還寫得一派大唐聲威遠播的模樣。

再者，中唐文人大批出遊〔註7〕，或赴考，或謀職，或遊歷，增加了彼此間的交往機會，寫贈序也成為當時流行的交際手腕。孰料大家一窩蜂跟進，不論有無需求，祇要是離別的場合，都不能免俗地奉上一篇。久而久之，習慣成自然，不寫似乎說不過去。於是在趨從流俗的情形下所寫出來的文章，其內容如何也就可想而知了。

中唐此類的贈序作品太多，無法盡舉，茲引梁肅〈送謝舍人赴朝廷序〉以示大端：

> 初公以文似相如，得盛名於天下。大曆再居獻納，俄典書命，時人謂公視三事大夫，猶寸步耳。爾來六七年，同登掖垣者，已迭操國柄，而公方自廬陵守入副九卿，器大舉遲，不其然歟？
>
> 前史稱漢文帝對賈生語至夜半，且有不早見之歎，矧公才為國華，識與道并，當欽明文思之日，繼宣事前席之事，必將敷陳至論，超覆右職，使賢能者勸，彼棘寺竹刑，豈君子淹心之地乎？
>
> 亦既撰吉，晉陵主人於夫子有中朝班列之舊，是日惜歡會不足，乃用觴豆宴酬，以將其厚意，意又不足，則陳詩贈之，屬而和者凡十有一人。小子適受東觀之命，從公後塵，行有日矣。存乎辭者，祇以道詩人之意而已；至於瞻望不及之思，不敢自序云。（《全唐文》卷五一八）

全文並無特殊意義，祇是沈悶無奇的敘事和不實的稱美組合而成。有張鏞所謂「虛辭飾說以誇眩於人，不必其生平所實有，與將來所可至」、「援引古聖賢行事以相比儗，鈔撮勦襲，千首雷同」之嫌。試問這樣的文章，有何留傳價值？

〔註5〕《周易・乾卦文言》：「九三曰：『君子終日乾乾，夕惕若，厲无咎，何謂也？』子曰：『君子進德脩業，忠信，所以進德也；脩辭立其誠，所以居業也。知至至也，可與幾也；知終終之，可與存義也。』」不論說話或作文，立誠為第一要務。

〔註6〕前人論之已詳，此不贅述，可參章士釗《柳文指要・通要之部》卷六「韓退之第一惡札」。

〔註7〕可參考本書第四章・第二節或陳凱莉《唐代遊士研究》第三、四章（82年台大中文研究所碩士論文）。

然而，這並不代表中唐的贈序作品都是如此。平心而論，贈序發展至中唐，已將初、盛唐以來華靡的文風收斂不少。尤其韓愈、柳宗元二人，更突破傳統格局，為贈序一體注入新血，獲致相當的藝術成就。可惜剩下大部份其餘作家的作品，仍如前述之例，乏善可陳，千篇一律，祇能說這是當代文人因循養成的陋習。

第二節　功名的盲目奔逐

中國古代掄才取士，原無客觀標準。魏晉以來用九品官人法，形成世族門第壟斷政治權力和社會資源，下層的平民百姓，任憑如何努力，也難有翻身的機會。至唐代實行科舉制度，無論何人都可藉由公平的競爭登上政治舞台，與門閥勢力抗行。這對於一般的寒門子弟而言，無異是極大的誘因。

尤其進士一科獨貴，亦得人最盛，所謂「縉紳雖位極人臣，不由進士者，終不為美」〔註8〕。進士不僅倍受重用〔註9〕，且社會地位尊崇，連皇帝都企羨三分〔註10〕，更何況市井小民！於是天下靡然風從，每逢秋冬之際，沒沒無聞的才穎之士分由四面八方會集京城，無非都想一舉躍登龍門。

怎奈競爭激烈，獲選實難，百人之中才取一二〔註11〕。相較於大多數的舉子來說，「名落孫山」是共同普遍的結果。儘管如此，大家仍然不屈不撓，愈挫愈勇，最後換來的，常是連年落第和重重打擊。可是有人偏不死心，不惜白首舉場，拼命以赴，史料中並不乏這類的記載〔註12〕。

〔註8〕見《唐摭言》卷一「散序進士條」。
〔註9〕武后專政後，大量擢用進士，據卓遵宏先生統計，當時最高官職宰相有五分之一為進士出身，遠較初唐百分之五為多。（《唐代進士與政治》第二章‧第一節）又據毛漢光先生統計數據顯示，安史之亂前官吏中進士出身比例為百分之一一‧七三，安史之亂後驟升至百分之三六‧七五。詳其《唐代統治階層社會變動》附錄表35（57年政治大學政治研究所博士論文）。
〔註10〕《唐語林‧企羨》：「宣宗愛羨進士，每對朝臣，問：『登第否？』有以科名對者，必有喜，便問所賦詩賦題，並主司姓名。或有人物優而不中第者，必嘆息久之。嘗于禁中題『鄉貢進士李道龍』，宦官知書，自文、宣二宗始。」
〔註11〕按卓遵宏先生統計，唐代平均每次錄取進士為二五‧七五人。（詳《唐代進士與政治》緒言）。高宗時，劉祥道上疏曰：「今之選司取士，傷多且濫，每年入流數過一千四百。」（《舊唐書‧本傳》）故百人中才取一二，不為虛言。
〔註12〕如《唐摭言》卷十「海敍不遇」：「歐陽澥者，四門之孫也，薄有辭賦，出入場中僅二十年。」又：「劉得仁，貴主之子，自開成至大中三朝，昆弟皆歷貴仕，而得仁苦於詩，出入舉場三十年，竟無所成。」又如《文獻通考》卷二

　　他們奮戰不懈的情神固然可感，但隱藏在內心底層的，卻是無限的辛酸與無奈，白居易〈送侯權秀才序〉中的主角就是活生生的例子，其文云：

　　貞元十五年秋，予始舉進士，與侯生俱爲宣城守所貢。明年春，予中春官第。既入仕，凡歷四朝，才朽命剝，蹇躓不暇。去年冬，蒙不次不恩，遷尚書郎，掌誥西掖，然青衫未解，白髮已多矣。時子尚爲京師旅人，見除書，走來賀，予因從容問其官名，則曰：「無得矣。」問其生業，則曰：「無加矣。」問其僕乘囊資，則曰：「日消月朘矣。」問別來幾何時？則曰：「二十有三年矣。」嗟呼侯生！當宣城別時，才文志氣，我爾不相下。今予猶小得過，子卒無成，由子而言，予不爲不遇矣。嗟呼侯生！命實爲之，謂之何哉？言未竟，又有行色，且曰：「欲謁東諸侯，恐不知我者多，請一言以寵別。」予方直閣，慨然竊書，命筆以序之爾。（《全唐文》卷六七五）

侯生混跡京城二十三年，功名無得，一事無成，生計無資，末了祇落得四處遊走乞賑，還怕諸侯不識而拒絕，處境堪憐，令人唏噓不已。

　　又柳宗元〈送辛殆庶下第遊南鄭序〉云：

　　今辛生固窮而未達，遲久不試，……然而遷延三北，蹢躅不振，……今則囊如懸磬，傭室寓食，方將適千里，求仁人，被冒畏景，陟降棧道。（《柳宗元集》卷二三）

又權德輿〈送從舅泳入京序〉云：

　　從舅詞甚茂，行甚修，嘗見其緣情百餘篇，得騷楚之遺韻，故江南煙翠，多在句中。蓬累江湖，坎壤終歲，而衣不襲，突不黔，彼乘堅驅良，滅沒於康莊者，復何人者哉？縣從舅而言，可以言命。冬十一月，可以大被單衣，絜書笈西遊，且見訪曰：「予不試久矣，道不可以終窶，今將遊上京，抵名卿，以決出處，其可乎哉？」（《全唐文》卷四九二）

文人宿命的悲哀，實莫過於此！他們既無縛雞之力，除吟詩作文，難有其他能耐；又無多元的價值，任憑大環境的支配與擺佈，盲目地、缺乏自省地隨波逐流、趨世徇物。今觀中唐贈序作品，內容不論赴舉、落第、干謁、或應

　　九「選舉考」云：「昭宗天復元年赦文，令中書門下選擇新及第進士中，有人在名場才沾科級，年齒已高者，不拘常例，各授一官，於是禮部侍郎杜德祥奏揀到新及第進士陳光問年六十九、曹松年五十四、王希禹年七十三、劉象年七十、柯崇年六十四、鄭希顏年五十九。」

辟，有太多都是爲這些人而寫的。文中麻木的勸慰和鼓勵，更加重他們的包袱，可說篇篇都是悲劇。後之覽者，祇能目睹這一齣齣的悲劇上演又落幕。

第三節　士風的輕薄隳敗

經過前節的討論，可知唐代文人盲從又貪婪地追逐名利，認爲唯有擁抱名利才能夠證明人生的意義和價值。當此一意識型態固定後，生命的主體性便消失了，隨之而來的，是由內在的盲目無知而導向外在行爲的脫軌，於是乎「文人無行」的種種現象，也就不足爲奇。

曹丕〈又與吳質書〉云：「觀古今文人，類不護細行，鮮能以名節自立。」〔註13〕明代屠隆亦有深慨云：「文人言語妙天下，譚天人，析性命，陳功德，稱古今，布諸通都，懸于日月，亦既洋洋灑灑矣。苟按之身心，毫不相涉，言高于青天，行卑于黃泉，此與能言之鸚鵡何異？」〔註14〕其實文人瑕累的問題，古今皆然，非惟唐代獨有。不過唐代似乎特別嚴重，這不得不說是與進士科以文選士有關。歐陽詹〈送李孝廉及第東歸序〉云：

> 明經自漢而還，取士之嘉也。經也者，聖人講善之錄，志立身正，
> 家齊國理，在乎其中。……邇來加取比興屬詞之流，更曰「進士」，
> 則近於古之立言也。爲時稍稱，其傈俸浮薄之輩，希以無爲有，雖
> 中乾外稿，多捨明趨進。（《全唐文》卷五九六）

唐代重進士而輕明經，對士風影響至鉅。進士科試詩文，固然可以判別智愚，卻失去經學的教化陶鎔，習者徒逞文辭之能，不重修身敦品。柳宗元〈送韋七秀才下第求益友序〉亦暢言其弊云：

> 若今由州郡抵有司求進士者，歲數百人，咸多爲文辭，道今語古，
> 角夸麗，務富厚。有司一朝而受者幾千萬言，讀不能十一，即偃仰
> 疲耗，目眩而不欲視，心廢而不欲營，如此而曰吾能不遺士者，僞
> 也。（《柳宗元集》卷二三）

可見進士科競爭激烈，連有司都難以應付，儘管文有揚馬餘烈，詩有李杜高才，也可能變爲一堆廢紙。因此，在公平性大打折扣的情形下，士子爲求登第，莫不各出奇招，上書行卷、投刺干謁、聲氣標榜、結棚造勢等種種惡行

〔註13〕見明張溥輯《全上古三代秦漢三國六朝文·魏文帝集》卷七。
〔註14〕見屠隆《鴻苞節錄·文行》卷六（轉引自《中國古代文論類編·作家論四》）。

惡狀，層出不窮，貽笑大方。柳宗元〈送婁圖南秀才遊淮南將入道序〉假婁君之口道出這幫文人的醜態，其文云：

> 今夫取科者，交權勢，倚親戚，合則插羽翮，生風濤，吾無有也；不則饜飲食，馳堅良，以歡于朋徒，相貿為資，相易為名，有不諾者，以氣排之，吾無有也；不則多筋力，善造請，朝夕屈折於恆人之前，走高門，邀大車，矯笑而僞言，卑陬而姁媮，偷一旦之容以售其伎，吾無有也。（《柳宗元集》卷二五）

權德輿〈送從兄穎遊江西序〉則云：

> 自十數年間，戎車居天下之半，故純白清靜之士，多鬱而不發。其或倚佳名，席勢卿，以取富貴者，皆朝爲屠沽，夕拖章組，風波變化，以萬萬計。（《全唐文》卷四九二）

又其〈奉送崔二十三丈諭德承恩致仕東歸舊山序〉云：

> 夫士能自審出處之宜而不惑者鮮矣，或圖於利欲，四顧滿志；或沒於黨類，不能自還。響非強志峻節，皦然清屬，大圭不琢，獨鶴無侶，難乎哉！（《全唐文》卷四九一）

中唐以後，進士科更盛，於是文風更爲澆薄，奔競更趨激烈，道德更加淪喪，以致整個社會的靡爛，達於極點。以上數例，多少反映了此一現象。一般有關唐史研究的論者，多認爲唐代士風浮薄是科舉制度下的必然結果。制度設計的不良，固然難辭其咎，但制度只是客觀的條件，最主要的關鍵還是在文人本身能不能自律，能不能言行合一。好比前舉婁秀才、權德輿之言，他們都明瞭士風敗壞的現象，但當自己面對名利的誘惑時，是否也能臨節不苟？恐怕很難說。

再者，士風的敗壞是存在於當時的普遍現象，柳宗元曾在〈送賈山人南遊序〉文中，概歎久居京師三十三年，竟從未遇到一位「學而爲己」的人〔註15〕，因爲求學不過是大眾追求名利的手段而已。可見不論及第或是落第，是庶民還是官僚，祇要是讀書人，似乎都有一揮之不去的劣根性，如影隨形。然而唐代進士科考，正好扮演催化的角色，促使這些文士的弊病加速顯露，加速惡化罷了。

〔註15〕〈送賈山人南遊序〉云：「傳所謂學以爲己者，是果有其人乎？吾長京師三十三年，遊鄉黨，入太學，取禮部吏部科，校集賢祕書，出入去來，凡所與言，無非學者，蓋不啻百數，然而莫知所謂學而爲己者。」（《柳宗元集》卷二五）

第八章　結　論

　　本書第一至第七章，已將中唐贈序文，由外而內，做全面性的研究分析；並詳考贈序一體的源流所出，檢測該體在唐代嬗變的情形。茲為求執簡馭繁，謹就各章的主要重點，歸納分疏如後：

一、贈序的起源甚早，單就性質而言，可以溯及春秋戰國時代。如《荀子》、《老子》、《詩經》的篇章中，皆有「贈人以言」的義例可循。再就形式而言，六朝以還，文人好將贈言化為文字，於是有「贈詩」的產生。詩前常有簡短序文相附，以說明詩作的大意與撰述緣由，是謂「贈詩之序」，此即贈序文最初的雛形。至於最早出現的贈序之作，相傳是晉代傅玄的〈贈扶風馬鈞序〉、潘尼的〈贈二李郎詩序〉。事實上不然，據本書考證，曹植〈于圈城作贈白馬王彪詩序〉才是當今可考史料中最早的一篇贈序文。及乎唐代，贈序文的性質與寫作方式有極大的改變，不僅篇幅增長，內容亦擴大，逐漸脫離與贈詩的主從關係，進而擁有獨立的文學生命。

二、唐代贈序文的流變過程，可劃分為初、盛、中、晚四期。初唐的贈序文不多，皆為駢體。其風格大致有兩種：一為閎博富麗兼淒愴豪放，代表作家有王勃、駱賓王、陳子昂等；二為典雅凝重兼華貴雍容，如張說，蘇頲、張九齡等人之作即是。盛唐時期的贈序文，文體駢散夾雜，內容受政治變動因素影響而改變，由「粉飾盛時」轉為「指陳時弊」。在風格上，較初唐多樣，如賈至、顏真卿的骨鯁清剛，李白的縱橫狂放，任華、元結的清新俊爽，皆各有所長。中唐時期是贈序文發展的高峰，作家和作品的數量，冠於各期。在韓愈、柳宗元二人致力於古文運動的理論與實踐下，使贈序一體由駢入散，內容脫胎換骨，突破因襲的俗套。韓愈

以文章技巧取勝，柳宗元以思想深刻獨步；其餘諸家之作，則內容豐富，取材廣泛，頗能反映當時的政治制度、社會現象與文人行誼。晚唐時期，贈序文突然由盛轉衰，作品廖廖可數。究其原因，大致有二：其一為古文發展走向偏鋒，難以突破；其二為政治的動亂，使文人但求苟全性命，無心創作。然而諸作中仍有可觀者，如陸龜蒙的諷諭筆法、杜牧的駁辯風格都十分特別。

三、中唐贈序文的時代背景，主要有三點：

（一）內憂外患的頻繁

安史之亂後，唐室動盪不已，內有宦官玩弄政權、藩鎮割據自雄；外有吐蕃、回鶻、南詔等異族的侵略。惟憲宗元和年間，稍得安定。

（二）進士科考的鼎盛

中唐時期，戰爭造成世族門閥勢力的消融，進士科因此而更盛。不論公卿後裔，或寒門子弟，皆以之為無上榮耀，遂奔競成風。

（三）辟署制度的流行

唐中葉以後，藩鎮氣燄囂張，擁兵自重，不理會中央的號令，自行辟署僚屬。這對大批落弟的舉子和未釋褐的進士而言，不失為另一種入仕途徑。他們給予士人的待遇，甚至比朝廷還要優渥，因此投效者愈來愈多，也使藩鎮勢力更為雄厚，儼然成為半獨立國。

四、中唐贈序文的內容豐富，題材廣泛，就贈送對象的身份而言，可分為宦官、文士、僧道三種。其中以贈送宦官的作品最多，內容可分為赴任、出使、致仕、貶謫等。贈與文士的作品，內容最為豐富，可分為赴試、干謁、擢第、落第、歸鄉、覲省、赴幕、出遊、訪師、隱逸等，顯示當代文人多采多姿的遊歷生活。贈與僧道的作品，內容較為單純，不外雲遊、傳教二種，其中反映了文士與僧道的往來情形。

五、中唐贈序文的思想內涵，以韓愈、柳宗完較為深刻、開闊，主要有五點：

（一）儒釋道三家的紛論

中唐贈序文中論及三教關係者，僅韓愈、柳宗元、皇甫湜三人。韓愈、皇甫湜主張「闢佛尊儒」，他們從政治倫理、社會經濟的層面來排斥佛教，雖嫌偏頗，卻足以振聾發瞶，激發儒者自信；柳

宗元對於三教的態度較爲客觀，強調以儒爲主，融合各學派的新觀念。他們的立場不盡相同，時有爭議，但都有助於儒學的復興。

（二）民本觀念的提倡

中唐贈序文中闡述民本思想者，僅柳宗元、韓愈二人。柳宗元〈送寧國范明府詩序〉、〈送薛存義之任序〉二文，痛陳當時吏治的腐敗，並提出官吏是替人民做事的公僕，而非役使人民的思想；韓愈的〈送許郢州序〉與〈贈崔復州序〉，揭示「保民」、「養民」的觀念及爲官應有之道。二人的憂國憂民，可說是儒家民本精神的體現。

（三）積極進取的人生態度

唐代文人的生活態度，最爲積極。尤其對仕途慾望，遠比任何朝代都強烈。中唐贈序文著實反映了此種心聲，如權德輿、柳宗元、歐陽詹的作品皆是。他們直言不諱，毫無愧色，以儒家「窮則獨善其身，達則兼濟天下」的精神爲指標。

（四）經世教化的文學宗旨

中唐適值古文運動的盛行，故贈序文中多反映儒家復古尙用的文學思想。如權德輿、韓愈、呂溫、歐陽詹等人的作品中，有重道者，有宗經者，雖然他們個別的文學觀有些微差異，但都講求實用功能，同歸於經世教化一途。

六、中唐贈序文的藝術技巧，仍以韓愈、柳宗元二人成就最高，可分爲兩方面來說明：

（一）謀篇布局

中唐贈序的謀篇布局靈活變化，大致有「夾敘夾議」、「文中立柱」、「借賓定主」、「反正相生」、「抑揚互用」、「先案後斷」等法。夾敘夾議法中又有先敘後議，先議後敘、以敘事爲議論等三種變化。文中立柱法，能使文意首尾貫通，無蹇躓之病，中唐贈序作品中，以韓愈、柳宗元、皇甫湜善用此法。尤其韓愈〈送孟東野序〉，以「鳴」字成文，被譽爲千古絕唱。借賓定主法，由題外引來作陪者，以襯出主角的地位。如韓愈〈送楊少尹序〉以漢代二疏故事，分三層與楊少尹對比，彰顯楊君之賢，轉折處以虛筆帶過，渾然無跡，運用最爲巧妙。反正相生、抑揚互用二法，柳宗元堪稱獨詣，〈送寧國范明府詩序〉、〈送賈山人南遊序〉、〈送文郁師序〉等

作皆神靈變化，使文勢產生落差，有虛實映帶、波瀾起伏之妙。先案後斷法，先敘明立案，以己意分論，後將事實填入補證。中唐贈序文運用此法不多，唯于邵、息夫牧、柳宗元、呂溫等各有一篇。然皆能自樹新意，辨理明晰，深得箇中三味。

（二）修辭方法

中唐贈序文所使用的修辭方法甚多，如用現代修辭學來分析，大致以「用典」、「譬喻」、「婉曲」、「警策」等四種辭格較爲特出。就「用典」而言，以柳宗元最精擅，如其〈送邠寧獨孤書記赴辟命序〉、〈送辛殆庶下第遊南鄭序〉、〈送文暢上人登五臺遂遊河朔序〉諸篇，捃摭經傳，適地而用，毫無艱澀勉強之感。就「譬喻」而言，中唐贈序文取譬多方，意蘊豐富，不論「明喻」、「隱喻」、「略喻」、「借喻」等方式皆有用之。諸作中尤以沈亞之〈送韓靜略序〉、符載〈說玉贈蘭陵蕭易簡遊三峽序〉採「正喻夾寫」法，通篇用譬喻與正意挽合，借物理以喻人情，分外細膩傳神。其次爲婉曲、警策兩法，亦《文心雕龍》的「隱」、「秀」二義。中唐贈序文中，獨以韓愈能就此二義淋漓發揮。就「隱」的運用而言，韓愈每寄以深意，不欲說破，必於言外求之，如其〈送董邵南序〉、〈送王含秀才序〉、〈送許郢州序〉者，含蓄曲折，使人悠悠想見；又其〈送浮屠文暢師序〉、〈送廖道士序〉、〈送高閑上人序〉之作，則申儒斥佛，微辭吞吐，而分寸尤極周洽。無論含蓄折、微辭吞吐，皆極盡變化，並冶一爐，得自然之致。就其「秀」的表詮而言，韓愈自鑄偉辭，議論風生。如其〈送高閑上人序〉、〈送孟東野序〉、〈送董邵南序〉、〈送溫處士赴河陽軍序〉諸作，秀句橫空，警策絕倫；又其〈送廖道士序〉、〈贈崔復州序〉、〈送楊少尹序〉，妙用層遞，語勢增強；其〈送李愿歸盤谷序〉、〈送殷員外序〉，則側筆示現，狀溢目前。凡此種種，皆秀之一端，韓愈參差並用，萬慮一交，得劉勰「動心驚耳，逸響笙匏」之效。

七、中唐贈序文反映的社會現象，大抵著重在當代文人本身的生命型態與行爲模式，主要可分爲三點：

（一）文章的浮濫賣弄

中唐是贈序文發展的高峰，作品不在少數，可惜重量不重質，有

應酬文浮濫的弊病。除了韓愈、柳宗元二人及少數其他作家的作品較爲深刻嚴謹外，其餘內容則大率浮淺，言不及義，多稱頌之辭而少規勉之意，可謂趨從流俗的麻木之作。

（二）功名的盲目奔逐

中唐贈序文中，以赴考，及第、落第、赴幕、干謁爲主題的作品佔有多數，顯示當時文人出遊的目的就是在追逐功名。但這些行爲並未爲大多數文人謀得安身立命之地，反而得到的是漫無止境地奔波和失意後的鬱鬱而終。如白居易〈送侯權秀才序〉中的描寫最爲沈痛，頗值讀書人借鑑深思。

（三）士風的輕薄隳壞

文人既認定追求功名是人生唯一的價值所在，伴隨而來的，是不擇手段，以達到目的，於是「文人無行」的種種現象，也就不足爲奇。尤其進士及第極爲困難，文人莫不各出奇招，以求登用。如上書行卷、投刺干謁、聲氣標榜、結棚造勢等惡行惡狀，層出不窮，貽笑大方。中唐贈序文不乏對這群文人醜態的描述。如柳宗元〈送韋七秀才下第求益友序〉、〈送婁圖南秀才遊淮南將入道序〉、權德輿〈送從兄穎遊江西序〉、〈奉送崔二十三丈論德承恩致仕東歸舊山序〉等文皆有嚴厲的批判。

綜觀中唐贈序文，不論是文章的情志內涵，抑或外在藝術技巧的表現，仍以韓愈、柳宗元最爲傑出，不愧是當代文壇的領袖。二人所寫的贈序文，擺脫了傳統的寫作方式，不爲麻木的客套和隨意的敷衍，而能就題發揮，有的放矢，並講究文章技法變化，故後世極讚二人之作，良有以也。不過從相對的角度來看，二家並非毫無瑕疵。如柳宗元的贈序文過於平實，較無參差跌宕之姿。韓愈則稍嫌強辭奪理，如其〈送浮屠文暢師序〉、〈送高閑上人序〉祇一味闢佛，有以偏概全之嫌；又偶爾違反「修辭立其誠」的原則，如其〈送李愿歸盤谷〉、〈送汴州監軍俱文珍序〉二文，被後世闢韓派學者引爲譏柄，口誅筆伐，對於他在中國文壇的地位，有不小的打擊。

中唐其餘諸家的贈序文，鋒芒盡爲韓、柳掩蓋，可論者並不多。然而這些作品反映了當時政治和社會的各種現象，文學價值雖不如韓、柳之作，但是在史學的研究上，卻不容忽視其重要性。

重要參考書目

一、經史子類

1. 《十三經注疏》，藍燈出版社。
2. 《說文解字注》，許慎，天工書局。
3. 《戰國策》，劉向，里仁書局。
4. 《史記》，司馬遷，鼎文書局。
5. 《漢書》，班固，鼎文書局。
6. 《後漢書》，范曄，鼎文書局。
7. 《三國志》，陳壽，鼎文書局。
8. 《晉書》，房玄齡，鼎文書局。
9. 《宋書》，沈約，鼎文書局。
10. 《梁書》，姚思廉，鼎文書局。
11. 《北齊書》，李白藥，鼎文書局。
12. 《周書》，令孤德棻，鼎文書局。
13. 《隋書》，魏徵，鼎文書局。
14. 《舊唐書》，劉昫，鼎文書局。
15. 《新唐書》，歐陽修，鼎文書局。
16. 《資治通鑑》，司馬光，藝文印書館。
17. 《通典》，杜佑，新興書局。
18. 《唐會要》，王溥，台灣商務印書館。
19. 《通志》，鄭樵，台灣商務印書館。
20. 《文獻通考》，馬端臨，中文出版社。

21. 《冊府元龜》，王欽若，台灣中華書局。

22. 《白孔六帖》，白居易，新興書局。

23. 《初學記》，徐堅，中文出版社。

24. 《四庫全書總目提要》，紀昀，台灣商務印書館。

25. 《偽書通考》，張心澂，鼎文書局。

26. 《貞觀政要》，吳兢，宏業書局。

27. 《二十二史箚記》，趙翼，鼎文書局。

28. 《唐才子傳》，辛文房，廣文書局。

29. 《宋高僧傳》，贊寧，商務影印文淵閣四庫全書。

30. 《唐摭言》，王定保，世界書局。

31. 《唐語林》，王讜，世界書局。

32. 《唐詩紀事校箋》，計有功，巴蜀書社。

33. 《登科記考》，徐松，中文出版社。

34. 《幽閒鼓吹》，張固，新文豐叢書集成新編。

35. 《容齋續筆》，洪邁，台灣商務印書館。

36. 《閒情偶記》，李漁，廣文書局。

37. 《越縵堂讀書記》，李慈銘，世界書局。

38. 《唐集敘錄》，萬曼，明文書局。

39. 《廣川跋》，董逌，新文豐叢書集成新編。

40. 《書小史》，陳思，新文豐叢書集成新編。

41. 《老子纂箋》，錢穆，東大圖書公司。

42. 《莊子集釋》，郭慶藩，華正書局。

43. 《荀子》，荀況，台灣中華書局。

二、詩文集類

1. 《王子安集》，王勃，商務四部叢刊影印明刊本。

2. 《駱賓王集》，駱賓王，商務四部叢刊影印明刊本。

3. 《陳伯玉文集》，陳子昂，商務四部叢刊影印明刊本。

4. 《曲江張先生集》，張九齡，商務四部叢刊影印明刊本。

5. 《李太白全集》，李白，北京中華書局。

6. 《李遐叔文集》，李華，商務影印文淵閣四庫全書。

7. 《元次山文集》，元結，商務四部叢刊影印明刊本。

8. 《毘陵集》，獨孤及，商務四部叢刊影印亦有生齋校本。

9. 《權載之文集》，權德輿，商務四部叢刊影印無錫孫氏本。

10. 《華陽集》，顧況，商務影印文淵閣四庫全書。

11. 《韓昌黎文集校注》，韓愈，華正書局。

12. 《柳宗元集》，柳宗元，華正書局。

13. 《歐陽行周文集》，歐陽詹，商務四部叢刊影印明正德本。

14. 《呂和叔文集》，呂溫，商務四部叢刊影印瞿氏本。

15. 《白氏文集》，白居易，商務四部叢刊影印宋本原書。

16. 《劉夢得文集》，劉禹錫，商務四部叢刊影印宋本原書。

17. 《皇甫持正文集》，皇甫湜，商務四部叢刊影印宋刊本。

18. 《沈下賢文集》，沈亞之，商務四部叢刊影印明刊本。

19. 《甫里先生文集》，陸龜蒙，商務四部叢刊影印明鈔本。

20. 《樊川文集》，杜牧，商務四部叢刊影印明刊本。

21. 《歐陽修全集》，歐陽修，北京中國書店。

22. 《蘇軾文集》，蘇軾，北京中華書局。

23. 《南雷文定》，黃宗羲，新文豐書集成新編。

24. 《曾文正公全集》，曾國藩，文海出版社。

25. 《昭明文選》，蕭統，華正書局。

26. 《漢魏六朝百三家集》，張溥，世界書局。

27. 《全上古三代秦漢三國六朝文》，嚴可均，北京中華書局。

28. 《全唐文》，董誥，大化書局。

29. 《全唐文拾遺》，陸心源，大化書局。

30. 《全唐文續拾遺》，陸心源，大化書局。

31. 《文苑英華》，李昉，新文豐書局。

32. 《唐文粹》，姚鉉，世界書局。

33. 《唐宋八大家文鈔》，茅坤，商務影印文淵閣四庫全書。

34. 《古今文綜》，張相，中華書局。

35. 《古文辭類纂》姚鼐，華正書局。

36. 《精選近代名人尺牘》，編輯部，新文豐書局。

37. 《昌黎先生詩集注》，顧嗣立，學生書局。

38. 《孟東野詩集》，孟郊，商務四部叢刊影印明刊本。

39. 《李賀詩集》，李賀，里仁書局。

40. 《蘇軾詩集》，蘇軾，北京中華書局。

41. 《唐詩品彙》，高棅，學海出版社。

三、文論類

1. 《文心雕龍》，劉勰，文光出版社。
2. 《文心雕龍讀本》，王更生，文史哲出版社。
3. 《文心雕龍斠詮》，李曰剛，中華叢書編審委員會。
4. 《文章精義》，李塗，莊嚴出版社。
5. 《文則》，陳騤，莊嚴出版社。
6. 《文章辨體》，吳訥，中央圖書館藏明徐洛重刊本。
7. 《文章指南》，歸有光，廣文書局。
8. 《藝概》，劉熙載，金楓出版社。
9. 《涵芬樓文談》，吳曾祺，臺灣商務印書館。
10. 《畏廬論文》，林紓，文津出版社。
11. 《韓柳文研究法》，林紓，廣文書局。
12. 《漢魏六朝專家文研究》，劉師培，台灣中華書局。
13. 《古文析義》，林雲銘，廣文書局。
14. 《古文通論》，馮書耕、金仞千，中華叢書編審委員會。
15. 《古文辭通義》，王葆心，台灣中華書局。
16. 《柳文指要》，章士釗，華正書局。
17. 《韓愈志》，錢基博，華正書局。
18. 《文法津梁》，宋文蔚，蘭臺書局。
19. 《作文百法》，許恂儒，廣文書局。
20. 《文章例話》，周振甫，蒲公英出版社。
21. 《文學研究法》，姚永樸，廣文書局。
22. 《文學研究》，郭象升，正中書局。
23. 《文學概論》，涂公遂，華正書局。
24. 《文體論纂要》，蔣伯潛，正中書局。
25. 《文體論》，薛鳳昌，臺灣商務印書館。
26. 《中國古代文體學》，褚斌杰，學生書局。
27. 《古代散文文體概論》，姜濤，山西人民出版社。
28. 《古代散文文體概論》，陳必祥，文史哲出版社。
29. 《韓文選析》，胡楚生，華正書局。
30. 《杜牧散文研》，呂武志，學生書局。

31. 《唐代文學研究》（第一輯），西北大學中文系，山西人民出版社。
32. 《中國文學史論文選集》（三），羅聯添，學生書局。
33. 《中國古代文論類編》，賈文昭，海峽文藝出版社。
34. 《修辭鑑衡》，王構，臺灣商務印書館。
35. 《辭格匯編》，黃民裕，湖南出版社。
36. 《字句鍛鍊法》，黃永武，洪範書局。
37. 《修辭學》，黃慶萱，三民書局。
38. 《修辭學》，沈謙，國立空中大學出版。
39. 《修辭方法析論》，沈謙，宏翰文化事業。
40. 《文心雕龍與現代修辭學》，沈謙，益智書局。

四、文學史及批評史類

1. 《中國散文史》（中冊），郭預衡，上海古籍出版社。
2. 《中國散文史》，陳柱，臺灣商務印書館。
3. 《中國駢文史》，劉麟生，臺灣商務印書館。
4. 《中國文學批評史》，郭紹虞，文史哲出版社。
5. 《中國文學發展史》，劉大杰，華正書局。
6. 《中國文學批評史》，羅根澤，學海出版社。
7. 《增訂中國文學史初稿》，王忠林，福記文化圖書公司。
8. 《唐代古文運動探究》，黃春貴，八德教育文化出版社。

五、專 書

1. 《唐代文化史》，羅香林，台灣商務印書館。
2. 《唐代政教史》，劉伯驥，台灣中華書局。
3. 《隋唐五代史》，傅樂成，眾文圖書公司。
4. 《唐史新論》，李樹桐，台灣中華書局。
5. 《中國政治思想史》，蕭公權，聯經出版社。
6. 《中國學術思想史》，鄺士元，里仁書局。
7. 《中國民本思想史》，金耀基，台灣商務印書館。
8. 《新編中國哲學史》，勞思光，三民書局。
9. 《中國思想史》，韋政通，水牛出版社。
10. 《中國官制史》，孫文良，文津出版社。
11. 《唐代文苑風尚》，李志慧，文津出版社。
12. 《佛教與中國文學》，孫昌武，東華書局。

13. 《韓愈研究》，羅聯添，學生書局。

14. 《唐代後期儒學的新趨向》，張躍，文津出版社。

15. 《唐代文學的文化精神》，鄧小軍，文津出版社。

16. 《唐代考選制度》，唐振楚，考選部。

17. 《唐代進士與政治》，卓遵宏，國立編譯館。

18. 《唐代幕府與文學》，戴偉華，現代出版社。

19. 《晚唐的社會文化》，淡江中文系編，學生書局。

六、期刊論文類

1. 〈唐代贈序初探〉，梅家玲，《國立編譯館館刊》第十三卷第一期。

2. 〈淺談古代序文和贈序〉，潘玉江，《外交學院學報》1988 年第三期。

3. 〈論古文中之贈序文〉，黃振民，《國文學報》第十五期。

4. 〈論以序名篇之古文〉，黃振民，《教學與研究》第十期。

5. 〈〈滕王閣序〉的兩個問題〉，屈萬里，《大陸雜誌》第十六卷第九期。

6. 〈雜論唐代古文運動〉，錢穆，《新亞學報》第三卷第一期。

7. 〈唐代古文家開拓散文體裁的貢獻〉，朱迎平，《文學遺產》1990 年第一期。

8. 〈中晚唐古文趨向新議〉，葛曉音，《北京大學學報》1987 年第五期。

9. 〈初盛唐文的演進與古文運動〉，王祥，《文學遺產》1987 年第一期。

10. 〈由雅入俗：中晚唐文壇大勢〉，林繼中，《人文雜誌》1990 年第三期。

11. 〈韓愈與宦官〉，蔣凡，《學術月刊》1980 年 1 月號。

12. 〈唐代的進士放榜與宴集〉，傅璇琮，《文史》第二十三輯。

13. 〈韓愈〈送楊少尹序〉的寫作技巧〉，胡楚生，《書和人》第六四〇期。

14. 〈曲折含蓄的〈董邵南遊河北序〉〉，劉子驤，《中文自學指導》1985 年第四期。

15. 〈讀韓愈〈送孟東野序〉〉，周振甫，《寫作》第 1983 年第五期。

16. 〈生動形象，具別一格——讀韓愈〈送李愿歸盤谷序〉〉，洪本健，《中文自學指導》1985 年第四期。

17. 〈唐宋之際社會門第之消融〉，孫國棟，《新亞學報》第四卷第一期。

18. 〈唐文述略〉，高文，（載《唐代文學研究》第一輯，山西人民出版社）。

19. 〈論唐代的文學社會與文學崇拜〉，龔鵬程，（載《晚唐的社會文化》，學生書局）。

20. 〈論韓愈〉，陳寅恪，（載《中國文學史論文選集（三）》，學生書局）。

21. 〈論唐代士風與文學〉，臺靜農，（載《中國文學史論文選集（三）》學生

書局）。

22. 《唐代統治階層社會變動》，毛漢光，政治大學政治研究所 57 年博士論文。

23. 《韓柳比較研究》，方介，台灣大學中文研究所 79 年博士論文。

24. 《柳宗元散文研究》，金容杓，台灣大學中文研究所 74 年碩士論文。

25. 《唐代遊士研究》，陳凱莉，台灣大學中文研究所 82 年碩士論文。

附錄：論韓愈贈序作品之隱秀

前　言

　　贈序是一種臨別贈言之作，發端於晉，而極盛於唐，乃文人酬酢之格套、情感之橋樑。若究其源流，則事涉繁褥。大抵而言，蓋由書序，贈序及詩序脫化而來。魏晉以下，文人設宴祖餞，銜觴賦詩後以文章記述其事，繫於詩前；或親朋故舊，臨別之際，專事叮囑，以序離襟，皆爲贈序之體也。

　　韓愈贈序之作，明清以來廣受推崇，如陳衍置爲韓文第二（僅次傳狀碑志）。姚姬傳《古文辭類纂》云：「唐初贈人，始以序名，作者亦眾。至於昌黎，乃得古人之意，其文冠絕前後作者。」至如林琴南《韓柳文研究法》則曰：「贈送序是昌黎絕技。歐王二家，王得其骨，歐得其神，歸震川亦可謂能變化矣，安能如昌黎之飛軒絕跡邪？」其鑽仰若此。可知韓公妙腕，實爲古今第一。

　　今觀其三十四篇贈序，篇篇奇絕變化，隱顯無常，且能擺落俗套，獨樹一幟。茲以劉勰《文心雕龍》「隱秀」二義爲之分論，以明其遣辭措意之精警，謀篇布局之靈動，進而窺視韓文之蘊奧。

一、旋繞屈曲，鑿險縋幽

　　《文心雕龍・隱秀篇》云：「隱也者，文外之重旨也；秀也者，篇中之獨拔者也。隱以複意爲工，秀以卓絕爲巧，斯乃舊章之懿績，才情之嘉會也。」此已闡明「隱秀」之義界。然以現代修辭學而言，「隱」即「婉曲」，「秀」即「警策」。婉曲可分爲含蓄、曲折、吞吐、微辭四類；警策則包括映襯、示現、層遞、頂針等。韓公實不愧爲「隱秀」之能手，將此八類修辭方法交參遞用

於贈序諸作中,煥發奪目光彩。茲先就其「隱」之修辭分析,如〈送許郢州序〉:

> 凡天下之事,成於自同而敗於自異。爲刺者恒和於其民,不以實應乎府;爲觀察使者恆急於其賦,不以情信乎州。繇是刺史不安其官,觀察使不得其政,財已竭而斂不休,人已窮而賦愈急,其不去爲盜也亦幸矣。刺史曰:「吾州之民天下之民也,惠不可以獨厚。」觀察使亦曰:「某州之民天下之民也,斂不可以獨急。」如是而政不均,令不行者,未之有也。其前之言者,于公既已信而行之矣;今之言者,其有不信乎?縣之於州,猶州之於府也。有以事乎上,有以臨乎下,同則成,異則敗者皆然也。非使君之賢,其誰能信之?

中唐賦稅苛酷,所謂「四海無閒田,農夫猶餓死」。郢州爲唐朝賦稅來源要地,當時之觀察使于頔,橫暴日甚,賦斂苛急,韓公乃借許仲輿任郢州刺史之機,託文諷刺。然于頔爲一方連帥,地位尊崇,自不可輕易爲之規諫。故韓愈不直攖其鋒,將刺史與觀察使對舉成文,以爲二者貴在情通,情通則「成同」,可使政均令行;情不通則「敗異」,造成「財已竭而斂不休,人已窮而賦愈急」,百姓終迫而爲盜也。

此序善用曲折,巧妙遮掩,似規刺史,實責于公,而語調平和宛然,分寸拿捏恰當,不失爲一流說辭。又如〈送董邵南序〉:

> 燕趙古稱多感慨悲歌之士。董生舉進士,連不得志於有司,懷抱利器,鬱鬱適茲土,吾知其必有合也。董生勉乎哉!

> 夫以子之不遇時,苟慕義彊仁者皆愛惜焉!矧燕趙之士,出乎其性者哉!然吾嘗聞風俗與化移易,吾惡知今不異於古所云邪?聊以吾子之行卜之也。董生勉乎哉!

> 吾因之有所感,爲我吊望諸君之墓,而觀於其市,復有昔時屠狗者乎?爲我謝曰:「明天子在上,可以出仕矣!」

此文意分三層:第一層先云古之河北多感慨悲歌之士,董生前往,必能與之相合,此臨別贈言一般說辭;繼而筆鋒一轉,轉至風俗教化古今懸隔,董生此行,合不合也未一定,此第二層之意也;第三層欲董生吊樂毅之墳,勸屠狗者出仕,方顯作者眞意。

董邵南一介窮苦書生,雖負青雲之志,卻屢不見用於朝,祗得求合於藩鎮。昌黎既痛其才不爲世用,又反對藩鎮割據,故董生欲適茲土,以至友立

場，不便亟言阻止，祇能含蓄委婉曉以大義。尤其末段舉「望諸君」、「屠狗者」之典故，與文章開頭「燕趙古稱多感慨悲歌之士」相呼應，眞話中有話，令董生自行尋繹。

望諸君乃樂毅之封號，曾受燕昭王重用，立下破齊之功。惜昭王一死，燕惠王聽信讒言，罷樂毅兵權，迫其流亡趙國，鬱鬱而終，樂毅之命尚如此，董生又必能遇知音否？

屠狗者即《史記・刺客列傳》所載燕國之狗屠。荊軻死於秦，高漸離爲其報仇，亦不幸遭秦王誅戮，獨狗屠不知下落。燕太子丹當時祇重用荊軻，狗屠則未獲尊重，可見「觀於其市，復有昔時屠狗者乎？」暗示董生河北不去也罷，前去結果，好不過樂毅，壞則如狗屠，況樂毅早亡，狗屠不復者哉！

通篇僅百餘字，而縝密圓備，消息多方，實「婉曲」之典範。劉大櫆評曰：「退之以雄奇勝人，獨此篇與〈送王秀才含序〉，深微屈曲，讀之覺高情遠韻，可望不可及。」又胡楚生則云：「贈序之體，文公雖最稱絕詣，然而似此篇者，則又轉折往復深沈之尤難者也。」二公之評，鞭辟入裏。

韓文雄渾奇崛，以陽剛勝，然其陰柔之作，亦有時而見，如〈送王秀才含序〉，抑劉大櫆所謂「深微屈曲」者：

> 吾少時讀〈醉鄉記〉，私怪隱居者無所累於世，而猶有是言，豈誠旨於味邪？及讀阮籍、陶潛詩，乃知彼雖偃蹇，不欲與世接，然猶未能平其心，或爲事物是非相感發，於是有託而逃焉者也。若顏氏子操瓢與簞，曾參歌聲若出金石，彼得聖人而師之，汲汲每若不可及，其於外也固不暇，尚何麴蘖之託，而昏冥之逃邪？吾又以爲悲醉鄉之徒不遇也。

王含乃詩人王績後裔，沈淪下層，懷才不遇。韓公作序相貽，勉其以聖人爲師，勿以仕途失意而憂。然不欲直說，引其祖王績〈醉鄉記〉評之，用心良苦。林雲銘云：「王含不遇而行，正當無聊不平之際。送之者，若言君相不能用才，有犯時忌；即勉其當以聖人爲師，汲汲自治，不必以不遇介意，又未免爲迂闊唐突，俱難下筆也。」昌黎空中起步，以〈醉鄉記〉引論師聖之意，含蓄十分，既未「犯時忌」，亦不「迂闊唐突」。

王績者，初唐之隱士也。不遇於朝，遯入山林，著〈醉鄉記〉以寄意。韓公以其「未能平其心」，「爲事物是非相感發」，孤高傲世，逃入醉鄉，其行徑不足取，乃不欲王含步其後塵；次舉顏回，曾參，雖逢困阨而不改其志，

意氣昂揚，樂觀進取，與夫王績之行何異霄壤？蓋二子「得聖人而師之」故也！王含應何抉擇，此已昭然若揭。

然作者意猶未盡，段末「吾又以爲悲醉鄉之徒不遇也」云云，照應全局，意在王績若遇聖人，必恭以爲師，而不介懷仕途進退，從此安貧樂道，心平氣和。此言略顯狡獪，一則彌縫王績之失，爲己開脫；二則更增王含師聖信心，爲己立說。行文至此，含蓄曲折，而圓融無礙，言在此而意在彼，真鏡花水月之妙諦也。

二、微辭吞吐，藏鋒不露

大凡物不得其平則鳴。文公身處亂世，見文弊道喪，毅然以聖人爲師。故發以爲文，輒借古爲諷，洩其不平之緒；微辭褒貶，痕跡不落，乃深得古人之意也。其贈序諸作，亦多有此法，如〈送浮屠文暢師序〉：

> 民之初生，固若禽獸夷狄然。聖人者立，然後知宮居而粒食，親親而尊尊，生者養而死者藏。是故道莫大乎仁義，教莫正乎禮樂刑政，施之於天下，萬物得其宜；措之於其躬，體安而氣平。堯以是傳之舜，舜以是傳之禹，禹以是傳之湯，湯以是傳之文武，文武以是傳之周公孔子，書之於冊，中國之人世守之。今浮屠者，孰爲而孰傳之邪？

> 夫鳥俛而啄，仰而四顧；夫獸深居而簡出，懼物之害也，猶且不脫焉。弱之肉，強之食。今吾與文暢安居而暇食，優游以生死，與禽獸異者，寧可不知其所自邪？

首段蓄勢而發，飛流直下，若銀河之落九天。意在聖人立教，以仁義爲本，使人「知宮居而粒食，親親而尊尊，生者養而死者藏」，以別於禽獸夷狄。復以禮樂刑政施於天下，使社會安定，萬物各得其宜，此皆其所爲也；聖人之道，由未久遠，代代相傳，由堯以至周公孔子，「書之於冊，中國之人世守之」，此又其傳也。韓公著眼「爲」、「傳」二字，僅「今浮屠者，孰爲而孰傳之邪？」一句，圖窮匕現，譏浮屠無爲無傳，與禽獸夷狄無異。

後段更絕妙！作者筆鋒陡變，置浮屠不論，乃將人與禽獸比對。禽獸易罹害，因其不知「道」及弱肉強食之故；人知「道」，得以安居而粒食。道乃聖人所立，故人之福自聖人來。「寧可不知其所自邪？」語雖婉轉，實斥浮屠沐聖人之恩而背聖人之道。

　　文公生平，最惡浮屠，而送文暢，礙於子厚請託，又不得過為貶抑之詞，可謂「明知山有虎，偏往虎山行」，下筆之難，可見一斑。然此序立言有本，真氣充溢，及論闢佛之意，則微辭譏諷，直中要害，累擒累縱，毫不鬆手，當可與〈原道〉篇枕藉而觀。

　　〈送高閑上人序〉亦昌黎名篇。此作奇想天外，竟借論藝闢佛，令人驚絕：

> 今閑之於草書，有旭之心哉！不得其心，而逐其跡，未見其能旭也。
> 為旭有道，利害必明，無遺錙銖，情炎於中，利欲鬥進，有得有喪，
> 勃然不釋，然後一決於書，而後旭可幾也。今閑師浮屠氏，一死生，
> 解外膠，是其為心，必泊然無所起；其於世，必淡然無所嗜，泊與
> 淡相遭，頹墮委靡，潰敗不可收拾，則其於書，得無象之然乎？然
> 吾聞浮屠人善幻，多技能，閑如通其術，則吾不能知矣。

韓公以為學書如張顛者，其心必受天地事物之變，世俗情欲之激，方寓之於書，得神靈變化。高閑師浮屠，摒棄世俗之欲，解脫死生之門，以泊淡之心出之，自無入於草書之道。此就書學觀點言之，頗為後世詬病，而此序意不在論書，而在闢佛。「頹墮委靡，潰敗不可收拾」，明斥浮屠不堪世用，「得無象之然」、「善幻」則微辭暗諷，指浮屠迷離恍惚，有旁門左道之嫌。此處一明一暗，痛快沈著，看似寬筆為高閑開脫，實乃雪上加霜，復揭一層皮，令高閑哭笑不得。又〈送廖道士序〉：

> 五岳於中州，衡山最遠。南方之山巍然高而大者以百數，獨衡為宗，
> 最遠而獨為宗，其神必靈。衡之南八九百里，地益高，山益峻，水
> 清而益駛，其最高而橫絕南北者嶺。郴之為州，在嶺之上，測其高
> 下，得三之二焉。中州清淑之氣於是焉窮。氣之所窮，盛而不過，
> 必蜿蟺扶輿，磅礴而鬱積，衡山之神既靈，而郴之為州，又當中州
> 清淑之氣，蜿蟺扶輿，磅礴而鬱積。其水土之所生，神氣之所感，
> 白金水銀丹砂石英鍾乳，橘柚之包，竹箭之美，千尋之名材，不能
> 獨當也。意必有魁奇忠信材德之民生其間，而吾又未見也。其無乃
> 迷惑溺沒於老佛之學而不出邪？　廖師郴民，而學於衡山，氣專而
> 容寂，多藝而善遊，豈吾所謂魁奇而迷溺者邪？廖師善知人，若不
> 在其身，必在其所與遊，訪之而不吾告，何也？於其別，申以問之。

「地靈人傑」素乃中國歷來之說，本文發端於此，由衡山、郴州之靈秀引出

魁奇之民。時廖道士正自薰然之際，忽爾一句「吾又未見也」吹落美名，使其空喜一場。結以「其無乃迷惑溺沒於老佛之學而不出邪」、「豈吾所謂魁奇而迷溺者邪」二句疑問，吊足胃口，復令之忐忑不安。

幾經糾纏後，「魁奇之民」究屬廖道士否？作者吞吐其辭，不欲說破。末尾「廖師善知人，若不在其身，必在其所與遊，訪之不吾告，何也？」將「魁奇之民」推到他人，使廖道士大失所望，內心久難平復。林琴南嘗評：「此在事實上則謂之騙人，而在文字中當謂之幻境。昌黎一生忠骾，而為文乃狡獪如是，令人莫測。」

昌黎攘斥佛老，此又一例也。通篇雲委波屬，極有步驟，以吞吐之筆，翻弄成文。林氏又云：「此文製局甚險，似泰西機器，懸數千萬斤之巨椎於樑間，以鐵繩作轆轤，可以疾上疾下。置表於質上，驟下其椎，椎及表面玻璃乃止，分毫無損也。」此譬高明允當，足證韓文為文收放自如，行於所當行，止於所不可不止也。

三、橫空之筆，警策絕倫

由前舉諸例，知昌黎操觚，頗能蓄素弸中，含不盡之意，將「隱」之精妙淋漓發揮。然文獨為「隱」，則嫌不足，必待以「秀」之並彎矣。李曰剛先生云：「兩者必須相輔而行，甚至可以合內外之道而為一體。故彥和相提並論，以為文惟既隱且秀，始能使其臻於藏鋒不露，而可發人深省之致。」其言良是。

韓公之於「秀」，亦不謂弱，其贈序諸作，秀句連出，神采外揚。尤以文章開頭橫空之筆，天外飛來，提振全文，誠劉勰所謂「篇中之獨拔者也」，如〈送孟東野序〉：

> 大凡物不得其平則鳴。草木之無聲，風撓之鳴；水之無聲，風蕩之鳴。其躍也，或激之；其趨也，或梗之；其沸也，或炙之。金石之無聲，或擊之鳴。人之於言也亦然，有不得已者而后言，其歌也有思，其哭也有懷，凡出乎口而為聲者，其皆有弗平者乎？

當頭一句「大凡物不得其平則鳴」，橫空而來，出人意表，斯乃全文之命題，後世之成語者也。其造意精警，顯豁響亮，實陸機〈文賦〉：「立片言而居要，乃一篇之警策。」此句一得，文勢大盛，如長江滾滾而來，隨即據此引論，杼軸自成，全篇不脫一「鳴」字。錢基博《韓愈志》評云：「〈送孟東野序〉、〈送高閑上人序〉，憑空發論，妙遠不測，如入漢武帝建章宮、隋煬帝迷樓，

千門萬戶，不知所出。而正事正意，止瞥然一見，在空際蕩漾；恍若大海中日影，空中雷聲，此莊子內外篇、逍遙遊、秋水章法也。」〈送高閑上人序〉亦著同工異曲之妙：

> 苟可以寓其巧智，使機應於心，不挫於氣，則神完而守固，雖外物至，不膠於心。堯舜禹湯治天下，養叔治射，庖丁治牛，師曠治音聲，扁鵲治病；僚之於丸，秋之於弈，伯倫之於酒，樂之終身不厭，奚暇外慕！夫外慕徙業者，皆不造其堂，不嚌其胾者也。

前六句由浮屠之反向立論，雋捷廉悍，胎息莊孟，亦不可多得之警句。為固其論說，援例以證，使無置喙餘地，與〈送孟東野序〉如出一轍。

平舖直敘，易生板滯，韓文每能詭譎多變，乃其發端不落俗套耳。若〈送溫處士赴河陽軍序〉者，其始則又見警策：

> 伯樂一過冀北之野，而馬群遂空。夫冀北馬多天下，伯樂雖善知馬，安能空其群邪？解之者曰：「吾所謂空，非無馬也，無良馬也。伯樂知馬，遇其良，輒取之，群無留良焉。苟無良，雖謂無馬，不為虛語矣。」

溫處士名造，隱居東都，乃當世賢者，受聘於河陽軍節度使烏重胤。韓公妙文相贈，取譬伯樂之典，俱讚溫生之賢，烏公之善識。儲欣評云：「發端一句最著意，最擔斤兩，此處得手，以後更不費力。」昌黎以憑空之語，創鮮活意象，喻體喻依又妥貼自然，雖非驚采絕豔，亦足竦人耳目。此外，〈送董邵南序〉開張：「燕趙古稱多感慨悲歌士。」神來一句，策動全文，光焰氣力兼備，當傳誦不朽，為後世襲用。

韓文佳篇不乏，秀句尤夥，且憑空飛來，警策絕倫，東坡〈潮州韓文公廟碑〉云其：「匹夫而為百世師，一言而為天下法。」良非虛譽！

四、層層相映，狀溢目前

層遞乃「秀」之一法，若能巧妙運用，可使語意條暢，文氣健勁，而無葳蕤雜遝之病。韓公頗擅此法，尤其贈序之作，亦多用之。如〈贈崔復州序〉云：

> 雖然，幽遠之小民，其足跡未嘗至城邑，苟有不得其所，能自直於鄉里之吏者鮮矣，況能自辨於縣吏乎？能自辨於縣吏者鮮矣，況能自刺史之庭乎？由是刺史有所不聞，小民有所不宣。賦有常而民產無恒，水旱癘疫之不期，民之豐約懸於州，縣令不以言，連帥不以

信，民就窮而斂愈急，吾見刺史之難爲也。

此段極寫百姓伸冤之難，刺史與縣令、觀察使不以情通。「縣令不以言」，指縣令置百姓死生不顧，堵塞言路，欺上壓下，報喜不報憂，以全己位；「連帥不以信」，觀察使不明下情，或知情不憫，而急於聚斂，不恤民命。人民既賤若螻蟻，又能如何？昌黎在此分四層遞進：

第一層「其足跡未嘗至城邑」。幽遠小民，恐其一生終老家鄉，未曾至城市，若有不平之情，惟自吞嚥而已。

第二層「苟有不得其所，能自直於鄉里之吏者鮮矣」，民冤既無處可陳，故能達於鄉里之吏者，寥可數矣。

第三層「能自直於鄉里之吏者鮮矣，況能自辨於縣吏乎」。達於鄉里之吏者已寡，則更難通於縣吏者。

第四層「能自辨於縣吏者鮮矣，況能自辨於刺史之庭乎」。幾無通於縣者，遑論其辨於刺史，可見下情上達之難。

四層由下而上，語勢喧騰，勁氣貫串，暴露中唐吏治腐化，民情難伸之狀，苟非妙運層遞，何克此功！又〈送廖道士序〉：（原文見151頁）

此序開局甚奇，以層遞之法，由「地靈」而至「人傑」，步步收束，次序巧妙；又縱橫變化，不主故常，使人莫知其極。若分條析縷，則得二端：

其一爲空間之壓縮。作者先由五岳開始，「五岳於中州，衡山最遠」，繼而點出衡山：「衡之南八九百里，地益高，山益峻，水清而益駛，其最高而橫絕南北者嶺」，復由衡山帶至五嶺；「郴之爲州，在嶺之上」，幾經轉折，方道出郴州所在。如此由外而內，由大至小，循序漸進，具現層遞之妙，歐公〈醉翁亭記〉與之相垺也。

其二爲境界之轉換。寫衡山，以其「最遠而獨爲宗」，知「其神必靈」；道郴州，則「中州清淑之氣於是焉窮」，其氣必盛。神靈氣盛，自能孕育名物，所謂「其水土之所生，神氣之所感，白金水銀丹砂石英鍾乳，橘柚之包，竹箭之美，千尋之名材，不能獨當也」。既有名物，而不能獨當，則「意必有魁奇忠信材德之民生其間」，借名物點出奇人。此作文心極細，神、氣、物、人四層遞進，由虛返實，波瀾頓生，非僅引出廖道士，亦隱現韓公闢佛巧意。

昌黎運用層遞之最善者，莫過〈送楊少尹序〉：

昔疏廣、受二字，以年老，一朝辭位而去，于時公卿設供張，祖道都門外，車數百兩，道路觀者，多歎息泣下，共言其賢。漢史既傳

其事，而後世工畫者又圖其跡，至今照人耳目，赫赫若前日事。

國子司業楊君巨源方以能詩訓後進，一旦年滿七十，亦白丞相去歸其鄉。世常說古今人不相及，今楊與二疏，其意豈異也？予忝在公卿後，遇病不能出，不知楊侯去時，城門外送者幾人？車幾輛？馬幾疋？道邊觀者，亦有嘆息知其以賢以否？而太史氏又能張大其事，爲傳繼二疏蹤跡否？不落莫否？見今世無工畫者，而畫與不畫，固不論也。然吾聞楊侯之去，丞相有愛而惜之者，白以爲其都少尹，不絕其祿，又爲歌詩以勸之，京師之長於詩者亦屬而和之，又不知當時二疏之去，有是否？古今人同不同，未可知也。

楊巨源一介凡夫，既無顯赫官銜，又非文壇高才，看來無一可著筆處，二疏乃漢之賢者也，令名聞於昔日，事蹟著於史冊。韓公由此入手，首段先寫二疏離京之景，簡潔生動；次段以三層對比，借疏形楊：

第一層「世常說古今人不相及，今楊與二疏，其意豈異也？予忝在公卿後，遇病不能出，不知楊侯去時，城門外送者幾人？車幾輛？馬幾疋？道邊觀者，亦有嘆息知其爲賢以否」。此承首段而來，以爲楊侯可與二疏相比，卻未敢肯定，若其送行場面冷清，豈非自摑耳光？故昌黎假託「遇病」，虛擬四問，將楊侯不如二疏處輕筆帶過。

第二層「而太史氏又能張大其事，爲傳繼二疏蹤跡否？不落莫否？見今世無工畫者，而畫與不畫，固不論也」。至於史官立傳，畫師作畫，乃未可預知之事，暗示楊侯之清風高節，足與二疏比肩。

第三層「然吾聞楊侯之去，丞相有愛而惜之者，白以爲其都少尹，不絕其祿，又爲歌詩以勸之，京師之長於詩者，亦屬而和之，又不知當時二疏之去，有是事否？古今人同不同，未可知也」。楊侯告老退休，復爲少尹，增秩而不奪其俸，又眾人詩歌贈行，此等殊榮，非二疏所有。故昌黎就少尹之評，由同於二疏，進而超越二疏。

如此難著之文，經不如、相同、超越三層漸進，巧妙彰表巨源。其轉換處以虛筆爲之，盡去斧鑿痕跡，使人徒見成功之美，不悟所致之由，層遞運用至此，已臻化境矣！

〈送楊少尹序〉能卓爾不群，非僅層遞之功而已，亦乃善用「對比」，對比者，「秀」之一法也，可使意象鮮活，主題明確，如〈送李愿歸盤谷序〉：

愿之言曰：「人之稱大丈夫者，我知之矣。利澤施于人，名聲昭于時，

坐于廟朝，進退百官，而佐天子出令；其在外，則樹旗旄，羅弓矢，武夫前呵，從者塞途，供給之人，各執其物，夾道而疾馳；喜有賞，怒有刑，才畯滿前，道古今而譽盛德，入耳而不煩；曲眉豐頰，清聲而便體，秀外而惠中，飄輕裾，翳長袖，粉白黛綠者，列屋而閒居，妒寵而負恃，爭妍而取憐，大丈夫之遇知於天子，用力於當世者之所爲也。吾非惡此而逃之，是有命焉，不可幸而致也。

窮居而野處，升高而望遠，坐茂樹以終日，濯清泉以自潔。採於山，美可茹；釣於水，鮮可食；起居無時，惟適之安。與其有譽於前，孰若無毀於其後，與其有樂於身，孰若無憂於其心。車服不維，刀鋸不加，理亂不知，黜陟不聞，大丈夫不遇於時者之所爲也，我則行之。

伺候於公卿之門，奔走於形勢之途，足將進而趑趄，口將言而囁嚅。處穢污而不羞，觸刑罰而誅戮，徼倖於萬一，老死而後止者，其於爲人賢不肖何如也？」

茲文之妙，在假他人之口痛罵世人，而與己一些無涉。作者筆酣墨飽，辭鋒激射，三等不同人物躍然紙上，對比強烈，形象生動：

其一爲「用力於當世者」。此等人手握權柄，取寵於上，憑己之喜怒論賞行罰。出則「武夫前呵，從者塞途」，飛揚拔扈，大開排場；入則賓客滿前，歌功頌德，盈耳不絕。奴婢眾多，養尊處優，姬妾成群，荒淫腐化。雖名爲「大丈夫」，實乃國賊祿蠹。

其二爲「不遇於時者」。遠離名利，安適自在，與山水爲伴，既無升沈榮辱之煩，亦不受刑戮之脅，追求「無毀於其後」、「無憂於其心」般生活，李愿歸隱盤谷，即從此也。

隱士之行，眾所稱焉，然以利祿之徒對比，更見其清高。昌黎仍嫌不足，復以「倖進小人」與之相襯。「足將進而趑趄，口將言而囁嚅」，奴顏婢膝，人格喪盡。相形之下，益顯隱士可貴。

韓公以雙重對比，狀三等形象，蘊藉傳神，如歷目前。東坡讚曰：「歐陽文忠公嘗謂晉無文章，惟陶淵明〈歸去來兮〉一篇而已；余亦以謂唐無章，惟韓退之〈送李愿歸盤谷序〉一篇而已。」其推崇若此。東坡所評，固一時戲語，然此序去糟存液，秦漢渾穆，六朝高華，兼容並蓄，爲歷來文家之所取資。

五、結　論

　　昌黎以前之贈序，多為駢體。其內容大率浮淺，缺乏真情實感。目光所及，不脫勸慰、祝福、寒暄、溢美之客套語，其修辭多以比興為美。韓公致力古文，不滿六朝華靡之習，故贈序亦棄駢從散：至其內容則突破傳統，由初唐以來之敷衍酬答，一變而為勸風俗，美教化，述懷抱，譏時政，或吞言咽理，或發聵振聾，其修辭每多隱秀。據本文逐章闡析，韓文隱秀之妙，或可得其彷彿。然精意玄鑒，非短言可罄；執簡馭繁，則其要可陳！

　　就其「隱」之運用而言，昌黎贈序，篇篇寄以深意，不欲說破，必於言外求之，若〈送董邵南序〉、〈送王秀才含序〉、〈送許郢州序〉者，含蓄曲折，使人悠然想見；至如〈送浮屠文暢師序〉、〈送廖道士序〉、〈送高閑上人序〉之類，則申儒斥佛，微辭吞吐，而分寸尤極周洽。無論含蓄曲折，微辭吞吐，韓公皆極盡變化，並冶一爐，而得自然之致。

　　就其「秀」之表詮而言，昌黎自鑄偉辭，議論風生，如〈送高閑上人序〉、〈送孟東野序〉、〈送董邵南序〉、〈送溫處士赴河陽軍序〉諸作，秀句橫空，提振全文；又〈送楊少尹序〉、〈送李愿歸盤谷序〉者，對比鮮明，狀溢目前；〈送廖道士序〉、〈贈崔復州序〉妙用層遞，語勢增強。凡此種種，皆秀之一端，韓公參差並用，萬慮一交，得劉勰「動心驚耳，逸響笙匏」之效矣。

　　合而觀之，昌黎作序，隱秀重出，故能舉重若輕，開闔自由。隱到極隱處，忽而警策提空，於文氣落差中見虛實變化，且擴及全篇，不惟字斟句酌而已。就修辭境界言，已由「巧」達於「樸」，古人所謂「咳唾落九天，隨風生珠玉」者，先生有焉！令人歡喜讚歎，莫能自已。